U0943431

《红楼梦》四十探

王玉珍 著

青岛出版集团 | 青岛出版社

图书在版编目（CIP）数据

《红楼梦》四十探 / 王玉珍著 . — 青岛 : 青岛出版社 , 2022.7
ISBN 978-7-5552-2090-9

Ⅰ. ①红…　Ⅱ. ①王…　Ⅲ. ①《红楼梦》研究　Ⅳ. ① I207.411

中国版本图书馆 CIP 数据核字（2021）第 143773 号

《HONGLOUMENG》SISHI TAN

书　　名　《红楼梦》四十探
作　　者　王玉珍
出版发行　青岛出版社
社　　址　青岛市崂山区海尔路 182 号（266061）
本社网址　http://www.qdpub.com
邮购电话　0532- 68068091
责任编辑　吴清波
特约编辑　王基德　李　丹
装帧设计　祝玉华
照　　排　光合时代
印　　刷　青岛国彩印刷股份有限公司
出版日期　2022 年 7 月第 1 版　2022 年 7 月 第 1 次印刷
开　　本　32 开（890 mm × 1240 mm）
印　　张　10.5
字　　数　200 千
书　　号　ISBN 978-7-5552-2090-9
定　　价　38.00 元

编校印装质量、盗版监督服务电话：4006532017　0532-68068050

序

骆玉明

《红楼梦》是中国人谈之不尽的话题。虽然书中写的是古代人的生活，但其中的爱恨情仇、人生百态、作者对人性的深刻剖析与理解却跨越几百年而不变，今人读来仍觉得充满鲜活生气，不经意间便沉浸于小说世界的哀欢里，并从中获得丰富的情感经验和对人生的认识。

谈《红楼梦》又很容易引发争论。因为小说中的人物众多，而稍微重要一点的角色性格又很复杂。读者的审美趣味与人生态度各不相同，对小说人物的好恶就不能统一，因此往往会冲突起来。喜欢林黛玉的人和喜欢薛宝钗的人互相挥动老拳，那是古书里便早有记录的。再说呢，《红楼梦》的故事情节、人物关系常常是用诗的笔法来写的，云遮雾罩、若隐若现，不仔细追究就无法看清。但究竟怎样才算看清楚了？各人的理解又会不同，免不了又是一番争论。

因此，读《红楼梦》需在小说的世界里费力探索。玉珍写的《〈红楼梦〉四十探》便是她多年探索的记录，如今把它出版，读者们便可以在此书的引导下尽情探索红楼世界。

《〈红楼梦〉四十探》包含的内容很广泛，其中有两条比较集中的线索：一条是对小说中隐晦情节与人物关系的梳理，另一条是对人物形象的解析。这两个话题向来都很容易引起争论。

我们从前一条线索谈起，这里面有一个《红楼梦》中说不清楚的谜。宁国府老奴焦大喝醉酒痛骂主子们荒唐堕落，“偷狗戏鸡，爬灰的爬灰，养小叔子的养小叔子”。“爬灰”指贾珍与儿媳秦可卿之间的乱伦私情，这在小说里是有明确交代的，那么“养小叔子”说的是什么人呢？却向来没人说得清楚。

玉珍认为这是说秦可卿与贾蔷。因书中提及过，贾蔷因父母早亡从小便跟着贾珍过活。后来因“不知又有什么小人诟谇谣诼之词。贾珍想亦风闻得些口声不大好，自己也要避些嫌疑”，贾珍便命贾蔷搬出宁国府去住了。也就是说贾珍自己与秦可卿不干净，而秦可卿又与贾蔷不干净。混乱的关系引出奴仆们私下的讥谤之语，使贾珍的名声更难听了。

之前有朋友为了讲《红楼梦》，打电话问我上文所说到底是什么意思，我当时认为这是指贾珍与贾蔷被人猜疑有“男风”之好，与“养小叔子”的问题无关。至于“养小叔子”到底是指谁，我回答不了，只能说焦大发酒疯，可能一句高一句低，未必句句皆有着落。

玉珍给出的是不是一个好答案呢？我无法确定。如果是，那么我们对秦可卿的认识恐怕会有很大改变。这个美丽、貌似温婉的女子上私通公公、下私通小叔子，我们该怎样理解她呢？她的悲哀和不幸还能得到我们的同情吗？玉珍的解读让我们有了更深刻的思考。

同样的问题还有很多。拿宁国府来说，进士出身又承袭了祖上爵位的贾敬可谓显贵无比，为什么早早抛弃了仕途，一心修道？其中有什么隐情吗？他的小女儿惜春为什么不住在宁国府，却住在荣国府？再拿荣国府来说，大老爷贾赦为什么那么不讨贾母的喜欢？荣国府的管理权为何不由贾赦夫妇来掌握，而是落在老二贾政夫妇的手里……

本书对这一系列令人感到迷惑的问题都做了深度探索，引人深思、给人启迪。

在第二条线索即人物形象的解析上，作者的见识在许多地方与通常的观点相悖。说实话，跟我的见解也不同，这使我特别感兴趣。

譬如说，在贾宝玉的那个小家庭里，贾政迂腐固执，赵姨娘粗鄙邪恶，贾环猥琐卑劣，他们都是《红楼梦》里特别不讨人喜欢的人，玉珍却为其抱不平。

她说贾政“无情胜有情”，对子女看似冷酷、实有深情，对家族的未来满心忧念，总之是一个感情丰富的人。而人见人厌的赵姨娘，玉珍却称她是“贾府的反叛者”，夸奖她“天性耿直”，“有一说一，有二说二，想干什么就干什么”，这让我深感惊讶。因为赵姨娘和马道婆联手，差点用巫术害死王熙凤和贾宝玉，这是令读者们普遍憎恶的行为。但玉珍却提醒我们：赵姨娘为什么这样做？因为“有压迫就有反抗”！这样的观点太出人意外了！

《〈红楼梦〉四十探》里有一段关于贾环相貌的分析，

写得特别有意思。原著中是用贾政的眼光去看贾环，说他“人物委琐，举止荒疏”，就是神情猥琐、举止不成体统。那么贾环是天生长得丑陋吗？作者很合理地告诉我们，并非如此，贾环的神情猥琐实是“相由心生”：

> 生在夹缝中的贾环整天提心吊胆地过日子，即使有俊俏的模样，也是眉头紧锁、唉声叹气、缩手缩脚。内心得不到抒怀，表现在脸上就是萎靡不振；内心时刻算计，表现在身体上就是没有朝气与活力；缺少关爱，表现在眼睛上就是呆板无光。

这是一段很精彩的议论。它体现出作者对生活的理解和对弱者、失败者的同情。

不是说读了这本书的人物形象解析，我们就会改变自己原来的观点，而是这本书体现了作者独特的见解，也从另一角度告诉我们：人生本不是那么简单，《红楼梦》也很复杂。我们对许多事情的看法可能失之偏颇，换一个立场或角度来看，事情也许会呈现另一种样子。

玉珍1985年进复旦大学中文系读书。我在这个班上过课，和同学们有许多交往。岁月邈远、往事历历，我对玉珍这本书的出版感到十分高兴。写下这篇短序，于我而言也是很好的纪念。

2021.7于上海

（作者原为复旦大学教授、博士生导师）

自序

《红楼梦》探，《红楼梦》叹，也是《红楼梦》赞。

读了几十年的《红楼梦》，终于有了一点点自己的体会。曹雪芹耗费十年心血写《红楼梦》、改《红楼梦》，我用四十年时光看《红楼梦》、探《红楼梦》、叹《红楼梦》、赞《红楼梦》。

《红楼梦》原本神秘、又非神秘，全看读者以什么样的眼界和心情去理解。

《红楼梦》本就复杂，吃透弄懂《红楼梦》并非易事。这就要求读者们一是要有年龄阅历；二是要熟悉其中的一些中华传统文化知识；三是要多读、熟读、深读，有锲而不舍的劲头与精神。

人人可读《红楼梦》，千人读便有千种体会。而能吸取精华、自圆其说、不被寻幽探秘者引错了方向，才是最为难得的。

每次读《红楼梦》，我都有感想，也有叹息。一叹作者曹雪芹的耀世才华；二叹后人对《红楼梦》的喜爱；三叹《红楼梦》的艺术魅力，近三百年来依然光彩夺目。

如果世人没有读过《红楼梦》，对其而言是一种遗憾；如果世人讲不出《红楼梦》中的几个人物，如贾宝玉、林黛玉、薛宝钗、凤姐等，那也算是缺乏对中国传统文化的了解。

在当今中国，在大力弘扬中华优秀传统文化的当下，还是要读一读《红楼梦》、谈一谈《红楼梦》。

在我的书柜里，有一套1982年3月人民文学出版社出版的《红楼梦》，是我1985年在复旦汉语言文学系读书时省吃俭用买下来的。多年来我一直将其带在身边，它是我写

《〈红楼梦〉四十探》的主要参考书。《〈红楼梦〉四十探》一书中的引文，多参照此书。

上海三联书店于2011年5月出版发行的《脂砚斋评石头记》也让我爱不释手。《〈红楼梦〉四十探》书中的一些观点出自此书中的脂评。

《〈红楼梦〉四十探》共收录读书心得四十四篇，取其整数，故名为《〈红楼梦〉四十探》。

由于本人水平有限，书中一定存在缺点与不足，衷心希望广大读者给予批评指正。

2021年10月

目 录

1 贾府第一炮——焦大

纵观整部《红楼梦》前八十回，焦大只出现过一次，在第七回，并且一出现就放了一个“大炮”。这个炮放得惊天动地，放得人心惊胆战，让贾府的主子们如凤姐、贾蓉“胳膊折了往袖子里藏”，只当没听见；把宁国府五代嫡孙贾蓉的媳妇秦可卿吓破了胆，从此一病不起；把贾府的奴才们吓得魂飞魄散，填了焦大一嘴的马粪和土。

焦大放的炮，经过时间的检验，稳、准、狠，一语中的，直抵宁国府的命门，让宁国府的会芳园、天香楼都摇摇打战。

焦大说的是真话不是胡话，是酒后真言。

借着醉酒一吐为快，发泄心中的愤懑，可见作为奴才的焦大是多么有勇有谋。

焦大的有勇有谋早在战场上就表现出来了。试想，焦大能从死人堆里把太爷扒出来，谋略和勇气何等了得。想想战场上杀得昏天暗地、你死我活，独独焦大能躲过厮杀，保住性命，又能精准定位太爷曾经战斗过的地方，救出太爷。想必也是几进几出，撂倒敌人无数，堪比赵子龙长坂坡救阿斗之勇。

有勇有谋的焦大，本来想在和平年代为主子固守江山，发挥更大的作用。可惜，打下江山的太爷死了，守江山的贾府第二代也死了，从此，贾家的这些“畜生们”一辈不如一辈。

到了贾敬这辈，他虽袭了祖上的官，可一味好道，只爱烧丹炼汞，余者一概不放在心上，只在都中城外和道士们胡羼。其独子贾珍，又袭了贾敬的官，为三品爵威烈将军。“这珍爷那里肯读书，只一味高乐不了，把宁国府竟翻了过来，也没有人敢来管他”。贾珍最大的一个嗜好就是在女人身上做功夫，并且不分里外亲疏，对内不放过儿媳妇，对外染指小姨子。

这些都没逃过焦大的眼睛。

焦大放的炮中最有名的一句就是“爬灰的爬灰，养小叔子的养小叔子”。这句骂，堪称几百年来的经典之骂，胜过诸葛亮骂王朗。再找不出哪句骂像这句骂，流传这样广泛，这样通俗易懂，这样诙谐有力，这样形象逼真。

这句骂是《红楼梦》的点睛之笔、中心议题。区区十几个字就骂出了相传五世的钟鸣鼎食之家、翰墨诗书之族衰败的原因。仅凭这句骂，焦大一跃成为中国古典文学中一个不朽的形象，让人喜之、爱之、品之。

从死人堆里救出主子的焦大，并没有翻了身做主子，照样是做奴才，半夜三更还要去送像秦钟这样的小客人，所以心里不平。不平则鸣，焦大一鸣惊人，惊了几百年。

《红楼梦》里，抱怨命运不平的奴才很多，敢于反抗的却没几个。如晴雯，反抗过，临死都对自己落得个“狐狸精”的骂名耿耿于怀，最后把自己的衣服与指甲送给了宝玉，这算是一种反抗，可那也仅仅是宝玉知道、袭人知道，王夫人间接知道。比如鸳鸯，当邢夫人要把她给自己的老公贾赦做小老婆时，她就铰了头发发誓：“我这一辈子莫说是‘宝玉’，便是‘宝金’‘宝银’‘宝天王’‘宝皇帝’，横竖不嫁人就完了！就是老太太逼着我，我一刀抹死了，也不能从命！”比如金钏，被王夫人打了两巴掌撵了出去，跳井自尽。这些都是一种消极无力的反抗。

多数奴才都如贾琏的小厮兴儿一样，遇到主子不高兴，就打自己的嘴巴子以讨好主子；像坠儿、司棋、入画一样，被撵出贾府做不成奴才，临走时还要给主子或者比自己体面的大丫头磕头谢恩。

而唯有焦大，敢于跟贾府的正牌嫡孙贾蓉叫号，赶着贾蓉叫道：“蓉哥儿，你别在焦大面前使主子性儿。别说你这样儿的，就是你爹、你爷爷，也不敢跟焦大挺腰子！不是焦大一个人，你们就做官儿享荣华受富贵？你祖宗九死一生挣下这家业，到如今了，不报我的恩，反和我充起主子来了。不和我说别的还可，若再说别的，咱们红刀子进去白刀子出来！”

焦大的骂，是底气也是委屈。跟着主子出了三四回兵，从死人堆里把主子背了出来，得了命；自己挨着饿，却偷了东西给主子吃；两日没得水，得了半碗水给主子喝，自己喝马尿。太爷在的时候，自己眼里有谁？跷跷脚，比管家的头还高呢。而如今，有了好差事就派了别人，半夜三更送人的事就派自己去。世道变了，没良心的王八羔子也能当管家。

焦大的骂，是痛恨也是惋惜。贾家这些不争气的子孙们纸醉金迷、腐朽堕落，不但没报恩反而事事摆出一副主子的嘴脸来。更何况，每日家“偷狗戏鸡，爬灰的爬灰，养小叔子的养小叔子”。生而为人，怎会干出这样的事，何况还是钟鸣鼎食之家、诗书簪缨之族，真是畜生都不如。

焦大的骂，是苦口相劝也是一种希望。想必祠堂里的太爷也没少听焦大的哭诉。醉酒后的焦大，絮絮叨叨、一吐为快，希望太爷最好能够显灵，教训一下这些不争气的子孙们，让他们改邪归正，走人间正道，守住祖宗九死一生打下的家业。可贾府的子孙们并没有体会到焦大的良苦用心，而是眼睁睁地往火坑里跳，并且跳得争先恐后。

2 贾敬之谜

荣国公和宁国公早年靠军功起家。到了第三代，宁国府的贾敬是进士出身，袭了祖上的官。荣国府的贾赦是世袭祖职，贾政本想走科举没走成，皇上体恤功臣，给了个员外郎。宁国府第四代的贾珍世袭了贾敬的官。如此看来，贾家仅有贾敬考过科举，进士出身，是有学问的。可这么一个有学问的人却一心惦记着得道成仙，整天跟道士胡羼，不能不让人猜想其中的缘由。书中，甄士隐出家是因为家道衰落，柳湘莲出家是因为感情受了挫折，贾敬出家是为了什么？

为了情。这份情来自贾蓉的亲生母亲、贾珍的第一任妻子。书中介绍，尤氏并不是贾蓉的亲生母亲。在第六十八回，王熙凤大闹宁国府时，骂了这样一句："天雷劈脑子五鬼分尸的没良心的种子！不知天有多高，地有多厚，成日家调三窝四，干出这些没脸面没王法败家破业的营生。你死了的娘阴灵也不容你，祖宗也不容，还敢来劝我！"

贾珍的第一任妻子、贾蓉的亲娘为什么早早离世？也是因为情。书中第五回《红楼梦》曲《好事终》道：

"画梁春尽落香尘。擅风情，秉月貌，便是败家的根本。箕裘颓堕皆从敬，家事消亡首罪宁。宿孽总因情。"

大意是：晚春时节，画梁之上的美人自尽。卖弄风情、倚仗美貌就是败家的祸根。传统中断、后继无人是从贾敬开始，家业败落始于宁府家风不正。说到底，罪恶之源在于风月之情。

"箕裘"原指簸箕和皮袍。出自《礼记·学记》："良冶之子，必学为裘；良弓之子，必学为箕。"好的铁匠的儿子一定要先学补缀皮衣，以便将来接班补金属器具；好的弓匠的儿子，一定先学做簸箕，以便将来接班做弓弩。"箕裘"比喻祖先的事业。宁国府从贾敬开始，就丢失了传统，变成了一片腌臜之地。

因为贾蓉的亲生母亲与贾敬私通后，如秦可卿一样忐忑不安，坐卧不宁，最后一死了之。所以贾敬如贾珍一样同为情种，为了情远离红尘，来告慰曾经的爱恋。

惜春是贾珍的胞妹，所谓一奶同胞，是指同一父亲同一母亲。

书中第三回，林黛玉初入荣国府，文中形容惜春身量未足。当时林黛玉是六七岁的年龄，那么惜春约是三四岁。当第六回，贾蓉去向王熙凤借屏风时，形容贾蓉是十七八岁的少年，由此可知他与惜春相差十三四岁。

古人结婚早，如果按照荣国府长子贾珠的成长轨迹来推算，"十四岁进学，不到二十岁就娶了妻生了子"。贾珍应该也是二十岁上下生子，在林黛玉进京的时候正值壮年，三十六七岁。贾珍与惜春兄妹俩相差三十余岁。彼时贾敬也要五十有余，就是说五十有余的贾敬还生了惜春。

贾敬的妻子该是多大呢？第二十二回，贾母给宝钗过生日时，说宝钗时年十五岁，是及笄之年，宝玉比宝钗小两岁。贾宝玉挨打时，王夫人哭诉自己年近五十只有这个逆子。据此推算，当时宝玉在十五岁以内，王夫人是在三十五岁左右生下宝玉的。元春省亲时，书中还提到元春“念母年将迈，始得此弟”。

按照贾府夫妻相配规律，一般是夫妻年龄相当，不会相差太大，只有妾才比丈夫更小一些，也是为了生育着想。

也就是说，贾敬的妻子在四十岁以上五十岁以内生出了惜春，这在古代有点不可思议。

最靠谱的解释是，惜春的母亲就是贾蓉的母亲，惜春是贾敬与贾珍的第一任妻子所生。这样一来，既可以解答读者对惜春年龄的疑惑，又可以圆惜春为贾珍之胞妹嫡出之说。

正是由于身份不明，惜春对于宁国府好似不存在一般。秦可卿死的时候没看到惜春的身影，尚可以用年龄小遮掩。等到其亲生父亲贾敬死的时候，此时的惜春也怕是十岁有余，却依然没有看到她的身影。宁国府好像也忘了惜春这个嫡出的长小姐，宁国府祭祖是通过薛宝琴来见证其盛大场面的。宁府的中秋节，也没见惜春过来一家团聚。

当王夫人搜查大观园，从惜春的丫鬟入画箱子里搜出男人的鞋袜和金银锞子时，惜春要赶走入画，她与尤氏的一场争论，使惜春扑朔迷离的身份逐渐清晰。

惜春告诉尤氏："不但不要入画，如今我也大了，连我也不便往你们那边去了。况且近日我每每风闻得有人背地里议论什么多少不堪的闲话，我若再去，连我也编派上了。"

"谁议论什么？又有什么可议论的！姑娘是谁，我们是谁。姑娘既听见人议论我们，就该问着他才是。"尤氏的话问得好。有慧根的惜春回答得也巧妙："你这话问着我倒好。我一个姑娘家，只有躲是非的，我反去寻是非，成个什么人了！"

问得好的尤氏"心内原有病"，这病不是一般的病。宁国府官是世袭，爬灰也有传承。自己的丈夫与儿媳妇乱伦，怕是天下人皆知。公公与儿媳妇也清白不到哪里去，扔下个来历不明的小姑子，让人说三道四。自己像个灭火队员，在两府东奔西走、周旋讨好、遮遮掩掩。可纸里包不住火，一天比一天大的小姑子也听闻了风声，对自己的身世产生了疑惑。

尤氏虽然心中羞恼，还是老办法：胳膊折了往袖子里藏，牙掉了咽进肚子里。她领走入画，灭掉来自惜春的这股小火苗。

惜春最后"独卧青灯古佛旁"，既是看破红尘，逃离那个即将颓败的家族，也是对自己不明身世的一种回避和遮掩。

正是对自己过去行为的不齿和对昔日爱人的留恋及对女儿惜春的愧疚，贾敬宁可躲在城外也不回家，自称

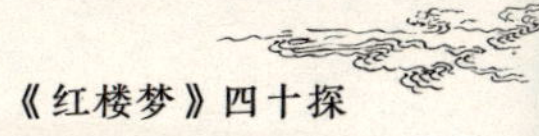

是清静惯了的，不愿意往是非场中来。孙子媳妇死了，任凭贾珍挥霍，他却整天惦记着得道成仙，借此逃避曾经的胡闹与不堪。

通过对贾敬的分析，以事实推理为依据，终于弄明白了焦大的那句名骂，到底是谁爬了灰。

3 贾珍的爱情

一

爱情这玩意儿自古以来就很稀缺，遇上是幸，遇不上是命。贾珍命好，在女人身上做了半辈子的功夫，阅尽千帆，蓦然回首，在儿媳妇秦可卿身上体会到了爱情的味道。

这样的爱情见不得光，见光就要死；望尽天涯路，没有指望与盼头；被人耻笑，只能在黑暗中互诉衷肠；惶恐不安，稍有风吹草动便会大难临头。

爱情是什么？谁也说不清楚，但有些珍贵的构成因素，如：专一、纯洁、忠贞、执着等等。人世间的爱情，如能包含其中一个要素，也算是三生有幸。妻妾成群的贾珍与秦可卿无法拥有如常人一样的爱恋，但贾珍做到了他自己的执着。那就是一意孤行，我行我素。

书中第二回介绍，贾珍是宁国公的长孙，父亲贾敬一味好道，一心想做神仙，余者一概不管。贾珍袭了父亲的官，又是族长，不喜读书，一味玩乐，把宁国府翻过来也没人敢管，其任性程度可见一斑。

二

初见贾珍，秦可卿也被三品爵威烈将军、一族之长、善于与女人打交道的中年贾珍惊到了。

《红楼梦》中介绍，秦可卿身份不详，是从养生堂里抱来的。其养父秦业在朝廷中担任工部营缮郎，是专门负责工程事项方面的官吏，相对贾府来说，其地位低，薪水也不多。因为秦家素与贾家有些瓜葛，故结了亲，秦可卿被许给贾蓉为妻。

秦家与贾家结亲，其实有两个原因：一是有些瓜葛；二是秦可卿生得苗条漂亮，形容袅娜且性格风流。《红楼梦》中，凡是跟贾家结亲的，不是皇亲就是国戚，不是豪门就是世家，或者是新贵，最次也是贾家的门生，比如贾迎春就嫁给了贾家世交门生孙绍祖。

贾迎春的婚姻在贾家女儿们的婚姻中是最不幸的，她最后被虐待至死。后来贾家败落，凤姐、贾琏的女儿巧姐嫁给了庄户人家，虽然贫穷，但起码保全了性命、夫妻恩爱、衣食无忧。

秦可卿凭借养父秦业的官职，作为一个来路不明的女儿，尽管生得如何袅娜风流，也入不了贾府里的那些富贵眼。好在秦业是负责工程事项方面的官吏，县官不如现管。贾珍是贾府的一族之长，宁国府和荣国府二宅相连，占了大半条街，贾家在扩宅建地方面难免违规，占点皇家的便宜，这都需要秦业的徇私与默许。

推测起来，在秦业与贾珍的交往中，某一天，待字闺中的秦可卿被贾珍看见，可以说是一见钟情。阅人无数的贾珍也算见到了有生以来最让他满意的女子：举止大方、善解人意、温柔委婉，既像黛玉又像宝钗，兼有黛玉的弱柳扶风和宝钗的珠圆玉润之美。这惊艳了贾珍。

在“金陵十二钗”正册中，秦可卿排在第十二位，她的判词是这样的：“情天情海幻情身，情既相逢必主淫。漫言不肖皆荣出，造衅开端实在宁。”

“相逢”，就是遇到，不是像薛蟠那样抢、逼迫，而是你情我愿。可贾珍当时有了正室妻子尤氏，给不了秦可卿名正言顺的身份，只能让她以姬妾的身份出现在身边。经过深谋远虑，贾珍把秦可卿嫁与了儿子贾蓉，让其成为堂堂宁国府玄孙的嫡妻，名正言顺的长房少奶奶。贾珍既给了秦可卿一个无比荣耀的身份，又令其在自己的眼前身畔，时时可见。这样的安排可谓机关算尽，胜过天算。

三

《红楼梦》第五回，从宝玉在秦可卿卧室里睡觉一节的描写中可知，在宁府，秦可卿的生活奢侈程度高于婆婆尤氏。单看屋里的摆设：武则天当日镜室中设的宝镜，赵飞燕立着舞过的金盘，盘内盛着安禄山掷过伤了太真乳的木瓜，寿昌公主于含章殿下卧的榻，同昌公主制的联珠帐。

虽然有些夸张和意味深长，但用秦可卿自己的话说：

“我这屋子大约神仙也可以住得了。”

宁荣两府当然不缺这些奇珍异宝，可给谁、给什么、摆在哪里，都是有说法的。比如，第四十回，贾母带着刘姥姥逛大观园，来到薛宝钗的房里，看到房间像雪洞一样，摆设十分简朴，叫过鸳鸯来，吩咐道：“你把那石头盆景儿和那架纱桌屏，还有个墨烟冻石鼎，这三样摆在这案上就够了。再把那水墨字画白绫帐子拿来，把这帐子也换了。”可见，儿孙辈房间里摆设的珍宝玩器都需要经过长辈的点拨或者默许。

从养生堂抱来的秦可卿既没有资本也没胆量在自己的卧室中摆上这些奇珍异宝。即使有丈夫贾蓉的许可，也还要征得长辈的同意。秦可卿虽是贾母重孙媳中第一得意之人，但贾珍与贾母并没有血缘关系，不像贾母与贾赦、贾政为母子关系，宁府与荣府各门另户，各过各的日子，贾母也干涉不了宁国府的居家生活，这个长辈不是贾母。

这个长辈也不是尤氏。因为尤氏是贾珍后娶的续弦妻子，并且一味顺从，图好名声，在家里并没有地位，说话也没有分量。况且，婆媳历来多为天敌，两人之间维持好面子上的和谐就可以了。因此，这个允许秦可卿过上奢侈生活，并提供这种生活的人当然是贾珍。

因为情与情相逢，所以贾珍对秦氏另眼相待。

四

可是，袅娜风流的秦可卿遇到了贾蔷。

贾蔷，“亦系宁府中之正派玄孙，父母早亡，从小儿跟着贾珍过活，如今长了十六岁，比贾蓉生的还风流俊俏。他弟兄二人最相亲厚，常相共处。宁府人多口杂，那些不得志的奴仆们，专能造言诽谤主人，因此不知又有什么小人诟谇谣诼之词。贾珍想亦风闻得些口声不大好，自己也要避些嫌疑，如今竟分与房舍，命贾蔷搬出宁府，自去立门户过活去了。”

一个比贾蓉还风流俊俏的少年，一个袅娜风月的化身，情既相逢，便有了“好事”。

这样的“好事”传到贾珍耳中，失望的贾珍一是命贾蔷搬出宁府避嫌，二是更加关心秦可卿，用浓浓的爱意和奴仆们的流言蜚语把秦可卿掌控在自己的手里。

正是因为贾珍的另眼相待，尤氏、贾蓉和其他丫鬟婆子们渐渐瞧出了端倪，所以秦氏才郁郁寡欢。这抑郁里有着心惊肉跳，一面担心与贾蔷的事被丈夫贾蓉知道，一面担心贾珍这样的关切和眉来眼去，早晚会毁了自己和贾珍的名声与前程。

《红楼梦》第九回，顽童闹学堂。秦钟被打后，告诉了秦可卿。秦可卿索性连早饭也不吃了，还是婆婆尤氏劝着吃了半盏燕窝汤。一面是对富贵生活的留恋，一面是对贾珍深情的恐惧。在富贵荣华面前谁都会从长计议，不然，秦氏死的时候也不会托梦给凤姐，告诉凤姐如何在祖茔祭祀和家塾上做好文章，以保子孙后代在不测之时有个退路。所以，不到万不得已，秦可卿是不会轻易了却性命的。

这个万不得已的理由就是贾珍的一意孤行。从每天的晨醒晚睡和对公婆的参拜中，秦可卿都能看到贾珍那双目不转睛盯着自己的眼睛。贾珍用情越深，秦氏越是担惊受怕。迫不得已，秦可卿与贾珍终于有了苟且之事。每次与贾珍相会，秦氏必会心思加重、惶惶不安，所以她的病时好时坏。

冯紫英推荐的大夫张友士，说出了秦可卿得病的原因："大奶奶是个心性高强聪明不过的人；聪明忒过，则不如意事常有；不如意事常有，则思虑太过。此病是忧虑伤脾，肝木忒旺，经血所以不能按时而至。"

一言以蔽之，就是每天每时的忧思过虑和担惊受怕才让秦可卿在生死之间摇摆。

爱，有时也是一剂致命的毒药。面对贾珍撒下的情网，秦可卿上天无路，入地无门，步步后退。在无人的时候，秦可卿会向贾珍坦白，祈求贾珍放过自己，来世做牛做马报答他的知遇之恩。况且，人言可畏、三人成虎，有些奴才和家人已瞧出了端倪，若要瞒天过海谈何容易。可贾珍认为：宁国府是我珍大爷的天下，一两个奴才的风言风语算不得什么，我迟早要收拾他们，杀一儆百。

贾珍越疯狂，越是要了秦可卿的命。贾珍当着丫鬟婆子，不时地以公公、家长的身份去关心探望，这样的探望让病中的秦可卿越发如坐针毡。而公公与儿媳之间不太正常的举动早被秦可卿的贴身丫鬟们看在了眼里。

丫鬟瑞珠、宝珠想置身事外却不得不屈服于贾珍的威严，这样的威严只会让她们惶恐不安。丫鬟们的举止失常和前言不搭后语更让秦可卿坐卧不宁。因此秦可卿跟凤姐说，自己得了这样的病，“任凭神仙也罢，治得病治不得命”。什么样的命？就是遇到了贾珍一意孤行这样的命。

推测起来是这样的：一天，秦氏的病稍好，贾珍暗示秦氏到天香楼相聚。

面对贾珍的痴情与纠缠，秦氏抱定了必死的决心。俗话说，人死为大。自己的一死，可以平消那些流言蜚语，可以摆脱精神和肉体上的痛苦，可以报答贾珍的知遇之恩，可以平息宁国府天大的丑闻。

吃过晚饭的贾珍，趁着月色向天香楼急切赶来。朦胧的月色中，那个经常见面的地方却有一个身影在游移飘动。贾珍三步并作两步，上前一把抱住这个朝思暮想的身子，正是秦可卿，只不过脚已经离开地面，四肢正在变冷变硬。

贾珍慌忙把人解下来，低低喊着秦可卿的名字，可是任凭他如何呼唤，也唤不回所爱之人的生命。这时，丫鬟瑞珠来到天香楼寻找少奶奶，看到贾珍正抱着少奶奶哭泣，便已猜透了八九分。瑞珠说：大爷放心，奴婢一个字都不会泄露，大爷也不要光顾着哭，想想怎么遮掩过去才是正事。

贾珍放下秦可卿，对瑞珠说道：你说得对，遮掩过去就是替你们奶奶挣得了清白，你们奶奶就算没白疼你们。瑞珠又道：大爷，你先走吧，剩下的事让奴婢来处理。贾珍放下秦可卿，慌忙从天香楼后门而出，碰见了宝珠。

瑞珠估计贾珍已经离去，便高声叫道：“少奶奶，少奶奶。”宝珠听到叫喊，也跑上了天香楼。瑞珠告诉宝珠，少奶奶已经死了，需要以哭来报丧。随后，俩人放声大哭，很快招来了丫鬟、婆子、上夜的小厮以及宁府上上下下的人。“彼时合家皆知，无不纳罕，都有些疑心”：少奶奶怎么死在天香楼上？

瑞珠看见大势已去，既怕众人追究起来，泄露了机密，又怕贾珍事后以家人要挟或者杀人灭口，便“触柱而亡”。“此事可罕，合族人中也都称叹”。

当大家追问宝珠时，宝珠只是表示：只听见瑞珠喊，才上楼来；对看见贾珍从后门而出一事一概不提。因此当宝珠愿意为秦可卿做义女时，“贾珍喜之不尽，即时传下，从此皆呼宝珠为小姐”。

五

脱了身的贾珍，想起秦可卿的袅娜风流、种种好处，哭得如泪人一样，恨不得替秦可卿去死。他拍着手掌说：“合家大小，远近亲友，谁不知我这媳妇比儿子还强十倍。如今伸腿去了，可见这长房内绝灭无人了。”并下定决心：一定要尽我所有，让你风风光光地走。他嘱托协助办理秦可卿丧事的凤姐，“只求别存心替我省钱，只要好看为上”。

寻常男子一旦出了轨便急切地想着了局，想着如何既得到美色又脱了干系。秦可卿一死，贾珍正好可从那些风言风语、众人疑惑的旋涡中脱身，委托尤氏、贾蓉或其他族中子弟办个说得过去的丧礼，也未尝不可。可贾珍偏要亲力亲为、大操大办，惹得一忍再忍的尤氏甩手撂挑子，以“犯了旧疾”为由，让贾珍难堪。

而贾珍我行我素、大模大样地花了一千二百两银子为秦可卿的丈夫贾蓉捐了个龙禁尉，使秦可卿名正言顺地成为龙禁尉夫人，只为在丧礼上好看。他又从薛蟠处寻得一块犯了事的王爷留下的万年不坏的棺材板，可谓是明目张胆、无畏无惧。

我让你风光地来，也让你风光地走，不枉我们相遇一场。这就是贾珍与秦可卿的故事。

经历了这次患得患失的爱，贾珍从此“除却巫山不是云”，饮酒作乐、聚众豪赌，多少女人都成了他眼前的烟云。后来他虽然与尤二姐、尤三姐不明不白，可只是权当一乐。这在第六十五回尤三姐的话中可看出：“姐姐糊涂。咱们金玉一般的人，白叫这两个现世宝沾污了去，也算无能。”又说贾琏：“你别油蒙了心，打谅我们不知道你府上的事。这会子花了几个臭钱，你们哥儿俩拿着我们姐儿两个权当粉头来取乐儿，你们就打错了算盘了。”

因此，贾珍的心里哪还有其他女人的影子，哪还有尤氏三姐妹的位置。尽管他身边女人成群，尽管他留恋歌舞场，但往日与秦可卿的一幕幕，也让他保留着一份真情。

既然爱了，就不要追究该还是不该；既然在一起了，那就是真爱。这个世界既矛盾纠结又简单直率。

4 尤氏，不仅仅是“有事”

《红楼梦》中，三品爵威烈将军贾珍的妻子尤氏也是个诰命夫人，虽然没有出现在薄命司的正副册上，但也是个苦命的女人。

尤氏嫁给贾珍后并没有生下一男半女，贾蓉并不是尤氏的亲儿子，而是贾珍前一个妻子所生。尤氏从小没了娘，不甘寂寞的老爹又娶了个女人，就是尤老娘，尤老娘带着与前夫所生养的两个女儿尤二姐和尤三姐来到了尤家。

后来尤老爹也死了，从此尤氏再没有一个亲人，只一个人孤零零在偌大的贾府里沉浮。丈夫贾珍一味玩乐，把宁国府翻过来也没人敢管。尤氏当然也不敢管，没有身世，没有根基，正如凤姐说的那样，“没才干，又没口齿，锯了嘴子的葫芦，就只会一味瞎小心图贤良的名儿”。

书中第六十八回，因为贾琏偷娶尤二姐，惹得酸凤姐大闹宁国府，尤氏被揉搓得像面团一样。也是因为尤氏卑微的出身和温厚的性格让凤姐蹬鼻子上脸，耍尽了威风。

《红楼梦》中，嫁入贾府的正妻多是有来历的。比如贾母、王夫人、王熙凤等都来自“连络有亲”的四大家族中的史家和王家。贾珠之妻李纨是国子监祭酒的女儿，国子监祭酒是当时国家最高学府的高官。贾赦之妻邢夫人好歹还有个弟弟邢德全，邢大舅曾经跟贾珍吹嘘当日邢家也是有家私的，都被邢夫人带入了贾府，并且邢夫人还有陪房王善保等，可见当初家境应该也不错。

唯有贾珍之妻尤氏的来历不清不楚，看尤老娘带着尤二姐和尤三姐艰难度日的光景，可知尤家的根基并不稳固，家私也不丰厚。

可是不管怎样，尤氏是宁国府的当家大奶奶，会奉承贾母，又会顺从贾珍，办事周到，懂得怜弱惜贫，算是在贾府吃得开的人物了。

在第六十三回，贾珍贾蓉父子不在家，尤氏独自料理了公公贾敬的丧事，也算是有主见有才干的人了，并不逊色于当年协助宁国府料理秦可卿丧事的王熙凤。

当贾珍得知尤氏是如何拿了道士，如何将棺木移至家庙，如何接了尤老娘及尤二姐、尤三姐来协助料理家务时，对其赞称不绝。所以，尤氏在贾珍心中还是有地位的。第七十五回中的中秋佳节，贾珍也让尤氏来分派送往各处的礼物。

不仅如此，尤氏更是整部《红楼梦》中的重要线索人物之一。如果缺少了尤氏，则整部《红楼梦》的情节发展都会受影响。

曹雪芹给《红楼梦》中人物的名字赋予了特殊的含义，有的暗示了人物的命运，如甄英莲——真应怜，娇杏——侥幸，元春、迎春、探春、惜春——原应叹息；有的暗示了人物性格的某些特点，如秦可卿——情可轻，秦钟——情种，詹光——沾光，卜固修——不顾羞；有的是故事发展的某种暗示，如霍启——祸起，司棋——事起。

那么尤氏的名字就是“有事”。

相比其他人物出场的浓墨重彩，尤氏的出场极为随意。书中第五回，“因东边宁府中花园内梅花盛开，贾珍之妻尤氏乃治酒，请贾母、邢夫人、王夫人等赏花”。就这么一笔带过地使尤氏进入读者的视野，此后也没一句动作语言，不像凤姐一出场便喧宾夺主、气势逼人。

但是，尤氏的这一出场引出了《红楼梦》的几个大关节。

第一个大关节，引出秦可卿这个几乎算是全书中最神秘的主要人物，引出贾宝玉梦游太虚幻境。有人认为，《红楼梦》第五回是全书的总纲。其实，第五回只是全书众女儿“万艳同悲”“千红一哭”命运的交代，只是《红楼梦》的其中一个框架。

《红楼梦》有四大框架，这四大框架在前五回已经明确交代。第一回极其凝练地写了甄士隐一家的遭遇。甄士隐喜欢修竹养花，不走仕途之路，是神仙一样的人，最后看破红尘，了却尘缘。这个框架借用一僧一道来说明人生瞬息万变，乐极生悲，人非物换，究竟是到头一梦，万境归空，也暗示了书中主人公贾宝玉的人生走向。

第二个框架，第一回到第四回交代了贾雨村的宦海沉浮，展现了部分封建社会官僚的丑恶嘴脸和官场的黑暗一面，暗示以四大家族为代表的官僚体系的衰亡。

第三个框架，甄英莲的命运也是《红楼梦》中众女儿的命运。这一个框架主要体现在第五回贾宝玉梦游太虚幻境时所看的金陵十二钗正册、副册、又副册中。

第四个框架就是对人情世故的描写。书中第一回，甄士隐所住的地方虽是红尘中一二等富贵风流之处，但偏偏处于十里街仁清巷。仁清巷是人情巷，十里街就是势力街。之后更是进一步通过甄士隐资助贾雨村进京赶考、贾雨村乱判葫芦案、甄士隐投奔岳父遭欺骗，来说明世态炎凉、人情厚薄。因此，说《红楼梦》是写人间各种“世情”“人情”“情欲”的一本书也不为过。

关于这四个框架，在甄士隐注解的《好了歌》里，作者又做了进一步的解释。“陋室空堂，当年笏满床；衰草枯杨，曾为歌舞场”，说的是宁荣两府的败落。“因嫌纱帽小，致使锁枷扛；昨怜破袄寒，今嫌紫蟒长”，说的是以贾雨村为首的须眉浊物的狗苟蝇营。“说什么脂正浓、粉正香，如何两鬓又成霜”，“择膏粱，谁承望流落在烟花巷”，说的是众女儿的命运。“蛛丝儿结满雕梁，绿纱今又糊在蓬窗上”，说的是宝、黛、钗的感情纠葛。“金满箱，银满箱，展眼乞丐人皆谤”，说的是甄、贾宝玉的人生际遇。“正叹他人命不长，那知自己归来丧”，说的是人生的瞬息变化。

书中，这四个框架相互交叉，你中有我，我中有你，像浪花一样相互交融，你带着我，我带着你，裹挟着来说明作者想表达的中心思想。

在四大框架交织发展的过程中，有一些耀眼的珍珠，散落在各个段落、章节，这就是书中作为骨架支撑的一些重大事件的描写交代，如秦可卿的葬礼、贾元春省亲、宝玉挨打、贾府正月祭祖等等。这些耀眼的珍珠需要一条线索来串联，尤氏就担当了这样的角色。

尤氏引出的第一条线索是，尤氏的宴请引出了秦可卿，秦氏生得“袅娜纤巧”，行事“温柔和平”，是贾母重孙媳中第一得意之人，为“情既相逢必主淫”埋下伏线；引出了贾宝玉梦游太虚幻境和众女儿的命运走向；引出了秦钟和顽童闹学堂；引出了王熙凤戏贾瑞；引出了焦大之骂和秦可卿的葬礼。由秦可卿之死引出其托梦给王熙凤，贾府即将到来一件烈火烹油的盛事——贾元春封妃省亲，这才告一段落。其中的故事情节一环扣一环，环环相扣，有高潮，有低谷，如高山与峡谷，高低错落，令人目不暇接。

作为线索人物，尤氏引出的第二条线索是贾敬之死及尤二姐、尤三姐的归宿。

此线索存于书中第六十三回至六十九回。书中第六十三回，作者以轻松愉快的口吻描述着大观园里众人正忙着给贾宝玉、平儿过生日。众人正玩笑不绝，忽见东府几个人慌慌张张跑来说，“老爷宾天了”。

作者攒足了劲，来写尤氏如何锁了道士，如何请太医看视，如何入殓，如何给贾珍报信。读者也憋足了劲等待着贾敬丧礼的宏大场面，观赏一场视觉上的饕餮盛宴。可作者只留下寥寥几笔，“丧仪焜耀，宾客如云，自铁槛寺至宁府，夹路看的何止数万人。内中有嗟叹的，也有羡慕的，又有一等半瓶醋的读书人，说是‘丧礼与其奢易莫若俭戚’的，一路纷纷议论不一。至未申时方到，将灵柩停放在正堂之内。供奠举哀已毕，亲友渐次散回，只剩族中人分理迎宾送客等事”。

似乎是没有必要来安抚一下读者那颗期待已久的心，作者将如椽巨笔一转，像缓缓流淌的江水突然出现拐点，现出一片鲜花绿洲，趁人不备、出其不意地给读者展开一个大关节、大场面，牵出尤二姐、尤三姐两个《红楼梦》中的主要人物。围绕她们持续展开情节：贾二舍偷娶尤二姨、情小妹耻情归地府、酸凤姐大闹宁国府、弄小巧用借剑杀人等等。在这些章节中，作者进一步塑造了凤姐的威、贾琏的淫、贾珍与贾蓉的乱，加深了红楼女儿“千红一哭”“万艳同悲”的悲剧色彩。

尤氏引出的第三条线索是大观园里众女儿的飘零离散。由第七十一回直到八十回还没算完结。最直接的表现是抄检大观园，结果是晴雯死，逐芳官与四儿，撵司棋与入画，还有八十回之后的迎春之死、惜春出家等。这些事件始自贾母八十岁生日。

书中第七十一回写道：“且说尤氏一径来至园中，只见园中正门与各处角门仍未关，犹吊着各色彩灯，因回头命小丫头叫该班的女人。那丫鬟走入班房中，竟没一个人影，回来回了尤氏。尤氏便命传管家的女人。”不料不仅没人去传话，还惹了一肚子的气，碰到了两个分不出眉高眼低的婆子，惹怒了尤氏。由王夫人的陪房周瑞家的告到凤姐那里，凤姐提出先捆了这两个婆子等候尤氏发落。而这两个婆子中的一个恰是邢夫人的陪房费婆子的亲家。

本来邢夫人对贾母偏心小儿子贾政就心怀不满，对凤姐拣高枝飞更有想法。对别人没有办法，但凤姐是邢夫人的儿媳，所以邢夫人就以上压下，给凤姐难堪，当着众人的面替两个婆子求情，从而激发了两人之间的婆媳矛盾。

而恰巧邢夫人又从傻大姐那儿得到了一个绣春囊。这让邢夫人找到了报仇的机会，她让陪房王善保家的封了春囊交给王夫人。王夫人顿觉丢尽了老脸，气急败坏地找到凤姐问罪，由凤姐提出抄检大观园。

王夫人的陪房周瑞家的从迎春的丫鬟司棋的包裹中抄出男人的衣物和一封情信。司棋是王善保家的外孙女，王善保是邢夫人的人，此事间接地打了邢夫人的脸。可凤姐只图一时之快，万没想到此事后果非常严重，不仅大观园里风声鹤唳，还影响了贾迎春的命运。

贾迎春嫁给孙绍祖后，只一年就被虐待而死，但是实际上，她的死与糜烂、堕落的贾府有关。司棋是迎春的贴身丫鬟，丫鬟干出这样的事，不由让人怀疑到迎春的清白。

迎春的父亲贾赦、哥哥贾琏都荒淫无耻，生在这样一个家庭的女子，也着实让人怀疑。所以，孙绍祖便像对待风流女一样对待迎春。在《红楼梦》十二支曲中的《喜冤家》这样写道："中山狼，无情兽，全不念当日根由。一味的骄奢淫荡贪还构。觑着那，侯门艳质同蒲柳；

作践的，公府千金似下流。叹芳魂艳魄，一载荡悠悠。”

就是说，孙绍祖把贾迎春当作低贱的蒲柳和下流的女人糟蹋。

尤氏的这一出场还牵出了惜春的归宿。贾珍给惜春丫鬟入画的哥哥的一些金银锞子和男人的靴袜也被抄检出来，胆小的惜春让尤氏领回入画，打、杀、卖皆自便，从而引出惜春的“善恶生死，父子不能有所勖助”等对一些世态的了悟。这条线索持续到八十回后。

可见尤氏这条草蛇灰线，的的确确是伏脉千里之外。

尤氏引出了从第五回到第十八回，从第六十三回到第六十九回，从第七十一回到第八十回后等章节。如果不将迎春之死、惜春之归宿归在其中，共有二十八回，占了八十回《红楼梦》的三分之一还多。

5 贾蓉的快意

贾蓉的第一次出场是在书中第六回，《贾宝玉初试云雨情 刘姥姥一进荣国府》。

正当凤姐摆足了贵妇人的架子招待一个乡下来求亲告友的刘姥姥的时候，只听见二门上小厮们回说：“东府里的小大爷进来了。”只听一路靴子脚响，进来一个十七八岁的少年：“面目清秀，身材俊俏，轻裘宝带，美服华冠。”十六个字形容出了一个活脱脱俊俏的贵族公子哥。

原来，贾蓉的父亲贾珍要请一个要紧的客人，打发贾蓉来向凤姐借一架玻璃炕屏。其实，借就借，不借就不借，只需要一句话，可凤姐偏跟贾蓉打趣调笑起来。凤姐说：“说迟了一日，昨儿已经给了人了。”贾蓉嘻嘻地笑着，在炕沿上半跪道：“婶子若不借，又说我不会说话了，又挨一顿好打呢。婶子只当可怜侄儿罢。”

贾蓉的能言善辩说得凤姐眉开眼笑：“也没见你们，王家的东西都是好的不成？你们那里放着那些好东西，只是看不见，偏我的就是好的。”贾蓉笑道：“那里有这个好呢！只求开恩罢。”最后，凤姐又娇嗔道：“若碰一点儿，你可仔细你的皮！”贾蓉喜说：“我亲自带了人拿去，别由他们乱碰。”

从贾蓉和凤姐的对话可看出贾蓉跟凤姐很熟，熟到可以撒娇卖乖，熟到可以当着丫鬟婆子和刘姥姥的面插科打诨。贾蓉也懂得凤姐的心理：喜欢奉承，爱听软话。贾蓉给足了凤姐面子，凤姐也见好就收，俩人可谓是心有灵犀。

当贾蓉刚出去，凤姐便叫贾蓉回来，似说不说，半吞半吐，只管慢慢吃茶，出了半日的神，笑道："罢了，你且去吧。晚饭后你再来说罢。这会子有人，我也没精神了。”贾蓉应了一声，方慢慢退去。

因此，有人怀疑凤姐与贾蓉的关系有些不正常，认为焦大骂的“养小叔子的养小叔子”，说的是凤姐和贾蓉。可是贾蓉是凤姐的侄儿，辈分上不准确，所以这段腻歪的描写并不是凤姐和贾蓉之间的悬案。从后来凤姐对贾瑞的态度来看，凤姐是不可能同宗族子弟发生乱伦关系的。

从贾蓉的言谈中可看出贾蓉也是蛮机灵的一个孩子，见啥人说啥话，见到强势的凤辣子只能哭穷、撒娇、示弱，以达到目的。

贾蓉的身世相当显赫，比贾琏、贾宝玉要显赫正宗得多。从冷子兴演说荣国府可知道，贾太公生了两个儿子，长子宁国公贾演，次子荣国公贾源。长子贾演生四子，长子贾代化，贾代化生了两个儿子，长子夭折，次子贾敬。贾敬生的贾珍，贾珍生了贾蓉。

贾蓉是贾府的嫡派第一玄孙，第五代接班人，将来的一族之长。

可是在书中并没有看出这第一玄孙如何受宠与尊贵，有些名不符实。父亲贾珍教育起儿子来，如贾府二代家奴赖嬷嬷说的那样，大有祖风，也是火上浇油的性子，“说声恼了，什么儿子，竟是审贼”，“只是管的到三不着两的。他自己也不管一管自己，这些兄弟侄儿怎么怨的不怕他”。

也许父子是天生的仇敌，贾珍对儿子贾蓉分外严厉和苛刻。在第二十九回，贾母带着荣国府众人去清虚观打醮，贾蓉只不过是躲在钟楼里凉快一会儿，就被父亲贾珍当众叫了出来，让小厮啐他。贾珍又让小厮问贾蓉：“爷还不怕热，哥儿怎么先乘凉去了？”贾蓉垂着手，一声不敢说。严父，这是贾蓉的第一个不幸。

贾蓉的媳妇秦可卿出身一般，本配不上贾府这样的高门大户，可偏偏生得好，纤细袅娜，性格温顺，办事稳妥，是贾母重孙媳中第一得意之人。可这样的媳妇偏偏是个多情的化身，不仅与贾珍勾搭在一起，还与贾蔷有过勾搭，生生让贾蓉戴了两回绿帽子。

从贾珍对秦可卿患病期间的关照可看出，他对秦可卿的关心超出了普通公公与儿媳的关系。这样的关系在秦可卿的丧礼上得到了证实，公公贾珍哭得像个泪人一样，拄着哭丧棒，要尽自己所有为秦可卿办一场隆重体面的丧礼。

为使丧礼更风光体面，贾珍又通过太监戴权，花了一千二百两银子为贾蓉捐了个五品御前侍卫龙禁尉。至此，贾珍算是心满意足，可他丝毫没顾及贾蓉的感受。这是贾蓉的第二个不幸。

贾蓉还有一个不幸，那就是尤氏并不是他的亲生母亲。

严父继母，还有个既爬灰又养小叔子的媳妇，对贾蓉来说可谓“倒了八辈子霉”。

也许是在锦衣玉食中长大，也许是天生的乐天派，贾蓉的生活中并没看到半点愁事，就连自己的媳妇秦可卿死了，也没见到贾蓉的眼泪，他很快又娶了亲。

在贾蓉看来，人生或许是胡闹或许是游戏，所以不必当真。因此，当爷爷贾敬死后，尤氏叫来尤老娘和尤二姐、尤三姐帮着看家，贾蓉明明知道这两个姨娘岁数小，经历不寻常，也明明知道是与父亲过了手的，却仍然跟着胡闹。

当听说两个姨娘来了，贾蓉便与贾珍相视一笑，这一笑有些意味深长，那就是父亲旧日的相好来了。父亲可以胡闹，我为什么不可以借机揩揩油？于是，贾蓉从行动到语言，把与父亲有勾搭的尤二姐、尤三姐嘲笑调弄了一回，过足了瘾。

贾蓉调笑尤二姐，也算是他一生中最开心畅快的事了。

书中第六十三回写贾蓉且嘻嘻地望他二姨娘笑说：“二姨娘，你又来了，我们父亲正想你呢。”尤二姐便红了脸，骂道：“蓉小子，我过两日不骂你几句，你就过不得了。越发连个体统都没了。还亏你是大家公子哥儿，每日念书学礼的，越发连那小家子瓢坎的也跟不上。”说着顺手拿起一个熨斗来，搂头就打，吓得贾蓉抱着头滚到怀里告饶。尤三姐便上来撕嘴，又说："等姐姐来家，咱们告诉他。"贾蓉又和二姨抢砂仁吃，尤二姐嚼了一嘴渣子，吐了他一脸。贾蓉用舌头都舔着吃了。众丫头看不过，都笑说："热孝在身上，老娘才睡了觉，他两个虽小，到底是姨娘家，你太眼里没有奶奶了。回来告诉爷，你吃不了兜着走。"

贾蓉撇下他姨娘，便抱着丫头们亲嘴："我的心肝，你说的是，咱们馋他两个。"丫头们忙推他，恨骂道："短命鬼儿，你一般有老婆丫头，只和我们闹。知道的说是顽；不知道的人，再遇见那脏心烂肺的爱多管闲事嚼舌头的人，吵嚷的那府里谁不知道，谁不背地里嚼舌说咱们这边乱帐。"

贾蓉笑道："各门另户，谁管谁的事。都够使的了。从古至今，连汉朝和唐朝，人还说脏唐臭汉，何况咱们这宗人家。谁家没风流事，别讨我说出来。连那边大老爷这么利害，琏叔还和那小姨娘不干净呢。凤姑娘那样刚强，瑞叔还想他的帐。那一件瞒了我！"

是啊，贾府的事，父亲贾珍包括祖父贾敬的那些事，哪件能瞒得了贾蓉。上梁不正下梁歪，吃点父亲剩下的残羹剩饭，是对自己的犒赏与麻醉，也是对父亲的报复与反击。

人生，需要的是自我解脱与安慰。

6 惜春的恋父情结

一

《红楼梦》第二回，说到惜春是贾珍的胞妹，所谓胞妹，对贾珍来说，就是同一父母所生的亲亲的妹子。可是经过细读《红楼梦》，读者会发现两人年龄相差有些大，推敲起来，惜春要比亲哥哥贾珍小三十余岁。

书中第二回是这样介绍惜春的父亲贾敬：袭了祖上的官，如今一味好道，只爱烧丹炼汞，余者一概不放在心上，让儿子贾珍袭了官，又不肯回原籍，只在都中城外和道士们胡羼。如此看来，当惜春非常小，甚至刚生下来时，母亲就死去了，父亲贾敬就出家当了道士。惜春究竟见没见过父母一面也未可知。

母亲过世了，但还有父亲在。父亲就在离自己不远的城外与道士们烧丹炼汞，却不愿意回家看自己一眼，这让渐渐长大、略懂人事的惜春心里产生了渴望。她多么希望能见上父亲一面，看看父亲所生活的那个世界究竟是甚模样。所以在第七回，周瑞家的送花，迎春和探春在下围棋，惜春却正同水月庵的小姑子智能儿在一处玩耍。惜春笑道："我这里正和智能儿说，我明儿也剃了头同他作姑子去呢，可巧又送了花儿来；若剃了头，可把这花儿戴在那里呢？"

对亲情的渴望，使惜春幼小的心灵里充满了对和尚道士及尼姑的好感。她渴望有一天到他们的世界中去，感受他们的生活，与父亲贾敬走得更近一些。

二

用贾母的话说，贾府的人都长着一颗富贵心、两只体面眼。惜春身世不明，年龄尚小，就算像元春那样进宫或像宝钗那样待选才女也还要等几年，出彩的日子还在后头。因此，人们一时还顾不上这个四丫头。

贾赦要收鸳鸯作姨娘的时候，鸳鸯对她的嫂子说过这样的话："我若得脸呢，你们在外头横行霸道，自己就封自己是舅爷了。我若不得脸败了时，你们把忘八脖子一缩，生死由我。"这话虽然从奴才口里说出，却同样适用于主子。

迎春就是个佐证，被孙家揉搓至死，贾家上下人等也没放过一个屁，而是由着孙家草草发送完事。在贾府，只有像探春那样，做朵带刺的玫瑰花，必要时连自己的亲娘都不认，一味攀高枝、上高台才有出头露脸的机会。

可年龄尚小的惜春还没有学会在人吃人的贾府趋炎附势、争强好胜，只能随波逐流。哥哥贾珍虽然心中有这个妹妹，但也不好表现出明显的关切。做贼心虚，关心关切得多了，难免要引起宁荣两府上上下下一干人等的诟谇谣诼，贾珍只好打发尤氏来斡旋。

可尤氏毕竟是后进贾府的，跟相差三十岁上下的惜春哪里有共同语言，况且她自己也是缺爹少娘，同惜春一样也是无父无母的可怜人。

没有家庭背景的尤氏不像凤姐，在贾府有王夫人、薛姨妈这些至亲，在外有王子腾罩护，只有一个丈夫贾珍算是尤氏的至亲。因此，当贾琏偷娶尤二姐时，凤姐就敢两手搬着尤氏的脸紧对相问。

凤姐的话一针见血：一味瞎小心图贤良的名儿。尤氏不仅在贾珍、贾蓉父子跟前如此，在荣国府也是如此。凤姐过生日，老太太要尤氏张罗，尤氏先问凤姐怎么办，凤姐告诉尤氏："你不用问我，你只看老太太的眼色行事就完了。"尤氏后来又和鸳鸯商议，如何讨得贾母的喜欢。临走，把鸳鸯的二两银子退了回去，把王夫人的丫头彩云的银子退了回去，把周姨娘和赵姨娘每人的二两银子也退了回去，讨得下人的欢心。可毕竟是锯了嘴的葫芦，在第七十六回，贾母率领阖家大小赏月，凸碧堂品笛感凄情时，尤氏要讨老太太的喜欢，硬是说了几句不伦不类的笑话："一家子养了四个儿子：大儿子只一个眼睛，二儿子只一个耳朵，三儿子只一个鼻子眼，四儿子倒都齐全，偏又是个哑巴。"正值甄家被抄，贾母兔死狐悲，怎么能听得下这样的笑话，这笑话不是说别人，倒像是在咒自己，所以装作"已朦胧双眼，似有睡去之态"。

宁国府在贾珍的统治下，差点把天翻过来，最有名的就是焦大的那句名骂：养小叔子的养小叔子，爬灰的爬灰。

腌臜的宁国府需要尤氏来粉饰，贾珍的颜面需要尤氏来保全，所以，尤氏一面是宁国府的当家奶奶，一面又要在荣国府斡旋甚至不惜插科打诨，来讨贾母的喜欢。

整篇《红楼梦》，极少见尤氏与惜春的交往。尤氏在大观园时，时常到李纨屋里歇息或到怡红院讨吃的，但从没到过惜春的屋里。只有在抄检大观园后，从惜春的丫鬟入画的箱子里搜出男人的鞋袜和金银锞子，姑嫂才有了一次“遭遇”，还是以尤氏赌气带走入画而终结。可见惜春从尤氏这里也得不到些许的关爱和温暖。

三

《红楼梦》里的须眉浊物们，父辈的如贾赦、贾政，儿子辈的如贾珍、贾琏，孙子辈的如贾蓉，不是刻薄呆板就是好淫好色，极少见到他们表现出男人温和慈善的一面。宝玉见了贾政像老鼠见了猫一样躲之不及。贾琏因为没有弄来石呆子的几把扇子，并认为为了几把扇子坑得人家倾家荡产，也不算什么能耐，贾赦就亲自上阵抡起手中的家伙就打。贾珍因为贾蓉在老太太率领奶奶、小姐们到庙里打醮时，躲在一边乘凉，就让小厮对其边啐边骂。

赖嬷嬷，贾府资历最老的奴才在第四十五回说起贾府的训儿经，对宝玉道："不怕你嫌我，如今老爷不过这么管你一管，老太太护在头里。当日老爷小时挨你爷爷的打，谁没看见的。老爷小时，何曾象你这么天不怕地不怕的了。还有那大老爷，虽然淘气，也没象你这扎窝子的样儿，也是天天打。"

贾宝玉的哥哥贾珠十四岁进了学，不到二十岁娶妻生子，后来一病而死，估计也跟贾府管教儿子的方式有关。

对待儿子们如此，对待女儿们又怎样呢？

有人说整篇《红楼梦》就没见过贾珍与亲妹妹惜春有过交往、说过几句话，秦可卿死的时候也没见过惜春到宁国府去哀悼与慰问。第六十三回，贾敬死的时候，也没有人通知惜春，也未见惜春去哭丧，也未闻惜春有什么悲痛之状，也没有谁去安慰惜春，倒是成全了贾琏与尤二姐的亲事。

其实这并不奇怪，《红楼梦》中可见过迎春与父亲贾赦说过什么话？可见过贾琏关心过妹妹迎春？可见过探春与贾政有什么父女情深？只有林黛玉常常想起自己父母双亡，暗自伤心落泪。

这也许是作者的疏忽，没有周全照应到，也许就是贾府的真实状况：在父子之间、父女之间，横亘着一道冷酷无情的沟壑。这就是所谓的"礼教"，所谓的"祖宗的规矩"。生活在其中的惜春怎么会不"心冷口冷心狠意狠"？

四

年纪最小的惜春，自小就体会到了人间的冷暖和世态的炎凉。她冷眼旁观着周围的一切，将其深深地刻在心里。元春姐姐做了皇帝的妃子，回家省亲时，却哭个没完没了，说是家里把自己送到了“不得见人的去处”。迎春姐姐嫁给了“中山狼”，出嫁不到一载便被丈夫孙绍祖揉搓至死。探春姐姐是朵带刺的玫瑰花，敢于抗争，敢于当面训斥邢夫人的陪房王善保家的，敢于和凤姐叫板，后来竟也是远嫁，漂泊天涯。林姐姐与二哥哥那么要好，终究没有走到一起，却是一个死去，一个另娶。大嫂子结婚后很快就守了寡，提心吊胆地守着兰儿过日子。哪里是女儿的乐土？怎样才能保全自己？这是幼小的惜春常常思考的问题。

在第七十四回，惜春明确表态：善恶生死，父子不能有所勖助。不作狠心人，难得自了汉。

惜春位于金陵十二钗正册第八位。一所古庙，里面有一美人，在内看经独坐：“勘破三春景不长，缁衣顿改昔年妆。可怜绣户侯门女，独卧青灯古佛旁。”这是惜春的判词。

《红楼梦》十二支曲中的《虚花悟》，这样来描述惜春内心的渴望：

“将那三春看破，桃红柳绿待如何？把这韶华打灭，觅那清淡天和。说什么，天上夭桃盛，云中杏蕊多。到头来，谁把秋捱过？则看那，白杨村里人呜咽，青枫林下鬼吟哦。更兼着，连天衰草遮坟墓。这的是，昨贫今富人劳碌，春荣秋谢花折磨。似这般，生关死劫谁能躲？闻说道，西方宝树唤婆娑，上结着长生果。”

“虚花悟”，意为悟到荣华是虚幻的。“虚花”，犹言镜中花。既已把三春的艳丽美景看破，那么便是桃红柳绿结果又如何？莫如把这美好的青春抛弃，寻觅那清净淡泊、养性修真的生活。说什么，天上的碧桃长得美丽茂盛，云中的红杏开得鲜艳繁多。到头来，谁又能把肃杀寒秋捱得过？昨儿贫、今日富令人劳累奔波，春花开、秋花谢使人空受折磨。像这样，生死的劫数谁能够避开藏躲？但是，听人说，西方有宝树叫婆娑，树上结着长生仙果。

独卧青灯古佛旁的惜春想必内心也是平和喜乐的，这毕竟是自己追求和向往的生活。现实中得不到的，就从另一个途径去追求。

《红楼梦》里，与和尚道士有关联的人有贾宝玉，生下来就含着被和尚道士幻化的通灵宝玉；有贾瑞，因为看上了凤姐害了相思病，跛足道人给了他一面风月宝镜；有香菱，看见幼小的香菱被父亲甄士隐抱在怀里，和尚便大哭，说出了：“惯养娇生笑你痴，菱花空对雪澌澌，好防佳节元宵后，便是烟消火灭时”的谶语；有黛玉，有个癞头和尚要化黛玉出家，说她或者从此以后总不见哭声，除父母之外，凡外姓亲友一概不见，方可平安了此一生；有宝钗，癞头和尚给了八个字：“芳龄永继”“不离不弃”，錾在金锁上，等有戴玉的人来婚配。

而没有遇到和尚道士点拨的惜春，却勘破红尘，把命运的主动权掌握在自己手里。虽然后来脂砚斋说惜春是“缁衣乞食”，但那毕竟是她用理想和向往追求来的自己渴望的另一番天地和生活。

同父亲贾敬一样。

7 贾蔷的愧疚

一

为了迎接元春省亲，贾府翻盖了大观园，下姑苏聘请教习，采买女孩子，置办乐器行头。贾珍派了贾蔷负责此事。

龄官是贾蔷从苏州采买的十二个女孩之一，身份不明，是个有个性且多情的女子。龄官在与贾蔷的朝夕相处中爱上了贾蔷，并且爱得很深、很痴。

书中第三十回，宝玉与金钏调笑，惹恼了王夫人，金钏挨了打。宝玉来到大观园，“只见赤日当空，树阴合地，满耳蝉声，静无人语”。“那蔷薇正是花叶茂盛之时，宝玉便悄悄的隔着篱笆洞儿一看，只见一个女孩子蹲在花下，手里拿着根绾头的簪子在地下抠土，一面悄悄的流泪……只见他虽然用金簪划地，并不是掘土埋花，竟是向土上画字。宝玉用眼随着簪子的起落，一直一画一点一勾的看了去，数一数，十八笔。自己又在手心里用指头按着他方才下笔的规矩写了，猜是个什么字。写成一想，原来就是个蔷薇花的‘蔷’字。”

“再看，还是个‘蔷’字。里面的原是早已痴了，画完一个又画一个，已经画了有几千个‘蔷’。”

贾蔷，宁府正派玄孙，外相既美，内性聪明，上有贾珍溺爱，下有贾蓉匡助，自有房舍，自立门户过生活，虽然父母早亡，但也是一个钻石王老五。

可这样一个有门第、有家私、有身世的纨绔子弟却对一个荣国府买来的戏子龄官情有独钟，有包容有爱护，像贾宝玉一样懂得怜香惜玉。元春省亲时，元春对龄官另眼相待，让龄官外加两场戏，贾蔷让龄官唱《游园》和《惊梦》，龄官定要唱《相约》《相骂》，贾蔷拗不过，只得随了龄官。

二

龄官长得漂亮，很像黛玉。用贾宝玉的话形容是“眉蹙春山，眼颦秋水，面薄腰纤，袅袅婷婷，大有林黛玉之态”。

贾宝玉在梦游太虚幻境时，与警幻仙子的妹妹乳名兼美字可卿者发生亲密关系。兼美，“其鲜艳妩媚，有似乎宝钗，风流袅娜，则又如黛玉”。书中第五回，也介绍秦可卿“生的袅娜纤巧”。当秦可卿死的时候，宝玉急火攻心，“直喷出一口血来”。可见，兼美就是秦可卿。如此看来，林黛玉、秦可卿、龄官有着相似的容貌与命运：容颜绝世，红颜薄命。

十六岁的贾蔷生得比贾蓉还美，依附贾珍生活。后来因为奴才们的风言风语，贾珍要避嫌，所以让贾蔷搬出宁府自立门户。奴才们的风言风语是什么，书里没有明说。但在书中第九回，顽童闹学堂时读者可从中略知一二。

顽童闹学堂由秦钟引起，贾蔷灭火。贾蔷灭火，一是因为秦钟是贾蓉的小舅子，关键是秦可卿的弟弟。二是因为童言无忌，小孩子家拉拉扯扯说出的话，“如此谣言，说的大家没趣”。所以，贾蔷挺身而出，找到宝玉的书童茗烟，挑拨茗烟大闹学堂，转移了众人的视线。后来得到金荣的姑姑金寡妇的证实：“作的是什么有脸的好事！”

当金寡妇要向秦可卿问罪时，尤氏的一番话让金寡妇打消了念头。“偏偏今日早晨他兄弟来瞧他，谁知那小孩子家不知好歹，看见他姐姐身上不大爽快，就有事也不当告诉他，别说是这么一点子小事，就是你受了一万分的委曲，也不该向他说才是。谁知他们昨儿学房里打架，不知是那里附学来的一个人欺侮了他了。里头还有些不干不净的话，都告诉了他姐姐。婶子，你是知道那媳妇的：虽则见了人有说有笑，会行事儿，他可心细，心又重，不拘听见个什么话儿，都要度量个三日五夜才罢。这病就是打这个秉性上头思虑出来的。今儿听见有人欺负了他兄弟，又是恼，又是气。恼的是那群混帐狐朋狗友的扯是搬非、调三惑四的那些人；气的是他兄弟不学好，不上心念书，以致如此学里吵闹。”

话说，事不关己，高高挂起，如果学童的那些风言风语与自己无关，秦可卿不至于一病不起，时好时坏，甚至要跟性命连在一起，治好了病，治不好命，最后丢掉了性命。

秦可卿死后，公公贾珍哭得像个泪人，可还有一个人，却把眼泪咽进肚子里。这个人就是贾蔷。

袅娜纤巧的秦可卿与风流俊俏的贾蔷，情既相逢，便发生了“好事”。这就是焦大之骂中的“养小叔子的养小叔子”。纵观宁国府，谁是谁的小叔子，谁是谁的嫂子，谁是谁的弟弟，一望便知。

三

山重水复，寻寻觅觅，从苏州回来的贾蔷好似换了一个人，因为遇到了龄官——秦可卿的影子。此后的贾蔷，心中守护着秦可卿，生活中爱护着龄官。

画出上千个“蔷”的龄官对贾蔷欲罢不能，做小伏低的贾蔷对龄官百依百顺。

龄官不开心的时候，贾蔷便买个雀儿来哄她开心，并亲自拿些谷子哄的那个雀儿在笼子里的戏台上乱串，衔鬼脸旗帜。别的女孩子都笑道“有趣”，独龄官冷笑了两声，道：“你们家把好好的人弄了来，关在这牢坑里学这个劳什子还不算，你这会子又弄个雀儿来，也偏生干这个。你分明是弄了他来打趣形容我们，还问我好不好。”龄官又说：“那雀儿虽不如人，他也有个老雀儿在窝里，你拿了他来弄这个劳什子也忍得！今儿我咳嗽出两口血来，太太叫大夫来瞧，不说替我细问问，你且弄这个来取笑。偏生我这没人管没人理的，又偏病。”当贾蔷要去请大夫时，龄官又叫：“站住，这会子大毒日头地下，你赌气自去请了来我也不瞧。”

龄官的强势，贾蔷的慌乱，局内人心知肚明：无情胜有情。

局外人宝玉自此深悟：人生情缘，各有分定。

世家公子与优伶相爱，也算是奇缘。这缘分中有着渐行渐远的昔日爱人的影子。对龄官的爱就是对秦可卿的愧疚与补偿。

可喜的是，如今他终于可以与所爱的人正大光明地在一起了。

8 贾瑞的疯狂

贾瑞喜欢上了凤姐，这种喜欢有些疯狂。

为了与凤姐一会，贾瑞丢掉了性命。你说他疯狂不疯狂。

宁府的腌臜被焦大看在眼里，也被贾瑞瞧在眼里。书中突然跳出贾瑞这么一个人，让人感到意外，可仔细想来却又合情合理，这是作者不动声色、不扬不抑的一贯写法，掺杂了黑色幽默的成分。

二十来岁的贾瑞本想在宁国府的家宴中有点意外发现或奇遇，或者能碰到一个水灵灵的小丫鬟，摸摸手，亲亲嘴；或者像茗烟一样与相好的丫鬟来个约会；或者像贾芸遇到小红一样，捡到一块手帕，了却一段相思，可是万万没有想到遇到了凤姐。

凤姐的手段让贾瑞送了命。因为凤姐太厉害，贾瑞太疯狂。

书中第十一回，凤姐识破了贾瑞之心。贾瑞偶遇凤姐，便道："也是合该我与嫂子有缘。我方才偷出了席，在这个清净地方略散一散，不想就遇见嫂子也从这里来。这不是有缘么？"贾瑞一面说着，一面拿眼睛不住地觑着凤姐儿。当贾瑞提出要去拜访凤姐，又怕凤姐年轻不肯轻易见人时，凤姐虽然脸酸，但是看在贾瑞也是宗族子弟的份上，没有立刻翻脸，而是假意含笑，说：“一家子骨肉，说什么年轻不年轻的话。”贾瑞听了这话，不曾想到今日有这个奇遇，那神情光景越发不堪，不仅身上已木了半边，还慢慢地一面走着，一面回过头来看。

书中第十二回，凤姐正与平儿说话，只见有人回说：“瑞大爷来了。”凤姐急命：“快请进来。”这时，凤姐已有了打算。

贾瑞像是受了蛊惑一样，义无反顾，勇往直前。见了凤姐的打扮，亦发酥倒，因饧了眼问道：“二哥哥怎么还不回来？”凤姐道：“不知什么原故。”贾瑞笑道：“别是路上有人绊住了脚了，舍不得回来也未可知？”凤姐道：“也未可知。男人家见一个爱一个也是有的。”贾瑞笑道：“嫂子这话说错了，我就不这样。”凤姐笑道：“象你这样的人能有几个呢，十个里也挑不出一个来。”贾瑞听了，喜得抓耳挠腮，又道：“嫂子天天也闷的很。”凤姐道：“正是呢，只盼个人来说话解解闷儿。”

从对话中看，贾瑞撩拨在前，凤姐勾引在后；凤姐略施手段，贾瑞就上了钩。因为喜欢，所以忘情。贾瑞此时忘了凤姐的为人：“嘴甜心苦，两面三刀；上头一脸笑，脚下使绊子；明是一盆火，暗是一把刀。”

凤姐告诉贾瑞：“大天白日，人来人往，你就在这里也不方便。你且去，等着晚上起了更你来，悄悄的在西边穿堂儿等我。”

贾瑞听了，如得珍宝。

被凤姐哄在穿堂里，冻了一夜；被凤姐哄到空屋子里，被贾蓉、贾蔷勒索逼迫。可贾瑞就是不知反悔。

想而不得，越不得越要得。这是普天下男人的共同特点。

欲火攻心，又添了债务，祖父管教得又紧。二十来岁尚未娶亲，迩来想着凤姐，未免有那指头告了消乏等事。更兼两回冻恼奔波，内外夹攻，不觉就得了一病。这是贾瑞作死的第一个理由。

第二个理由是当学童闹学堂的时候，贾瑞站在了金荣那边，致使宝玉和秦钟吃了亏。吃了亏的秦钟回家跟姐姐秦可卿学说了一些不干不净的话，导致可卿吃不下饭，病情加重。凤姐跟秦可卿又要好，必须要给秦可卿出气。

精明的凤姐对秦可卿忽好忽坏的病情和难言之隐也会略猜到一二，对宁府之事也有所耳闻。一个是荣府的长房孙媳，一个是宁府的长房孙媳，凤姐与秦可卿有着共同的利益、前景与忧虑。唇亡齿寒，秦可卿的遭遇不能不让凤姐心惊。

因此，凤姐对畜生一样不讲人伦的贾瑞之流无比痛恨，发下狠誓："他如果如此，几时叫他死在我的手里，他才知道我的手段！"凤姐变被动为主动，步步勾引；贾瑞唯命是从，步步紧跟，一个愿打一个愿挨。

贾瑞得的病是："心内发膨胀，口中无滋味，脚下如绵，眼中似醋，黑夜作烧，白昼常倦，下溺连精，嗽痰带血。诸如此症，不上一年都添全了。于是不能支持，一头睡倒，合上眼还只梦魂颠倒，满口乱说胡话，惊怖异常。百般请医疗治，诸如肉桂、附子、鳖甲、麦冬、玉竹等药，吃了有几十斤下去，也不见个动静。”

最后，还是跛足道人来救贾瑞，送来一面两面皆可照人的“风月宝鉴”。道士告诉贾瑞：“这物出自太虚幻境空灵殿上，警幻仙子所制，专治邪思妄动之症，有济世保生之功。所以带他到世上，单与那些聪明杰俊、风雅王孙等看照。千万不可照正面，只照他的背面，要紧，要紧！三日后吾来收取，管叫你好了。”

可是，不知悔改的贾瑞如同大多人一样，只喜红颜，不喜骷髅；只喜美丽，不喜丑陋。一再违背道士的叮嘱，偏要照正面，在虚幻里与凤姐翻云覆雨，一而再，再而三，最后精尽人亡。

表面看，贾瑞是死在凤姐手里，实则是死在风月里，死在淫上。《红楼梦》是写人情世情之书，当然离不开男女之情。书中第五回，贾宝玉梦游太虚幻境，警幻仙子为了不负贾府宁、荣二公剖腹深嘱，让宝玉领略仙闺幻境之风光，望其改悟前情，谨勤有用的工夫，置身于经济之道，给宝玉做了一番有关色与情与淫之解说。

“好色即淫，知情更淫。”“巫山之会，云雨之欢，皆由既悦其色、复恋其情所致也。”

由色及情最后至淫。淫虽为最终归途，内容却有别。“意淫”，惟心会而不可口传，可神通而不可语达。如宝玉对黛玉的爱恋、对晴雯的怜惜、对香菱的帮助、对平儿的尽心，都是发乎情止于礼。“意淫”，是像宝玉一样懂得怜香惜玉，是爱护、保护、关心，滋养，而不是一味追求感官接触与刺激。因此，警幻说宝玉是闺阁中的良友，不是闺阁中的色狼。

警幻所说的“淫”，还有一种是皮肤滥淫之蠢物：“悦容貌，喜歌舞，调笑无厌，云雨无时，恨不能尽天下之美女供我片时之趣兴。”

《红楼梦》里，滥淫的男子举不胜举。贾迎春的夫婿孙绍祖，“一味好色，好赌酗酒，家中所有的媳妇丫头将及淫遍”。荣国府长子贾赦，左一个小老婆，右一个小老婆，略平头正脸的都不放过。子承父业，其子贾琏什么“脏的臭的”都往屋里拉。宁国府那边，贾珍的爬灰，贾蓉与父亲的“聚麀之诮”，后至外亲如秦钟，与尼姑智能儿私通。

女子中有秦可卿，既爬灰又养小叔子，“情既相逢必主淫”。有尤二姐与尤三姐，被认为是“淫奔”之女。

书中对于尤二姐和尤三姐的刻画描写，虽然精致巧妙，荡气回肠，却也体现了作者的纠结与局限。对尤二姐之死，书中第六十九回，借尤二姐梦见死去的尤三姐之嘴，表明两人之死为“老天的报应”，“此亦系理数应然，你我生前淫奔不才，使人家丧伦败行，故有此报”。尤二姐自己也认为：“妹妹，我一生品行既亏，今日之报既系当然，何必又生杀戮之冤。随我去忍耐。若天见怜，使我好了，岂不两全。”

畅畅快快地嘲弄了贾琏、贾珍一把的尤三姐也认为：

"自古'天网恢恢，疏而不漏'，天道好还。你虽悔过自新，然已将人父子兄弟致于麀聚之乱，天怎容你安生。"

《红楼梦》里，老天既容不下尤氏姐妹，难道就容得下贾府那些道德沦丧的男人？是让他们继续淫滥？还是不是不报，时候未到？还是继续出现几个如贾瑞一样的贾府子弟，给人以警示？

9 尤二姐的豪门之梦

回顾《红楼梦》中尤二姐短暂的人生，可谓理想很丰满，现实很残酷。

因为骨子里的天真，所以快乐，渺茫的希望就是尤二姐幸福的源泉。因为性格里的温顺，所以坎坷，忍让退却换来的却是侮辱与欺凌。因为长相标致，所以不甘于寂寞，最后却是满身伤痕，走向死亡。

将人生浓缩为二十余年的尤二姐，在进贾府半年后的一个夜深人静的时刻吞金自杀。就是走向了末路，尤二姐也生怕惊扰了他人，亦如她生前的逆来顺受、忍气吞声：只是听说吞生金可以坠死，比上吊、自刎要干净，所以趁人不备，拖着刚刚堕完胎的身子，挣扎起来，打开箱子，找出一块生金，也不知多重，吞入口中，几次狠命直脖，方咽了下去。于是赶忙将衣服首饰穿戴齐整，上炕躺下，当下人不知，鬼不觉。

当贾琏再次见到尤二姐时，见其面色如生，竟比活着还美貌。

尤二姐是貌美如花的。《红楼梦》里多次介绍尤二姐的美貌。书中第六十四回介绍，贾琏因为贪恋二姐的美貌，在国孝家孝期间，背旨瞒亲，硬是在离宁荣街后二里远近小花枝巷内买了一所房子，娶了尤二姐。

在贾琏的眼里，妻不如妾，妾不如偷。偷娶过来的尤二姐比家里的那个夜叉婆不知齐整多少倍。曾经在《红楼梦》中一出场就被浓墨重笔描写的凤姐，此时给尤二姐提鞋都不配。被凤姐骗入荣国府后，贾府的老祖宗史老太君也连声夸赞尤二姐是个齐全的孩子，比凤姐要俊些。

女人的容颜如同开放的花朵，漂亮的女人如同开放得最娇艳的花朵，难免会招蜂引蝶。女人的身世如同鲜花下面的土壤，土壤越肥沃，花便越娇艳；身世越显赫，女人越有自信与活力。

贾府的林黛玉、宝钗、史湘云、元春姊妹、凤姐和李纨等人，既容颜盖世，又身世显赫。她们才有底气临风洒泪，对月伤情；才有底气清高自许，矜修女德；才有底气吟诗作画，饮酒作乐；才有底气心狠手黑，颐指气使；才有底气怜贫惜老，清净守节。

底气很重要。封建时代中，女人的底气不仅源于漂亮的长相，更源于出生在一个有权有势的家庭、祖辈封侯拜相、家财万贯。

比如大字不识的凤姐就很有底气，夫妻吵架时搬出娘家的陪嫁进行炫耀："把我王家的地缝子扫一扫，就够你们过一辈子呢。说出来的话也不怕臊！现有对证：把太太和我的嫁妆细看看，比一比你们的，那一样是配不上你们的。"奴才们就不用说了，连贾琏这样的贾府嫡孙也要眨眍眼睛，退让三分："何苦来，不犯着这样肝火盛。"

尤二姐虽然貌美如花，可这花空有娇艳与妩媚，却没有肥沃的土壤，甚至连牛粪都没有。尤二姐小时候家里虽然不能与贾府比，但也是小康之家，吃穿不愁，与皇粮庄头张家指腹为亲。自从亲生父亲去世后，她跟随再嫁的母亲到了尤家。想来尤家的家境也算不错，不然异父异母的姐姐尤氏也不能与贾府攀上亲。

可是继父死后，家道艰难，尤氏姐妹只能仰人鼻息，看人脸色，寄人篱下，靠贾府的接济来过活。张家遭了官司败落了，穷极了的人家哪里还有钱娶亲？不论娘家还是将来的夫家都已家道败落，尤二姐还未出阁便注定红颜薄命。

生活潦倒，容颜却标致，她向往着贾府花柳繁华地、温柔富贵乡，希望嫁入贾府那样的豪门，像异父异母的姐姐那样当起大奶奶，过锦衣玉食的生活。

姐夫贾珍的每次到来，不仅给怀揣梦想的尤二姐带来喜欢的锦缎、衣服、首饰，也带来了踏入豪门的希望。在姐夫的一次次勾引和许诺下，在亲生母亲的默许下，尤二姐与姐夫有了暧昧。这暧昧就是希望，希望姐夫能帮助、体恤自己，为自己找个富贵人家或者嫁给姐夫，给姐夫做个二房或者妾也是求之不得之事。姐夫靠不住，还有侄儿贾蓉，没想到贾蓉也靠不住，父子俩只把自己当作粉头来耍。

当姐姐家为丧事忙得一团糟时，来帮姐姐看家的尤二姐遇到了贾琏，她迎来了自己一生中最璀璨的时刻。

在尤二姐看来，贾琏不知要比贾珍强出多少倍，风流倜傥，年轻俊美，关键是对自己一片真心。并且不计较自己以前的行为，说出暖心暖肺的话："谁人无错，知过必改就好。"从不提自己以往之淫，只取现今之善，与自己如胶似漆，似水如鱼，一心一计，誓同生死。

虽然偷来的锣敲不得，但尤二姐与贾琏短暂的夫妻生活也是一幅甜蜜温馨的画卷：一个负责貌美如花，一个负责养你全家。尤二姐治家谨肃，凡事不敢自作主张，都与贾琏商议，实在比凤姐要高出十倍。贾琏把自己积攒多年的体己交给了尤二姐，每月出五两银子做供给，还有丫鬟和家人的服侍。

尤二姐的生活简直可以用幸福来形容了。她自认终身有靠，生是贾琏的人，死是贾琏的鬼，并且不顾尤三姐的规劝，想要成个体统，光鲜靓丽地进入贾府，光明正大地做起琏二爷的二房奶奶，只等凤姐被淅淅沥沥的妇科病拖死，就能正儿八经成为贾琏的正配妻室，做起豪门嫡长孙名正言顺的当家奶奶。

可是，姐夫贾珍旧情难忘，隔三差五来喝酒，与妹妹挨肩擦脸，百般轻薄。尤二姐心里明白，受自己出嫁的触动，妹妹也渴望有个归宿。一心想改过的尤二姐也渴望品行曾经如自己一样不端的尤三姐嫁个人家，有个着落，堵住众人的悠悠之口，自己好跟着琏二爷过上没人打扰的幸福生活。

可性格刚烈的妹妹偏偏死了，为了不再生事出丑，二姐说服贾琏放了柳湘莲，胳膊折了藏在袖子里。不久，亲娘也随妹妹而去，世上只剩下孤孤单单的尤二姐，贾琏就是她唯一的指望。

凤姐的到来，使尤二姐成了名正言顺的二房奶奶，终于有了体统。可是从没跟凤姐打过交道的二姐，根本不是凤姐的对手，不出一年便丢掉了性命。

进贾府后不久，尤二姐发现，凤姐曾经给自己描绘的美景转瞬即逝。什么你我姊妹同居同处，彼此合心谏劝二爷慎重世务、保养身体；什么二爷之名也要紧，今生今世奴之名节全在姐姐身上；什么同分同例，同侍公婆；什么喜则同喜，悲则同悲，情似亲妹，和比骨肉……统统都是鬼话。分明是挖好了陷阱，埋下了伏兵，只等自己自投罗网。

贫困让人失去了尊严，也让人产生了自卑。尤二姐这朵娇艳的鲜花不仅没有根基，更没有刺，只有温和委婉，让人随心所欲地侮辱。老天给安排了什么样的命运便过什么样的生活，软弱得甚至遭到下人的欺凌。

头油没了，尤二姐吩咐丫鬟善姐去回凤姐拿些来，善姐像教训奴才一样给尤二姐上了一堂课："二奶奶，你怎么不知好歹没眼色。我们奶奶天天承应了老太太，又要承应这边太太那边太太。这些妯娌姊妹，上下几百男女，天天起来，都等他的话。一日少说，大事也有一二十件，小事还有三五十件。外头的从娘娘算起，以及王公侯伯家多少人情客礼，家里又有这些亲友的调度。银子上千钱上万，一日都从他一个手一个心一个口里调度，那里为这点子小事去烦琐他。我劝你能着些儿罢。

咱们又不是明媒正娶来的，这是他亘古少有一个贤良人才这样待你，若差些儿的人，听见了这话，吵嚷起来，把你丢在外，死不死，活不活，你又敢怎样呢！”一席话，说得尤二姐垂了头，自为有这一说，少不得将就些罢了。

有才干的凤姐如同懂得兵法一般，用丫鬟、婆子的说三道四给尤二姐加以心理上的折磨，从精神上打垮她。凤姐无人处只和尤二姐说：“妹妹的声名很不好听，连老太太、太太们都知道了，说妹妹在家做女孩儿就不干净，又和姐夫有些首尾，‘没人要的了你拣了来，还不休了再寻好的。’我听见这话，气得倒仰，查是谁说的，又查不出来。这日久天长，这些个奴才们眼前，怎么说嘴。我反弄了个鱼头来拆。”

除了平儿，众丫头、媳妇无不言三语四，指桑说槐，暗相讥刺。

此时，琏二爷也有了新欢——秋桐，“秋桐自为系贾赦之赐，无人僭他的，连凤姐、平儿皆不放在眼里，岂肯容他”。偏偏这秋桐和贾琏有旧，今日天缘凑巧，真是一对烈火干柴，如胶投漆。那贾琏在尤二姐身上之心也渐渐淡了，只有秋桐一人是命。

秋桐也正是抓乖卖俏之时，时常悄悄地告诉贾母、王夫人等，说尤二姐：“专会作死，好好的成天家号丧，背地里咒二奶奶和我早死了，他好和二爷一心一计的过。”贾母听了便说：“人太生娇俏了，可知心就嫉妒。凤丫头倒好意待他，他倒这样争锋吃醋的。可是个贱骨头。”因此渐次便不大喜欢尤二姐。

墙倒众人推。在贾府，大家都喜欢锦上添花，少有人雪中送炭。众人见贾母不喜欢，不免又往下踏践起来。

当胡庸医把尤二姐腹中已成型的男胎打下来时，凤姐又以属相不合挑拨秋桐在尤二姐窗外辱骂：“奶奶希罕那杂种羔子，我不喜欢！老了谁不成？谁不会养！一年半载养一个，倒还是一点搀杂没有的呢！”

至此，尤二姐才明白，贾府就是火坑，自己逃出了姐夫贾珍设计的狼窝又入了虎口。曾经期望的荣华富贵、夫唱妇随，对自己来说只是水中月、镜中花。虽然自己肯悔悟从良，想一心一意做个贤良之人，但在凤姐、秋桐等人看来，自己的存在就是个错误，贾府虽大，但并没有自己立锥之地。

尤二姐至死都纯良、随顺，抱有幻想。当尤三姐托梦，让尤二姐用剑斩了妒妇凤姐，一同归至警幻案下时，尤二姐泣道：“妹妹，我一生品行既亏，今日之报既系当然，何必又生杀戮之冤。随我去忍耐。若天见怜，使我好了，岂不两全。”难怪尤三姐评价尤二姐：终是个痴人。

从尤二姐的死来看，娇艳的女人更需要肥沃的土壤，没有身世，没有权势、财力，就如同浮萍柳絮，任凭雨打风吹。

10　当尤三姐遇上柳湘莲

一

只因为在人群中多看了柳湘莲一眼，怀春少女尤三姐的心中便有了一份期盼，盼望着能有一天再相见，从此她就开始了孤单的思念。

只是在长辈的一次生日宴会上，尤三姐多看了喜欢串戏的柳湘莲一眼。这一眼，便让具有绝世美貌、模样和身段堪与林黛玉相比，贾琏贾珍“所见过的上下贵贱若干女子，皆未有此绰约风流者”的尤三姐一眼沦陷，一眼万劫不复。

“只缘感君一回顾，使我思君朝与暮。”之前被情所误，后耻情而觉的尤三姐，痴情等候了柳湘莲五年。这五年来，那个在戏台上温文尔雅、柔情万种的柳湘莲就是自己深陷苦难和腌臜生活的重生稻草。只有在夜深人静时，寄人篱下、看人脸色讨生活的尤三姐心里才能抹去贾府那些人面兽心的纨绔子弟的丑恶嘴脸，浮现出五年前戏台上那个清晰的身影，才能暂时忘掉被侮辱、被玩弄的耻辱，期盼着自己的意中人救自己于水火之中。

虽然听说自己的意中人冷面冷心，也必强于沟渠中的贾府子弟；他虽然浪迹天涯、萍踪不定，也必是有着一副侠骨柔肠。

因为受的侮辱深，所以反抗便越激烈；因为人情薄凉，所以越期盼着那渺茫的温情；因为等候得长久，所以便越是深情与珍重。

二

童年的尤三姐也曾有过锦衣玉食的美好生活。亲生姐姐尤二姐早年与皇粮庄头张家有婚约，后来张家遭了官司败落了。再后来的继父也让尤家吃穿不愁，不然，异父异母的姐姐也不会与贾家攀上亲，做了贾珍的妻子。可亲生父亲、继父先后离去，家道中落，只剩下姐俩与寡居的母亲相依为命。

好在异父异母的姐姐尤氏和姐夫贾珍好歹还救济着没有血缘关系的一家三口。可世上从来就没有免费的午餐，受了人家的接济就要给人笑颜，对人阿谀，要像叭儿狗一样摇尾乞怜。而单是会在女人身上下功夫的贾珍、贾蓉父子，想得到的远远不止这些虚无的奉承。

一面是生活的艰难，一面是豪门的诱惑；一面是王孙公子的花言巧语与承诺，一面是母亲的装聋作哑与默许。涉世未深、对未来有着懵懂憧憬的尤二姐与尤三姐先后落入贾珍父子的掌中。

好在二姐有了归宿，被贾琏娶为二房，可偷来的锣敲不得，家里有个极厉害的女人王熙凤，将来事情败露，是生是死都是未知。

受到姐姐出嫁的触动，尤三姐也希望自己有个归宿。当贾琏要破了“妹夫倒是作兄的”这个例，提出自己甘愿做小叔子，有意撮合贾珍与尤三姐也像自己与尤二姐一般称夫称妻过起日子来时，性格刚烈的尤三姐站在炕上借骂贾琏捎带上贾珍：“你不用和我花马吊嘴的，清水下杂面，你吃我看见。见提着影戏人子上场，好歹别戳破这层纸儿。你别油蒙了心，打谅我们不知道你府上的事。这会子花了几个臭钱，你们哥儿俩拿着我们姐儿两个权当粉头来取乐儿，你们就打错了算盘了。”

因为无耻，所以要用更加无耻去回报。书中写道：“这尤三姐松松挽着头发，大红袄子半掩半开，露着葱绿抹胸，一痕雪脯。底下绿裤红鞋，一对金莲或翘或并，没半刻斯文。两个坠子却似打秋千一般，灯光之下，越显得柳眉笼翠雾，檀口点丹砂……那尤三姐放出手眼来略试了一试，他弟兄两个竟全然无一点别识别见，连口中一句响亮话都没了，不过是酒色二字而已……竟真是他嫖了男人，并非男人淫了他。”

看透了真相却摆脱不了多舛的命运；向往清新干净的生活却又希望渺茫。一边流连于贾府这个风月场，一边是对贾珍和贾蓉的鄙视，这就是尤三姐的悲哀。

聪明伶俐又洞察世态炎凉的尤三姐，千不该万不该还要悔悟、还要从良。在那样的周遭环境下，心中还有着对未来的美好憧憬与期待，把自己的终身大事当作是一生生死之事，并认为只要改过守分，就可有立足之地；只有拣一个素日可心如意的人跟他去，才能不白过了一世；只要耐心等候，必将感天动地。这人一年不来，等他一年；十年不来，等十年；若这人死了再不来了，剃了头当姑子去，以了今生。

可是尤三姐不知，在只有门前那对石狮子才干净的宁府，从良也是有风险的。

当贾琏把柳湘莲的定情之物鸳鸯宝剑交给尤三姐时，尤三姐“每日望着剑，自笑终身有靠”。

可是期望越大，失望也越大。

三

《红楼梦》第四十七回才出场的柳湘莲，一出现就被呆霸王薛蟠纠缠不休。书中介绍：“那柳湘莲原是世家子弟，读书不成，父母早丧，素性爽侠，不拘细事，酷好耍枪舞剑，赌博吃酒，以至眠花卧柳，吹笛弹筝，无所不为。因他年纪又轻，生得又美，不知他身份的人，却误认作优伶一类。”

被薛蟠误认作优伶的柳湘莲，身世与尤三姐何等相似：家道败落，依附权贵，性格刚烈，命运不济。

这样的家世，这样的性格，也必和尤三姐一样，有着骨子里的自尊自爱，因此，柳湘莲对误把自己当作优伶、对自己百般调戏的富家公子薛蟠予以痛打；与藐视“仕途经济之道”的贾宝玉最合得来；对自己未来的意中人提出最高要求：必是个绝色的美人。

一面是果断，一面是犹疑；一面是刚强，一面是怯弱；一面是寻觅，一面是失去。

当一份真挚的感情摆在他面前的时候，他却说出了如焦大“爬灰的爬灰，养小叔子的养小叔子”同样惊悚骇人的话：“你们东府里除了那两个石头狮子干净，只怕连猫儿狗儿都不干净。”生怕自己被戴绿帽子，柳湘莲出尔反尔，匆匆忙忙找到贾琏，索要定情之物鸳鸯宝剑。

被思念撩拨的尤三姐怎么也想不到随着心上人的到来，自己的终身大事会以更加耻辱的方式了断。

既然柳湘莲在贾府得到了消息，嫌弃自己是无耻之流，不屑为妻，那么以前的苟活、以前的等待、以前的坚守全都化为泡影。活着失去了动力，苟且地活不如痛快地死。于是，尤三姐用定情之物鸳鸯剑的雌锋抹了脖子，从此“揉碎桃花红满地，玉山倾倒再难扶”。

尤三姐缥缥缈缈的魂魄不知可听到来自心上人由衷的赞叹：“我并不知是这等刚烈贤妻，可敬，可敬。”

为了报答尤三姐的一片痴情，柳湘莲用鸳鸯剑的雄锋将万根烦恼丝一挥而尽，随了道士，不知往哪里去了。

尤三姐遇上柳湘莲，情相近，性相似，本该是惺惺相惜，不料却是一出悲剧。

11 贾母心，海底针

《红楼梦》里的贾母是贾府的最高统治者，被称为老太太、老祖宗。她原是金陵世勋史侯家的小姐，十四岁嫁给“官二代”“富二代”贾代善。在书中第四十七回，贾母表示：我进了这门子，作重孙子媳妇起，到如今我也有了重孙子媳妇了，连头带尾五十四年。

贾代善袭了父亲贾源的爵位，公是爵位里最高的等级，荣国公是最高的爵。贾母是个地地道道的公爵夫人，有品级有加封，有出行的仪仗与妆容。

从林黛玉初入荣国府来看，贾家确实显赫富贵，府宅是御赐建造，宗祠里留有皇上的御笔题字。老来富贵也真少见的贾母在这样的环境下，练就了一双火眼金睛，洞察人情世故；享受生活，爱护子孙；精明豁达，受人尊重。

书中的王熙凤是荣国府的管家人，在第二回就提道：模样又极标致，言谈又爽利，心机又极深细，竟是个男人万不及一的。但书中却多次通过众人之口提到贾母的聪明伶俐、周到细致赛过凤姐。

这其中有讨好贾母之嫌，但也不是空穴来风。王熙凤只顾讨贾母、王夫人喜欢，或者背着贾母、王夫人放利钱、兜揽官司，谋求利益，主要在一个“利”字上。王夫人年老色衰，拴不住贾政的心，一心在贾母面前讨好、装孝敬，像块木头一样，主要体现在“孝”上。

贾府的子孙有时做出违拗贾母意愿的事，贾母也是一眼看穿，话语一针见血。当贾赦要娶鸳鸯时，贾母借此对王夫人说：你们都是哄我呐，表面装作孝顺，有好东西也要，有好人也来要，把我的人弄了去，好再摆布我。

贾母强于王熙凤及王夫人最重要的一条就是有远见，站得高，望得远，凡事从长计较。

有远见的贾母把心思放在对隔辈孙女们的教育上，对她们的培养抓得很紧，对“造就”更能给贾府带来荣耀的女孩们丝毫不松懈。当黛玉第一次进贾府，贾母便吩咐：“请姑娘们来。今日远客才来，可以不必上学去了。”

原来，贾府的小姐们是要念书的，并不像李纨那样只是在女红上下功夫。在《红楼梦》第二回，冷子兴也说：“因史老夫人极爱孙女，都跟在祖母这边一处读书，听得个个不错。”可是当林黛玉问到贾母，姊妹们都读什么书时，贾母却说：“读的是什么书，不过是认得两个字，不做睁眼的瞎子罢了。”以至于后来宝玉问黛玉读的是什么书，黛玉马上回答：“不曾读，只上了一年学，些须认得几个字。”

表面上，贾府的小姐们读书是为了认得几个字，可实际上却琴棋书画样样精通：老大元春擅长抚琴，被选进宫，做了贤德妃，丫鬟叫抱琴；老二迎春擅长下棋，丫鬟叫司棋；老三探春擅长书法，丫鬟叫侍书；老四惜春绘画拿手，丫鬟叫入画。四个孙女并没有辜负老祖母的一番教导栽培。

贾母知道，光凭女红是培养不出有见识、能担重任的女子的，还要读书。读书使人进步，贾府也是如此认为。贾府的小姐们在老祖母潜移默化的影响下，一边学着女红、技艺，遵循着封建社会“女子无才便是德”的原则；一边读书写诗，广泛涉猎，以开阔眼界、增长见识。

表面看，贾母心疼孙女孙子，都抱过来一起养。殊不知，贾母对几个孙女，还有黛玉，都寄托了极大的希望。贾母不仅希望贾府的男人们为贾家添彩，也希望贾府的小姐们为贾氏增光，再出现一个贵妃、王妃之类的人物。

在贾雨村判葫芦案时，门子拿出一个当地的护官符：贾不假，白玉为堂金作马；阿房宫，三百里，住不下金陵一个史；东海缺少白玉床，龙王来请金陵王；丰年好大雪，珍珠如土金如铁。他告诉贾雨村：“这四家皆连络有亲，一损皆损，一荣皆荣，扶持遮饰，俱有照应的。”已活成人精的贾母当然更懂得这个道理。

可是孙女们并不是个个如贾母所望，除了贾元春因贤孝才德被选入宫中作女史，后被晋封为凤藻宫尚书，加封贤德妃，其他几个孙女真是一个不如一个。二孙女贾迎春老实懦弱，一针扎不出血来，被称为“二木头”。三孙女贾探春虽是贾府的玫瑰花，漂亮但有刺，可惜是庶出，鸡窝里飞出的凤凰终究是生于鸡窝。四孙女贾惜春年龄尚小，且身世不明，性格孤僻。史湘云本是贾母娘家的一个晚辈，有些鞭长莫及，爹妈死的早，被叔叔做了主，配与了人家，白白枉费了贾母的一片心血。

但是，贾母并没有放弃希望，仍然在大观园里寻找贾府新的中流砥柱。所以，当第七十一回，贾母八十大寿，南安太妃来看戏时说起小姐们，贾母说："他们姊妹们病的病，弱的弱，见人腼腆，所以叫他们给我看屋子去了。"当南安太妃提出要见她们姊妹时，贾母叫来了史湘云、薛宝钗、林黛玉、薛宝琴，外加上探春。后来贾赦、邢夫人说贾母偏心，没有叫迎春出来见客。可他们不知道，在贾母心中遵循的是"强者出"的原则。

黛玉被荣国府收养后，与宝玉情投意合，从小在一个床睡觉，一个桌子吃饭。在贾府，从凤姐到下人都知道贾宝玉迟早要娶林黛玉，林黛玉早晚要嫁给贾宝玉，可当家人贾母迟迟不吐口。这是很让人疑惑的一个问题。

原因只有一个，那就是林黛玉父母双亡，已没有了靠山，没有了照应，更没有了社会地位与能量。贾宝玉娶林黛玉，说起来并不是像凤姐说的那样一副嫁妆就能了事的。如果林黛玉的父母还活着，林如海依然是兰台寺大夫、钦点的巡盐御史，这桩婚事也早就定下来了。

贾母曾透露出给宝玉娶亲的标准：只要模样性格好就行，家里穷不怕，多给点银子就完事了。可那只是贾母搪塞张道士的话，书中凡是给宝玉说亲的人物，哪个不讲根基与门第？

贾母可不像宝玉那样。宝玉长了一副慈悲心肠，看见平儿一个人供凤姐、贾琏夫妻驱使，周全在凤姐之威、贾琏之俗中，可怜；看见香菱记不得父母是谁，家乡在哪里，被薛蟠打来骂去，又摊上一个与凤姐不相上下的大奶奶金桂，可怜；看见黛玉从小失去了父母，没有兄弟姊妹，寄养在贾府，一年三百六十日，风刀霜剑严相逼，可怜。

贾母的怜悯之心往往要让步于家族能获得的更大的利益，那就是与更多的豪门官宦互相照应，互相扶持，永葆贾府的繁荣昌盛。贾母可以让宝玉不读书，在女儿堆里混，以至于让宝玉成为一个废人；可以百般疼爱黛玉，让黛玉一天一两燕窝，让俩人天天打得鸡飞狗跳。可在维护家族利益上，贾母就会露出真实的面目。

第五十四回，贾母听书，批驳说书的女先生："这些书都是一个套子，左不过是些佳人才子，最没趣儿。把人家女儿说的那样坏，还说是佳人，编的连影儿也没有了。开口都是书香门第，父亲不是尚书就是宰相，生一个小姐必是爱如珍宝。这小姐必是通文知礼，无所不晓，竟是个绝代佳人。只一见了一个清俊的男人，不管是亲是友，便想起终身大事来，父母也忘了，书礼也忘了，鬼不成鬼，贼不成贼，那一点儿是佳人？便是满腹文章，做出这些事来，也算不得是佳人了。"

贾母批书，实际上是警告林黛玉及贾府的女儿们：不要把自己弄得鬼不鬼、贼不贼，我们这样的家庭是断不许你们违背媒妁之言，自己做主婚姻大事的。

一生都沉湎于荣华富贵的贾母怎能容忍贾府败落下

去，一定要想方设法从各个渠道集聚力量来挽留曾经的辉煌。

薛姨妈曾经说把林黛玉嫁给宝玉是四角俱全的事，得到紫鹃和老婆子们的一致称赞，并敦促薛姨妈去说合。大家都认为保准一说就成。

可薛姨妈为什么没去说合？这是因为薛姨妈也确实不知道贾母的葫芦里卖的什么药。有些人觉得薛姨妈老奸巨猾，可老奸巨猾的薛姨妈实在不是面暖心冷的贾母的对手。

当迎春要嫁与孙绍祖时，贾母认为不妥当，但觉得是其亲爹做的主，也就默许了。这是因为庶出、懦弱、被称作“二木头”的迎春是贾赦为了偿还孙家五千两银子嫁过去的，在贾母看来，迎春的利用价值也就如此了。所以，尽管贾府人人尽知迎春在孙家遭受虐待，回来时在王夫人屋里哭泣诉苦，但贾母一直装聋作哑，任凭她被孙家欺负，到底断送了一条小命。

对待贾宝玉，贾母也有狠心冷意的一面。在第五十六回，当甄家的四个女人来看宝玉，拉着宝玉说话时，甄家的女人夸奖宝玉懂礼貌，四人笑道：“如今看来，模样是一样。据老太太说，淘气也一样。我们看来，这位哥儿性情却比我们的好些。”贾母忙问：“怎见得？”四人笑道：“方才我们拉哥儿的手说话便知。我们那一个只说我们糊涂，慢说拉手，他的东西我们略动一动也不依。所使唤的人都是女孩子们。”四人未说完，李纨姊妹等禁不住都失声笑出来。

贾母也笑道：“我们这会子也打发人去见了你们宝玉，

若拉他的手，他也自然勉强忍耐一时。可知你我这样人家的孩子们，凭他们有什么刁钻古怪的毛病儿，见了外人，必是要还出正经礼数来的。若他不还正经礼数，也断不容他刁钻去了。就是大人溺爱的，是他一则生的得人意，二则见人礼数竟比大人行出来的不错，使人见了可爱可怜，背地里所以才纵他一点子。若一味他只管没里没外，不与大人争光，凭他生的怎样，也是该打死的。”

贾母的一番话暴露了溺爱宝玉的原因：一是生的得人意，二是因为懂礼数。不然，不与大人争光，凭他生的怎样，也该打死。

在贾府，表面上虽然王熙凤料理着荣国府的大小事情，但实际上实权却是掌握在贾母手里。正像王熙凤说的那样：上头有三层公婆，中间有无数的姊妹妯娌，稍有差池，哪会容她到今日。王熙凤的权力来自贾母的直接授予，来自王夫人的参与，来自邢夫人的暗示，到了王熙凤这里，能够自己做决断的事情并不是很多。

王熙凤虽是王夫人的内侄女，但毕竟也是邢夫人的儿媳妇，就像平儿说的那样：在这边再尽心尽力，早晚也是要回到那边去的。

早晚一天宝玉娶了妻，王夫人有了正儿八经的宝二奶奶，就要替宝二奶奶夺回管家权。

可是王熙凤一味争强好胜，后来身体不好，虽有所领悟，然为时已晚，充当了贾母的傀儡、王夫人的挡箭牌。

所以，王熙凤再精明，也精不过老太太。

12　贾政的无情胜有情

《红楼梦》里，贾宝玉一听说父亲贾政叫自己，就或是浑身不自在，或像头上打了一个焦雷，或像扭股糖一样忐忑不安。这都来自于贾政平时的严厉刻板。有人评论《红楼梦》里的贾政道貌岸然、假正经，实则未必。认真读《红楼梦》，会发现贾政有丰富的官场经验，有对家族兴衰的忧思，有对儿女未来的焦虑，只不过无力回天，所以有时用喝酒、吟诗、清谈来麻醉自己，便让人看来为官懦弱、为人迂腐、为父严苛，一副呆板的嘴脸。

通观全书，贾政干的最不正经的事，就是推荐了贾雨村。在贾政、王子腾的提携下，贾雨村最后补授了大司马，协理军机参赞朝政。最后，即将沦陷的贾家在贾雨村的推动下，加速走向毁灭。

书中介绍，贾政自幼酷喜读书，原欲以科举出身，不料父亲贾代善临终时遗本一上，皇上因恤先臣，遂额外赐了贾政一个主事之衔，后升为工部员外郎。

书中第三、四回介绍：贾政为人端方正直，谦恭厚道，人品端方，风声清肃。礼贤下士，济弱扶危，大有祖风。虽然训子有方，治家有法，但是族大人多，现任族长乃是贾珍。彼乃宁府长孙，又现袭职，凡族中事自有他掌管，况且贾政公私冗杂，且素性潇洒，不以俗务为要，每公暇之时，不过看书着棋而已，余事多不介意。

贾家的荣国府老大贾赦，袭了祖宗的官职，为一等将军，名赦，字恩候。但用贾母的话说，贾赦放着官也不好好做，整天喝酒，左一个小老婆，右一个小老婆，放着身子也不好好保养。贾家族长宁国府贾珍世袭了父亲贾敬的官职，而贾敬一味喜欢静修，远离贾府是非之地。贾珍在宁国府一手遮天，无人敢管。如此看来，每天看书下棋，与清客喝酒吟诗，只有一个正牌老婆王夫人和两个姨娘的贾政算是贾府的清流，一枝独秀。

但如今的贾府，事务日盛，主仆上下安富尊荣者尽多，运筹谋划者无一，其日用排场费用，又不能将就省俭。宁国府长孙贾蓉的媳妇秦可卿的一场葬礼，惊动了京都上上下下。

给秦可卿选棺材板时，贾珍千挑万选，几副杉木板皆不中用。最后在薛蟠处寻得了一副板，叫作樯木，出在潢海铁网山上，万年不坏。

贾政劝贾珍道："此物恐非常人可享者，殓以上等杉木也就是了。"如此看来，贾政的为人处事还是比较谨慎的，有政治头脑与官场经验。

极力遵守、践行着儒家"君君、臣臣、父父、子子"一套法规的贾政，注重修身养性，对仕途小心谨慎，对家族尽力维护，对儿女谆谆诱导，尽人事、听天命，恪守着中庸之道。

元妃省亲时，说那皇宫是“不得见人的去处”，见到贾母、王夫人哭，见到亲戚姊妹哭，见到宝玉哭，隔帘听到贾政的声音也哭，对贾政说：“田舍之家，虽齑盐布帛，终能聚天伦之乐；今虽富贵已极，骨肉各方，然终无意趣！”

贾政马上诚惶诚恐，一面以臣下身份告诉元妃：“今贵人上锡天恩，下昭祖德，此皆山川日月之精奇、祖宗之远德钟于一人，幸及政夫妇。”

一面表示对皇上的感恩：“且今上启天地生物之大德，垂古今未有之旷恩，虽肝脑涂地，臣子岂能得报于万一！”

一面叮嘱元妃：“切勿以政夫妇残年为念，懑愦金怀，更祈自加珍爱。惟业业兢兢，勤慎恭肃以侍上，庶不负上体贴眷爱如此之隆恩也。”

省亲本是“上锡天恩，下昭祖德”，炫耀、感激还来不及，怎么能一个劲哭诉。贾政及时告诫，可元妃临别时仍是满眼滚泪。本是说好了的如果天恩允许，仍可归省，可元春一去，再也没有机会出宫。

第三十三回，宝玉挨打，看似是贾政冷酷无情，要打死、勒死宝玉，实则是宝玉陷入了官场权力之争，危及贾府的未来。蒋玉菡本是忠顺王驾前承奉之人，却也与北静王来往，而在秦可卿的葬礼上，以北静王为首的王公子孙不可胜数，却不见忠顺王的踪影。用贾政的话说，贾府一向不与忠顺王府来往。而北静王赏给蒋玉菡的汗巾子却系在了宝玉腰上，说明宝玉介入了北静王与忠顺王之争。难怪忠顺王府只派了一个长史官来贾府要人，说明拥有实权的忠顺王丝毫没有把所谓的皇亲国戚放在眼里。也难怪贾政说宝玉：做出这些无法无天的事来，如今祸及于我。实则也是祸及贾家及宫里的元妃。长史官去后，贾政吩咐家人："堵起嘴来，着实打死！"但听到贾母、王夫人的哭诉，又自悔不该下毒手打到如此地步。

为了延续贾府的世代荣耀，贾政不仅关心宝玉、贾环、贾兰的成长，也关心贾府众女儿未来的命运。书中第二十二回，元宵节猜灯谜。元妃的谜底是爆竹，迎春的是算盘，探春的是风筝，惜春的是佛前海灯，宝钗的是更香。

贾政心内沉思道："娘娘所作爆竹，此乃一响而散之物。迎春所作算盘，是打动乱如麻。探春所作风筝，乃飘飘浮荡之物。惜春所作海灯，一发清净孤独。今乃上元佳节，如何皆作此不祥之物为戏耶？"等看到宝钗的更香，心内自忖道："此物还倒有限。只是小小之人作此词句，更觉不祥，皆非永远福寿之辈。"

贾政不仅是严父，也是慈父，看似无情却有情。他对贾珠的死追悔莫及，对远在宫中的元春满心牵挂，对贾母对宝玉的溺爱无可奈何，对庶出的贾环一视同仁，对隔辈的贾兰关爱有加，对贾府女孩们的关切之心溢于言表。对于迎春婚配孙绍祖一事，贾政深恶孙家并非诗礼名族之裔，进行阻谏。

在教育儿女上，贾政也懂得因材施教。他知道宝玉不爱读书，但听说宝玉在诗词上有些偏才，便要宝玉大观园题对试才情。宝玉不爱见士大夫，每次贾雨村来，贾政便让宝玉相陪，为其创造与士大夫接触的机会。

书中第七十八回，贾政特地要宝玉、贾环、贾兰为姽婳做挽诗，以试各自的才情。对于贾家未来的三个生力军——宝玉、贾环与贾兰，贾政认为：贾环和贾兰两个虽能诗，较腹中之虚实虽也去宝玉不远，但第一件，他两个终是别路，若论举业一道，似高过宝玉，若论杂学，则远不能及；第二件，他二人才思滞钝，不及宝玉空灵娟逸，每作诗亦如八股之法，未免拘板庸涩。

因为贾母溺爱宝玉，所以不能以举业相逼，但宝玉在诗词歌赋上富有才情，也不算十分玷辱了祖宗。贾兰、贾环要走科举之路，就要兼备宝玉的才情，所以每欲作诗，贾政必将三人一齐唤来对作。

日渐年迈的贾政，虽然对名利仕途已经心灰意冷，但仍对子侄辈们规以正路，希望贾家这棵大树能够继续枝繁叶茂，得以长青。

13 刚柔相济王夫人

王夫人没有名字，是贾宝玉的亲娘，来自《红楼梦》中四大家族中的王家，“东海缺少白玉床，龙王来请金陵王”，是都太尉统制县伯王公之后。用刘姥姥的话来评价王夫人，“着实响快，会待人，倒不拿大”。

凤姐是王夫人的内侄女，是王夫人的代言人，也是王夫人的影子。可“有一万个心眼子”的凤姐说话办事也要看王夫人的眼色行事。

王夫人的家世显赫，首先是有钱。当贾府预备贾元春省亲时，凤姐表示过：“我们王府也预备过一次。那时我爷爷单管各国进贡朝贺的事，凡有的外国人来，都是我们家养活。粤、闽、滇、浙所有的洋船货物都是我们家的。”

王夫人的哥哥王子腾初任京营节度使，后擢九省统制，奉旨查边，到了第五十三回，已是九省都检点，是《红楼梦》四大家族中官做得最大的一位，王家的势力大于其他三家。王夫人的亲生女儿贾元春进宫被封为贤德妃，王夫人是名副其实的皇亲国戚，皇帝的丈母娘。但在贾府，表面看，王夫人像木头一样不言不语，在贾母面前低眉顺眼，做小伏低，而实际上却是荣府王氏利益集团的核心人物。

荣府有三大利益集团：以贾母为首的贾氏集团，包括贾母以及贾赦、贾政等贾氏子孙；以王夫人为首的王氏利益集团，包括王夫人、薛姨妈以及王熙凤、薛宝钗等；其他是以邢夫人为首的第三利益集团，包括邢夫人、赵姨娘等。而王氏利益集团独大，除了跟王夫人的身家背景有关联外，还与王夫人懂得进退与谋划及其雷厉风行的作风手段有关系。

放而不松，辖制着凤姐。表面看，王夫人已经把管理荣国府的权力交给了凤姐，可在关键事务上甚至一些小事上，还需要王夫人点头凤姐才敢放手去做。书中第三回，荣国府收养林黛玉，当着众多人的面，王夫人问凤姐月钱发了不曾，给林姑娘做衣服的缎子找出来没有。贾珍请凤姐过宁国府料理秦可卿的丧礼，更需要王夫人点头同意。丫头婆子稍有风言风语，王夫人便盘问起个没完没了；少发了丫头们的月钱，王夫人也要问个究竟。

当邢夫人在大观园里发现了绣香囊，王夫人第一个想到的就是凤姐，直问着凤姐："这个东西如何遗在那里来？"并列出充分的理由："一家子除了你们小夫小妻，余者老婆子们，要这个何用？再女孩子们是从那里得来？自然是那琏儿不长进下流种子那里弄来。你们又和气，当作一件顽意儿，年轻人儿女闺房私意是有的，你还和我赖！幸而园内上下人还不解事，尚未拣得。倘或丫头们拣着，你姊妹看见，这还了得。不然有那小丫头们拣着，出去说是园内拣着的，外人知道，这性命脸面要也不要？”一席话，说得凤辣子心惊胆战，跪在王夫人面前百般辩解。

谨遵妇德，顺从丈夫贾政。虽然王夫人一辈子为贾政生了两男一女，可劳苦功高的王夫人并不招贾政的待见，平常贾政的起居睡卧都是赵姨娘打点。贾政对待贾环的态度如同对宝玉一般，宝玉有的贾环也要有。母凭子贵，说明赵姨娘在贾政心中的地位并不次于王夫人。

而对于贾环的所做所为，王夫人也是睁一只眼闭一只眼。贾环用蜡烛烫伤了宝玉的脸，她也只是叫来赵姨娘骂了几句，数落一顿，皆因看在贾政的面上。

遇到贾政与宝玉父子之间发生矛盾，王夫人也总是从中调停。如劝宝玉改了袭人的名字，免得惹贾政生气。

就在贾政要把宝玉打死、勒死的第三十三回，王夫人也只是哭道：“宝玉虽然该打，老爷也要自重。况且炎天暑日的，老太太身上也不大好，打死宝玉事小，倘或老太太一时不自在了，岂不事大！”百善孝为先，从贾政的角度着想。“老爷虽然应当管教儿子，也要看夫妻分上。我如今已将五十岁的人，只有这个孽障，必定苦苦的以他为法，我也不敢深劝。今日越发要他死，岂不是有意绝我。既要勒死他，快拿绳子来先勒死我，再勒死他。我们娘儿们不敢含怨，到底在阴司里得个依靠。”再以夫妻情分来感动贾政。

当王夫人看到宝玉面白气弱，底下穿着一条绿纱小衣皆是血渍，由臀至胫，或青或紫，或整或破，竟无一点好处，不觉失声大哭起来："苦命的儿吓！"因哭出"苦命儿"来，忽又想起贾珠来，便叫着贾珠哭道："若有你活着，便死一百个我也不管了。"直戳贾政的泪点、痛点而恰到好处。

为母则刚，雷嗔电怒。当涉及到唯一的儿子贾宝玉的名誉前途时，王夫人则像一只母老虎，用各种方式抵制着贾氏利益集团。当有人说，宝玉渐渐大了，被丫鬟们勾引坏了的时候，王夫人便使出雷霆手段：抄检大观园，逼死晴雯，撵走芳官与四儿，并表示只有像袭人、麝月这样笨笨的才好。

王夫人先斩后奏，告诉贾母："宝玉屋里有个晴雯，那个丫头也大了，而且一年之间，病不离身；我常见他比别人分外淘气，也懒；前日又病倒了十几天，叫大夫瞧，说是女儿痨，所以我就赶着叫他下去了。若养好了也不用叫他进来，就赏他家配人去也罢了。"

贾母表示出疑问："但晴雯那丫头我看他甚好，怎么就这样起来。我的意思，这些丫头的模样爽利言谈针线多不及他，将来只他还可以给宝玉使唤得。谁知变了。"

王夫人反驳道："老太太挑中的人原不错。只怕他命里没造化，所以得了这个病。俗语又说'女大十八变'。况且有了本事的人，未免就有些调歪。老太太还有什么不曾经验过的。三年前我也就留心这件事。先只取中了他，我便留心。冷眼看去，他色色虽比人强，只是不大沉重。若说沉重知大礼，莫若袭人第一。"

事情已经办完了，即使贾母不高兴也没有办法。

婆媳这个回合的较量，王夫人胜出。

坐享荣华富贵，有着无限荣光的王夫人也有着无限伤感与愁思。她惦记着宫里的女儿；担心着儿子宝玉；提防着赵姨娘及贾环是不是一有机会就开始猖狂；担忧将来的荣国府是不是能长长远远地还在自己的掌控之中；无时无刻不怀念着自己的长子贾珠。

在王夫人心里，偌大的贾府只有自己的嫁妆可靠，在紧急时候可以变卖救命；只有宝玉可靠，从自己肚子里爬出来的，可以依靠；只要将宝玉抓在手里，便抓住了一切，抓住了自己的未来。

但是老奸巨猾的贾母把宝玉养在身边，实则是用宝玉牵掣着王夫人 。所以，贾氏集团与王氏集团是要一直死磕到底的，林黛玉自然就成为两大利益集团的牺牲品了。

14 元春的负累

背负着家族兴衰命运的贾元春给贾家带来过无上的荣光、耀世的显赫。殊不知，这背后却有着见不得人的心酸，更有着跌宕起伏的官场之斗和宫廷之斗。对于贾家来说，元春被封为贤德妃，那是“烈火烹油，鲜花着锦”的盛事，听到消息时“宁荣两处上下里外，莫不欣然踊跃，个个面上皆有得意之状，言笑鼎沸不绝”。

可在权力斗争中，贾元春只是一枚小小的棋子，被刚继承皇位的新皇随心驱使。贾家兴盛时，皇帝封元春为贤德妃，用元春拉拢四大家族及与四大家族勾结在一起的官场势力，来巩固自己的地位。皇帝坐稳了江山，有了抗衡的力量后，需要化解以北静王为首的、与四大家族勾结在一起的旧皇势力，元春就成为一枚多余的弃子，成为权力斗争的牺牲品。

书中第四回，贾雨村乱判葫芦案。门子告知“如今凡作地方官者，皆有一个私单，上面写的是本省最有权有势、极富极贵的大乡绅名姓，各省皆然；倘若不知，一时触犯了这样的人家，不但官爵不保，只怕连性命还保不成呢！所以绰号叫作‘护官符’”，并特别指出“这四家皆连络有亲，一损皆损，一荣皆荣，扶持遮饰，俱有照应的”。可门子说的只是“贾、史、薛、王”这四家在官场互相勾结照应的冰山一角。

在秦可卿的葬礼上，人们算是见识了当时的旧皇势力。书中第十四回写道：“那时官客送殡的，有镇国公牛清之孙现袭一等伯牛继宗，理国公柳彪之孙现袭一等子柳芳，齐国公陈翼之孙世袭三品威镇将军陈瑞文，治国公马魁之孙世袭三品威远将军马尚，修国公侯晓明之孙世袭一等子侯孝康；缮国公诰命亡故，故其孙石光珠守孝不曾来得。这六家与宁荣二家，当日所称‘八公’的便是。余者更有南安郡王之孙，西宁郡王之孙，忠靖侯史鼎，平原侯之孙世袭二等男蒋子宁，定城侯之孙世袭二等男兼京营游击谢鲸，襄阳侯之孙世袭二等男戚建辉，景田侯之孙五城兵马司裘良。余者锦乡伯公子韩奇，神武将军公子冯紫英，陈也俊、卫若兰等诸王孙公子，不可枚数。”

路祭的有：“第一座是东平王府祭棚，第二座是南安郡王祭棚，第三座是西宁郡王，第四座是北静郡王的。原来这四王，当日惟北静王功高，及今子孙犹袭王爵。现今北静王水溶年未弱冠，生得形容秀美，情性谦和。近闻宁国公冢孙妇告殂，因想当日彼此祖父相与之情，同难同荣，未以异姓相视，因此不以王位自居，上日也曾探丧上祭，如今又设路奠，命麾下各官在此伺候。”

“四王”“八公”之首的北静王不仅亲自前来，还设了路祭，见了贾宝玉，邀请宝玉到家中见识一些高人以进学问，显示出对贾家的高看一眼。

十几岁就入宫为王后女史官的贾元春只能进，不能退。看到后宫的荣华显赫也想为父母挣得一份保障，为自己赢得一份感情和稳固的地位。可作为后宫的主人——皇帝，心中念念不忘的是皇家利益、手中的权力、江山的稳固，感情仅仅是一调味剂，或者是繁衍后代的借口，甚至是权力斗争的工具。

但贾家希望，通过作为贵妃的元春，让新皇可以永葆贾家兴旺，世代富贵。

作为新皇，一方面要赢得太上皇的信任与好感；一方面要以世上至大莫如“孝”为治国之道；一方面要培植自己的势力；一方面要笼络旧皇势力。而旧皇时期的“四王”“八公”正是可以笼络的对象。从当时后宫入手，晋封贾贵妃以及周贵人、张美人等等，也是稳定前朝局势的一种手段。晋封贾元春，起码可以稳住当时“扶持遮饰，俱有照应”的“贾、史、薛、王”四大家族。于是，天赐良机，浩荡皇恩就落在了进宫多年的贾元春身上。

因此，元春封妃不是因为爱情。

在皇宫里孤身奋斗的贾元春，想必也是见识过后宫的一场场春梦，看惯了高楼平地起；看惯了大厦一夜倾；看惯了今日君王宠，明日冷宫藏。在人生极盛时，她领悟了登高必跌重的人生真谛。所以，在省亲时，她一面叹息贾府奢华过费，一面劝诫父母勤俭持家为上。

元春封妃，表面上给贾家带来了“烈火烹油，鲜花着锦之盛”，但她想起每日被幽闭在皇家深宫内院，提心吊胆、如履薄冰的日子，想起皇家的森严法度和官场之争、宫廷斗争的风云变幻与冷酷无情，仍然心惊胆战，只能用哭来表达无以言表的忧愁与忐忑。

省亲时，她说一句哭一句，见到贾母、王夫人时，“满眼垂泪”；见过邢夫人与众姊妹后，“垂泪无言”；及至贾政帘外问安，又“隔帘含泪”；见到宝玉时，“一语未终，泪如雨下”。

元春沉郁的心情与贾府花了巨资精心营造出来的玻璃世界、珠宝乾坤格格不入，与贾府上上下下期望依靠元春绵延百年世家永远荣华显赫的心情格格不入。此时的元春似乎参透了富贵已极的人生终是一场梦幻，转眼就会烟消云散。

元春的苦楚并没有触动贾家这些不争气的儿孙，反而他们的肆意妄为将一个个响亮的耳光甩向在宫中苦苦为贾家经营的元春脸上。就连见广识多的贾母也没有警觉。

宝玉私下相会承奉在忠顺王驾前做小旦的戏子蒋玉菡，使贾家卷入了官场争斗。

贾琏在国孝家孝之下，停妻再娶了尤二姐为二房奶奶。凤姐挑唆与尤二姐指腹为婚的张华告状，以此让贾琏、贾珍等没脸，以泄私愤，并告诉张华：只管去告，就是告我们贾家谋反都不怕。气焰甚是嚣张。

贾赦为了把石呆子的几把古董扇子骗到手，勾结贾雨村，以拖欠官银为由，将石呆子捉拿到官府，变卖其家产赔补，既得了扇子又坑得石呆子倾家荡产、死活不知。

书中第七十二回，凤姐刚说完梦中跟一个不认识的宫中娘娘派来的人夺一百匹锦，夏太府的小太监就来借钱。凤姐让平儿拿出两个金项圈去抵押四百两银子。那两个金项圈，书中描写：一个金累丝攒珠的，那珍珠都有莲子大小；一个是点翠嵌宝石的，都与宫中之物不离上下。

元春省亲时，正月十五,百花未放。“诸树虽无花叶，然皆用通草绸绫纸绢依势作成，粘于枝上的，每一株悬灯数盏；更兼池中荷荇凫鹭之属，亦皆系螺蚌羽毛之类作就的。”与当日大观园初成时的百花争艳相比，也预示着今日的繁华只是一场梦幻。

元春点了四出戏，第一出《豪宴》；第二出《乞巧》；第三出《仙缘》；第四出《离魂》。脂批批注：四出戏，都是《红楼梦》这本书的大过节大关键。其中，《乞巧》暗示元春和贾府的命运与杨贵妃及其家族命运有相似处。但是贾家的命运远不及杨家的命运，元春封妃后，贾家没有一个加官晋爵的。

贾元春的判词简单地概括了她的一生：“二十年来辨是非，榴花开处照宫闱；三春争及初春景，虎兕相逢大梦归。”

等封为贵妃，爬上一般人可望而不可及的位置，显赫一时后，才终于明白，苦苦追求的荣华富贵竟有着不可预料的凶险和陷阱，虽然一时成为后宫的宠妃让人羡慕不已，但高处不胜寒。等看清了涉及前朝的后宫倾轧和皇帝的嘴脸与用意，才明白所谓的荣华富贵不过是为他人做嫁衣裳。

《红楼梦》曲中的《恨无常》说明了元春的死因。

“喜荣华正好，恨无常又到。眼睁睁，把万事全抛。荡悠悠，把芳魂消耗。望家乡，路远山高。故向爹娘梦里相寻告：儿命已入黄泉，天伦呵，须要退步抽身早！”

担负着家族兴衰命运的元春似乎享受着荣华富贵，也让贾府的子孙们仰仗着权势无所不为，猖狂一时，可羽翼渐丰的新皇开始清算旧势力，东风要压倒西风。百足之虫死而不僵，要一刀一刀了结，各个击破才行。

先是贾府几辈子的老亲甄家被贬，进京领罪。到王子腾累上保本推荐的贾雨村犯了事被贬，新皇已经开始逐步瓦解以北静王为首的“四王”“八公”旧势力，口子被一点点撕开。

奢华过度，作恶太多，又犯了新皇的忌讳，元春的死和贾家的败落是迟早的事。

15　贾府的奇葩——探春

一

探春是贾府的第三位小姐，这位小姐与第一位小姐元春没法比。因为元春一是嫡出，二是被选进了皇宫，成为贤德妃，为贾家争得了无上的荣耀，也给贾家带来了荣华的保障。

但庶出的探春却心比天高，在第五十五回，探春协助凤姐理家时说出了一番惊心动魄的话：“我但凡是个男人，可以出得去，我必早走了，立一番事业，那时自有我一番道理。”

心高气傲的探春是贾政与赵姨娘的女儿，她还有一个同父同母的亲弟弟贾环。可通篇《红楼梦》，没有看到她与贾环有过什么互动。用她的话说，她从来不管哪个是庶出，哪个是正出，只要喜欢哪个哥哥妹妹就跟哪个哥哥妹妹玩。

探春与宝玉倒是很合得来，一口一个二哥哥叫着，给宝玉做着耗费绫罗绸缎的鞋，又先征求宝玉的意见，组织发起大观园海棠诗社，并在大观园里的女儿们聚会时，拉着宝玉嘘寒问暖，说个没完没了。可见要跟谁在一起，她心里还是有数的。

赵姨娘是贾府的家生奴才，被贾政纳为妾。赵姨娘也很争气，为贾政生了一儿一女，便觉得自己在贾家有了地位。

可贾政的正牌夫人王夫人不这样看，王夫人的代言人王熙凤也不这样看。在她们眼里，奴才就是奴才，就是天翻过来，也还是奴才。因此，觉得可以翻身做主人的赵姨娘受到了来自方方面面的打压。

就是赵姨娘生的儿子贾环，表面是主子，其实在王夫人、凤姐眼里，庶出的贾环比贾府里的凤凰贾宝玉差远了去了，王夫人称之为赵姨娘生下的黑心、下流种子。依照凤姐的意思就是打出去，哪凉快去哪里待着。在计划贾府未来的开支上，三四个小姐的婚嫁费每人一万两银子，贾环娶亲三千两就够了。可见赵姨娘和贾环多么不受待见。

二

见识过贾家人人一颗体面心、两只富贵眼的探春，极力想摆脱庶出的命运，免得自己像亲生母亲那样被人欺压、嘲弄和藐视。因此，她经常说：“什么偏的庶的，我也不知道。”其实，她心里很是在乎和知道的。她梦幻般地想摆脱庶出的命运，公开说：“我只管认得老爷、太太两个人，别人我一概不管。”

探春越是想在众人面前拉开她与亲生母亲赵姨娘的距离，赵姨娘越常常去叨扰她。这就像她屋里书案上的墨汁一样，一旦溅在衣服上就很难洗掉。赵姨娘在人前人后从不避讳探春是自己的亲生女儿，认为探春是从自己肠子里爬出来的，该拉扯拉扯自己。可探春不这样想，巴不得甩掉赵姨娘这个跟屁虫，去掉身世上的“污渍”，庶出变嫡出，正儿八经地当起正牌主子，抖一抖千尊万贵小姐的威风。

抖威风的机会来了。那就是凤姐流产了，探春协助料理荣国府。王夫人先请的是李纨，不过是让探春协助李纨，怕李纨和探春照应不暇，又请出宝钗来协助料理。就连经常办事的奴才们都认为：探春不过是个未出阁的小姐，能有多大的能耐？可这个机会对探春来说确实是千载难逢的。

探春摆出的主子模样，与凤姐料理宁国府秦可卿葬礼是同一副嘴脸：脸酸心硬，也是个烈货。只不过探春比凤姐表达得委婉一些，因为凤姐料理的对象是宁国府的奴才，探春料理的对象是亲生母亲赵姨娘的家事。

书中第五十五回，婆子来回，赵姨娘的兄弟死了。需要发放赏钱时，李纨已经做出决定：“前儿袭人的妈死了，听见说赏银四十两。这也赏他四十两罢了。”

探春却对奴才道：“你且别支银子。我且问你：那几年老太太屋里的几位老姨奶奶，也有家里的也有外头的这两个分别。家里的若死了人是赏多少，外头的死了人是赏多少，你且说两个我们听听。”

办事奴才吴新登家的赔笑回道："这也不是什么大事，赏多少谁还敢争不成？"这话说得是上理。

待吴新登家的要去查旧账时，探春笑道："你办事办老了的，还记不得，倒来难我们。你素日回你二奶奶也现查去？"

先是给具体办事的奴才一顿杀威棒，因为是针对底层的奴才，当然最好摆弄与立威。探春翻看旧账：两个家里的皆赏过二十两，两个外头的皆赏过四十两。外还有两个外头的，一个赏过一百两，一个赏过六十两。这两笔底下皆注有缘故：一个是隔省迁父母之柩，外赏六十两；一个是现买葬地，外赏二十两。探春便递与李纨看了。探春说："给他二十两银子。把这帐留下，我们细看看。"

而这时，探春最不想见的人出现了，那就是既给她生命又给她带来耻辱的赵姨娘。赵姨娘开口便说道："这屋里的人都踩下我的头去还罢了。姑娘你也想一想，该替我出气才是。"探春忙道："姨娘这话说谁，我竟不解。谁踩姨娘的头？说出来我替姨娘出气。"

探春一口一个姨娘，好似路人一般，摆出一副秉公办事的嘴脸，不禁让赵姨娘心酸："姑娘现踩我，我告诉谁！"探春听说，忙站起来，说道："我并不敢。"李纨也站起来劝。赵姨娘道："你们请坐下，听我说。我这屋里熬油似的熬了这么大年纪，又有你和你兄弟，这会子连袭人都不如了，我还有什么脸？连你也没脸面，别说我了！"

探春笑道："原来为这个。我说我并不敢犯法违理。"一面便坐了，拿账翻与赵姨娘看，又念与她听，又说道："这是祖宗手里旧规矩，人人都依着，偏我改了不成？也不但袭人，将来环儿收了外头的，自然也是同袭人一样。这原不是什么争大争小的事，讲不到有脸没脸的话上……依我说，太太不在家，姨娘安静些养神罢了，何苦只要操心。太太满心疼我，因姨娘每每生事，几次寒心。我但凡是个男人，可以出得去，我必早走了，立一番事业，那时自有我一番道理。偏我是女孩儿家，一句多话也没有我乱说的。太太满心里都知道。如今因看重我，才叫我照管家务，还没有做一件好事，姨娘倒先来作践我。倘或太太知道了，怕我为难不叫我管，那才正经没脸，连姨娘也真没脸！"

可见，探春顾忌的并不是亲生母亲的感受，而是贾府正牌夫人王夫人的感受。

赵姨娘的一句话也说到了探春的心坎上："如今没有长羽毛，就忘了根本，只拣高枝儿飞去了！"

赵姨娘想让探春站在自己一边，话说团结就是力量。可探春偏不这样想。认定"识时务者为俊杰"的探春一面哭，一面问道："谁是我舅舅？我舅舅年下才升了九省检点，那里又跑出一个舅舅来？"

对待自己的亲生母亲如此，对待奴才，像平儿，更是摆足了主子的架势。

经过平儿的百般周旋与小心服侍，料理完赵姨娘家二十两银子的事，探春终于说出了心里话："我一肚子气，没人煞性子，正要拿他奶奶出气去，偏他碰了来，说了这些话，叫我也没了主意了。”因看不惯凤姐平时的作威作福，便想把气撒在平儿身上。可见探春也有“小人得志便猖狂”的心理。

三

凤姐领着众人抄检大观园时，对李纨、迎春、惜春甚至黛玉，凤姐都一路摆平，偏到了探春这里却遇到许多障碍，赔了许多小心和笑脸。抄检大观园，凤姐一再声明是太太的意旨，而平时一向对王夫人巴结讨好的探春却一反常态，说出了一大堆道理。

凤姐告诉探春：“因丢了一件东西，连日访察不出人来，恐怕旁人赖这些女孩子们，所以越性大家搜一搜，使人去疑，倒是洗净他们的好法子。”探春却冷笑道：“我们的丫头，自然都是些贼，我就是头一个窝主。既如此，先来搜我的箱柜，他们所有偷了来的都交给我藏着呢。”凤姐赔笑道：“我不过是奉太太的命来，妹妹别错怪我。何必生气。”探春道：“我的东西倒许你们搜阅；要想搜我的丫头，这却不能。我原比众人歹毒，凡丫头所有的东西我都知道，都在我这里间收着，一针一线他们也没的收藏，要搜所以只来搜我。你们不依，只管去回太太，只说我违背了太太，该怎么处治，我去自领。”

探春一再为难凤姐，一是对凤姐复出重新料理家务的妒忌和自己不得不交出管家权力的不满；二是对凤姐平时恃强凌弱的不满，这不满里面，也有着对母亲赵姨娘的一些愧疚。

整篇《红楼梦》，只有在抄检大观园时，探春对凤姐的态度上，似乎才能安慰一下赵姨娘那颗失望、委屈、受凌辱的心，看到探春在贾府这个利禄场中一点人性的光辉与本色。

四

在探春的心里，时刻把贾府上上下下人等分成三六九等，并时刻不忘自己在哪一等，对方在哪一等。对比自己高的等级，如王夫人等极力奉承讨好。在贾赦要娶鸳鸯时，贾母训斥王夫人是表面孝顺，暗地里算计。可探春却帮着王夫人说话：哪有大伯子要收屋里人，小婶子知道的？这样的事本不该让女孩子们知道，因为听完鸳鸯的话，李纨已领着女孩子们出去了，探春却偏要在“窗外听了一听”。为了巴结嫡母王夫人，探春不惜放弃做女孩的矜持。

可遇到不如自己的，探春便针锋相对，以势压人，毫不退让。王善保家的在抄检大观园时以下犯上，故意掀起探春的衣襟，嘻嘻笑道：“连姑娘身上我都翻了，果然没有什么。”一语未了，王家的脸上就着了探春一掌。探春大怒说：“你是什么东西，敢来拉扯我的衣裳！我不过看着太太的面上，你又有年纪，叫你一声妈妈，你就狗仗人势，天天作耗，专管生事。如今越性了不得了。

你打谅我是同你们姑娘那样好性儿，由着你们欺负他，就错了主意！你搜检东西我不恼，你不该拿我取笑。”

一句“狗仗人势”，骂遍了贾府所有的人。贾府仗着元春娘娘、凤姐仗着贾母、丫鬟仗着主子等等莫不如是。有其母必有其女，看来赵姨娘的不着调在探春身上也有体现，无论她怎样撇清。

当迎春的奶妈之子王住儿的媳妇为了金累丝凤与丫头拌嘴时，探春赶来救火，笑道：“我和姐姐一样，姐姐的事和我的也是一般，他说姐姐就是说我。我那边的人有怨我的，姐姐听见也即同怨姐姐是一理。咱们是主子，自然不理论那些钱财小事，只知想起什么要什么，也是有的事。但不知金累丝凤因何又夹在里头？”

后来见平儿进来，探春立马变了一副嘴脸，遂问：“你奶奶可好些了？真是病糊涂了，事事都不在心上，叫我们受这样的委曲。”平儿忙问缘故，探春接着道：“我且告诉你，若是别人得罪了我，倒还罢了。如今那住儿媳妇和他婆婆仗着是妈妈，又瞅着二姐姐好性儿，如此这般私自拿了首饰去赌钱，而且还捏造假帐妙算，威逼着还要去讨情，和这两个丫头在卧房里大嚷大叫，二姐姐竟不能辖治，所以我看不过，才请你来问一声：还是他原是天外的人，不知道理？还是谁主使他如此，先把二姐姐制伏，然后就要治我和四姑娘了？”

平儿忙赔笑道：“姑娘怎么今日说这话出来？我们奶奶如何当得起！”探春冷笑道：“俗语说的‘物伤其类’，‘齿竭唇亡’，我自然有些惊心。”

探春担心的是在贾府失去了主子的地位，得不到贾母与王夫人的宠爱，像亲生母亲赵姨娘一样被人辖制、受人欺凌。

五

探春的判词是："才自精明志自高，生于末世运偏消。清明涕送江边望，千里东风一梦遥。"生在家族衰败时期的探春虽有才干，但也是命运不济，清明时节远嫁千里，有去无回。

《红楼梦》十二曲中的《分骨肉》说的就是探春："一帆风雨路三千，把骨肉家园齐来抛闪。恐哭损残年，告爹娘，休把儿悬念。自古穷通皆有定，离合岂无缘？从今分两地，各自保平安。奴去也，莫牵连。"

"才自精明志自高"的探春在贾家倾覆之时，真正成为一朵带刺的玫瑰：不讨当家人凤姐的喜欢，凤姐怕她抢了自己的管家权；让王夫人有所顾忌，毕竟是赵姨娘生下的孩子；亲生母亲赵姨娘想让她拉扯拉扯，但探春对其拒之千里。况且，她又一心想远离贾府、远离生育她的母亲赵姨娘，施展自己的抱负。终于有个远嫁的机会，虽然不舍曾经的富贵，但也算实现了自己的理想。远方虽然陌生，也有期盼与希望；虽然遥远，但必有一番新鲜与作为。

从此，时刻不忘自己是贾府主子、实则身体里流淌着奴才血液的探春，背井离乡，远离亲人，前景不明。

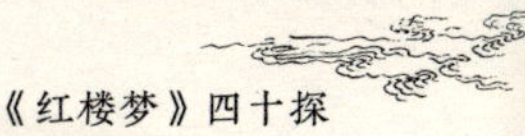

只有在孤冷寂寞时，才想起亲生母亲赵姨娘的叨扰和纠缠竟是那么亲切与温馨，今生今世竟再难得到。万般无奈，只有凭着自己的凌云心气和才干在末世里飘摇。

16　贾府高士李纨

一

《红楼梦》第五回，贾宝玉梦游太虚幻境，听到了众仙姑演唱的十二支仙曲，其中，在《终身误》里，曹雪芹把薛宝钗比喻成“山中高士晶莹雪”。

《红楼梦》中，薛宝钗也是以教母的身份出现的，上至天文地理，下至琴棋书画，外至生意买卖，无所不通，无所不懂。最后，连一向认为她藏奸的林黛玉也改变了看法，两人成为好友。看似薛宝钗做人很成功，得到了贾母、王夫人及丫鬟婆子们的称赞，可结局却是“金簪雪里埋”，落得个凄凉悲惨的结局。

在贾府，还生活着另一位高士，确切地说是隐士，这个人就是李纨。作者在第四回书的开头就对她作了一番介绍：“这李氏亦系金陵名宦之女，父名李守中，曾为国子监祭酒，族中男女无有不诵诗读书者。至李守中承继以来，便说‘女子无才便有德’，故生了李氏时，便不十分令其读书，只不过将些《女四书》《列女传》《贤媛集》等三四种书，使他认得几个字，记得前朝这几个贤女便罢了，却只以纺绩井臼为要，因取名为李纨，字宫裁。因此这李纨虽青春丧偶，居家处膏粱锦绣之中，竟如槁木死灰一般，一概无见无闻，惟知侍亲养子，外则陪侍小姑等针黹诵读而已。”

二

在贾府生活的每个人，感情世界都是丰富多彩的。这群生活在富贵温柔之乡的人总是不甘寂寞，在满足了物质欲望的同时，饱暖思淫欲，想尽办法寻找目标与猎物，以满足心中的情欲。

贾珍与秦可卿，贾琏与多姑娘及鲍二家的，贾芸与小红，贾环与彩云，宝玉与袭人，司棋与表弟潘又安，他们或明或暗，总是情与情相逢，欲与欲纠缠。

同性之间也有一些表述。宝玉与秦钟，贾琏与小厮，薛蟠与柳湘莲，甚至凤姐与平儿。贾琏不在家时，两个人睡在一起，如何胡乱睡下，都有些不明不白的交代，想必说些体己话，有些身体接触甚至抚慰也是正常的举动。

而有个人既不能有异性的爱恋也得不到同性的抚慰，这个人就是李纨，荣国府二房贾政的长公子贾珠的寡妻。

生活在贾府的李纨失去丈夫后，守着唯一的儿子贾兰生活。从太婆婆贾母的疼爱到当家人王熙凤的抱怨，从贾政对贾兰与宝玉、贾环的一视同仁可以看出，李纨的生活是优渥的。

书中第四十五回，借凤姐之口说出李纨优渥生活的来源。当李纨领着小姐们去向凤姐要海棠诗社的活动经费时，凤姐说道：“亏你是个大嫂子呢！把姑娘们原交给你带着念书学规矩针线的，他们不好，你要劝。这会子他们起诗社，能用几个钱，你就不管了？老太太、太太罢了，原是老封君。你一个月十两银子的月钱，比我们多两倍银子。老太太、太太还说你寡妇失业的，可怜，不够用，又有个小子，足的又添了十两，和老太太、太太平等。又给你园子地，各人取租子。年终分年例，你又是上上分儿。你娘儿们，主子奴才共总没十个人，吃的穿的仍旧是官中的，一年通共算起来，也有四五百银子。这会子你就每年拿出一二百两银子来陪他们顽顽，能几年的限？他们各人出了阁，难道还要你赔不成？”

贾母对李纨也是关照有加。在替凤姐过生日的时候，贾母还说李纨寡妇失业的，拉扯个小子不容易，替李纨出了十二两银子。

贾政对贾兰这个嫡长孙也是惦记的。书中第二十二回，写贾府一家大小吃酒猜灯谜，贾政因不见贾兰，便问：“怎么不见兰哥？”地下婆娘忙进里间问李氏，李氏起身笑着回道：“他说方才老爷并没去叫他，他不肯来。”贾政忙遣贾环与两个婆娘将贾兰唤来。贾母命他在身旁坐了，抓果品给他吃。大家说笑取乐。

在第七十五回，写贾府中秋夜宴，贾宝玉、贾环和贾兰都作了诗，贾政对于贾宝玉和贾环的评价是这样的：亦觉罕异，只是词句中终带着不乐读书之意，遂不悦道：“可见是弟兄了。发言吐意总属邪派，将来都是不由规矩准绳，一起下流货。妙在古人中有'二难'，你两个也可以称'二难'了。只是你两个的'难'字，却是作难以教训之'难'字讲才好。哥哥是公然以温飞卿自居，如今兄弟又自为曹唐再世了。"而独对贾兰，贾政的反应是这样的：看了喜不自胜，遂并讲与贾母听时，贾母也十分欢喜，也忙令贾政赏他。

第七十八回写贾政命贾宝玉、贾环和贾兰作诗赞林四娘，对于三人的诗，虽然总体肯定，但评价也是不同的。对于贾兰的是"稚子口角，也还难为他"。一句"也还难为他"，赞扬小小年纪的贾兰能作出这样的诗，在同龄人中实属出类拔萃。

三

因为失去了丈夫，按照贾府的规矩，李纨只能清清静静地守节，本应该属于自己的管家位置也被王熙凤把持，平时只是领着小姐们读书、写字、做针线和抚养贾兰，没有财权也没有人事权。不像王熙凤，嚣张跋扈，觉得一切都在自己的掌控之中。

贾母喜欢王熙凤，称她为猴儿，也给她脸面，张罗着为她过生日。王夫人把管家的权力交给了王熙凤，也是看准了她杀伐决断的才能和对自己的忠诚。此外，还有王子腾替她撑腰，使得在王熙凤看来：什么事儿都不是事儿，是事儿也就烦一会儿，一会儿就完事儿。

在第十五回，王熙凤弄权铁槛寺时曾对净虚说过：

“你是素日知道我的，从来不信什么是阴司地狱报应的，凭是什么事，我说要行就行。”

可后来，王熙凤自己也认为：“若按私心藏奸上论，我也太行毒了，也该抽头退步。回头看了看，再要穷追苦克，人恨极了，暗地里笑里藏刀，咱们两个才四个眼睛，两个心，一时不防，倒弄坏了。”看来凤姐也是有惧怕的。

后来，凤姐怀了一个哥儿，六七个月流产了，按照曹雪芹的因果报应之说，不能不说是老天让她命中无子。

在《红楼梦》中，李纨却没有凤姐那么张扬，虽有几次出场担当重要角色，比如任海棠诗社社长，比如凤姐病了帮忙料理家务，但却如林黛玉初入贾府一样，路不敢多走一步，话不敢多说一句。为什么？是为了保全自己，保全儿子贾兰。

在成立海棠诗社时，李纨领着小姐们去向凤姐要银子。凤姐正忙着，李纨笑道：“这些事我都不管，你只把我的事完了我好歇着去，省得这些姑娘小姐闹我。”

当第四十九回，宝玉和湘云要吃鹿肉时，李纨等忙出来找到他俩说道：“你们两个要吃生的，我送你们到老太太那里吃去。那怕吃一只生鹿，撑病了不与我相干。这么大雪，怪冷的，替我作祸呢。”宝玉笑道：“没有的事，我们烧着吃呢。”李纨道：“这还罢了。”只见老婆子们拿了铁炉、铁叉、铁丝蒙来，李纨道：“仔细割了手，不许哭！”

在凤姐生病，协助凤姐管家时，李纨也是按旧例行事，不像探春一心想干出点名堂，好得王夫人的赏识。赵姨娘的亲兄弟死了，李纨已经要赏四十两银子，可探春偏偏要改过来赏二十两银子。李纨也不跟探春计较，随了探春的意。

当大家赏雪作诗时，看见栊翠庵盛开的梅花好，李纨由于讨厌妙玉的为人，打发宝玉去讨。

可见，李纨在贾府每遇到事，总是要避过风头，实在避不过，也是明哲保身，尽量做到中规中矩，免得落得长辈们的埋怨。

四

李纨受贾母的关照，贾兰受贾政的器重，但却都受到王夫人的冷落。整篇《红楼梦》没有看到王夫人对李纨的关心、对贾兰的疼爱。这冷落来自李纨的丈夫贾珠的死。贾珠的死，在王夫人看来是李纨的失职，没有照顾好自己的大儿子。

从贾宝玉的生活来看，就是一个扇坠、荷包，袭人都要仔细经管。贾府的少爷们在大了成家前，屋里要放两个人充当姨娘，来照顾引导他们的生活。可见，贾珠的生活也是丫鬟、奴才一大堆，被照顾得周到又细致。从封建社会的三从四德来看，女人存在的价值就是相夫教子，这两个职责中，李纨有一项没做好：相夫。

不仅没有相好夫，丈夫还死了，这不能不说是李纨的最大过失。因此，贾府嫡长子在李纨的手里病死了，王夫人便再也不信任李纨了，把管家的权力交给了自己的内侄女王熙凤，明则让其安静守节，实则是对其非常厌弃。在凤姐病了，李纨管家时，王夫人还派上探春、宝钗协助，最后李纨成了摆设。

没有了王夫人的信任与疼爱，李纨更要做好女人的第二件事：教子。

李纨非常重视对儿子贾兰的教育。一方面，是对贾兰文化知识方面的教育。贾兰很小就要上私塾。在第九回，顽童闹学堂时，贾兰就跟宝玉在一起上学，可见贾兰启蒙教育之早。

另一方面就是对贾兰做人方面的教育。也是在第九回，顽童闹学堂，贾菌也要参战，贾兰极力劝贾菌："好兄弟，不与咱们相干。"

在第二十六回，书中写宝玉百无聊赖，他晃出了房门，在回廊上调弄了一回雀儿；出至院外，顺着沁芳溪看了一回金鱼。只见那边山坡上两只小鹿箭也似的跑来。宝玉不解其意，正自纳闷，只见贾兰在后面拿着一张小弓追了下来，一见宝玉在前面，便站住了，笑道："二叔叔在家里呢，我只当出门去了。"宝玉道："你又淘气了。好好的射他作什么？"贾兰笑道："这会子不念书，闲着作什么？所以演习演习骑射。"

李纨是想把贾兰培养成一个文武全才。

就在贾府的子孙们忙着爬灰、结交优伶、讨好小厮、奸淫小姨子、脏的臭的都往屋里拉的时候，荣国府最小的一个子孙却在奋发图强。后来贾兰能够"气昂昂头戴

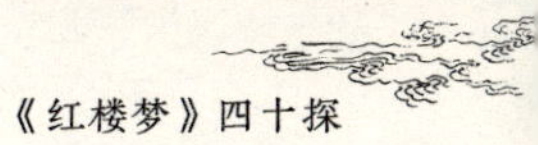

簪缨；光灿灿胸悬金印”，与李纨的不幸境遇、不懈教育是分不开的。

五

李纨是有才情的，成立海棠诗社时任社长，连宝玉都说：“稻香老农虽不善作却善看，又最公道，你就评阅优劣，我们都服的。”在评价黛玉和宝钗的诗时，李纨道：“若论风流别致，自是这首；若论含蓄浑厚，终让蘅稿。”探春道：“这评的有理，潇湘妃子当居第二。”李纨道：“怡红公子是压尾，你服不服？”宝玉道：“我的那首原不好了，这评的最公。”

李纨也是有激情的。在第六十三回，怡红院众人为宝玉单独过生日，请来大观园的小姐们等。黛玉因笑向宝钗、李纨、探春等道：“你们日日说人夜聚饮博，今儿我们自己也如此，往后怎么说人。”李纨反驳道：“这有何妨。一年之中不过生日节间如此，并无夜夜如此，这倒也不怕。”

后来大家玩占花名、掷骰子，探春得到一签，注云：“得此签者，必得贵婿，大家恭贺一杯，共同饮一杯。”探春不肯饮，却被史湘云、香菱、李纨等三四个人强死强活灌了一杯下去。后来袭人得到一签，注云：“杏花陪一盏，坐中同庚者陪一盏，同辰者陪一盏，同姓者陪一盏。”黛玉因向探春笑道：“命中该着招贵婿的，你是杏花，快喝了，我们好喝。”探春笑道：“这是个什么，大嫂子顺手给他一下子。”李纨笑道：“人家不得贵婿反挨打，我也不忍的。”众人都笑了。

才情与激情一旦和不幸联系起来便成了桎梏，使李纨时时想起自己只是个死去了丈夫的女人，什么风花雪月都与自己无关。唯有把这些才情与激情禁锢起来，才能平息内心的起伏。唯有以槁木死灰一般的面目来示人，才能博得同情与怜悯，才能有生存与立足之地。

六

李纨的青春在贾府流逝，这青春是寂寞的，正如一朵鲜花刚刚绽放就凋零。因此李纨同情平儿。平儿虽是贾琏的通房丫头，一年二年间才有那么一次机会与贾琏同房，还要被凤姐掂来掂去。在李纨看来，平儿与自己同样是孤独、不幸之人，平儿有丈夫等于没有，得不到什么慰藉。

因此，在第四十五回，李纨为了诗社的资金带着姑娘们去跟凤姐要钱，抢白凤姐时也顺便为挨凤姐打的平儿争得脸面。李纨笑道：“你们听听，我说了一句，他就疯了，说了两车的无赖泥腿市俗专会打细算盘分斤拨两的话出来。这东西亏他托生在诗书大宦名门之家做小姐，出了嫁又是这样，他还是这么着；若是生在贫寒小户人家，作个小子，还不知怎么下作贫嘴恶舌的呢！天下人都被你算计了去！昨儿还打平儿呢，亏你伸的出手来！那黄汤难道灌丧了狗肚子里去了？气的我只要给平儿打报不平。忖度了半日，好容易‘狗长尾巴尖儿’的好日子，又怕老太太心里不受用，因此没来，究竟气还未平。你今儿又招我来了。给平儿拾鞋也不要，你们两个只该换一个过子才是。”

平儿的为人也深得李纨的钦佩，她渴望身边也有个这样忠心赤胆的人，与自己同舟共济。

在第三十九回，众人吃螃蟹，李纨揽着平儿笑道：“可惜这么个好体面模样儿，命却平常，只落得屋里使唤。不知道的人，谁不拿你当作奶奶太太看。”当平儿表示：“先时陪了四个丫头，死的死，去的去，只剩下我一个孤鬼了。”李纨又道：“你倒是有造化的。凤丫头也是有造化的。想当初你珠大爷在日，何曾也没两个人。你们看我还是那容不下人的？天天只见他两个不自在。所以你珠大爷一没了，趁年轻我都打发了。若有一个守得住，我倒有个膀臂。”

在曹雪芹笔下，《红楼梦》里许多人的命运都同贾府一样从兴盛走向衰落，让整部《红楼梦》笼罩着悲剧的色彩。其实，《红楼梦》是要告诉世人：没有完美的人生，没有永远的富贵。

七

李纨位于金陵十二正钗第十一位，书中第五回，在贾宝玉打开的正册上画着在一盆茂兰旁有一位凤冠霞帔的美人，判云：“桃李春风结子完，到头谁似一盆兰。如冰水好空相妒，枉与他人作笑谈。”

这四句说的是李纨结婚生下贾兰不久就成了寡妇，美好的人生出现了不完美，但是贾兰生长得像一盆茂盛的兰花一样，成了国家的干才。想想李纨年轻时妒忌王熙凤抢走了自己执掌荣国府的管家权，夺走了自己的风光，两人你争我斗；现在儿子成了栋梁，王熙凤却搭进去了性命，两个人的明争暗斗成为了别人的笑谈。

李纨的《晚韶华》是这样说的：“镜里恩情，更那堪梦里功名！那美韶华去之何迅！再休提绣帐鸳衾。只这带珠冠，披凤袄，也抵不了无常性命。虽说是，人生莫受老来贫，也须要阴骘积儿孙。气昂昂头戴簪缨，气昂昂头戴簪缨；光灿灿胸悬金印；威赫赫爵禄高登，威赫赫爵禄高登；昏惨惨黄泉路近。问古来将相可还存？也只是虚名儿与后人钦敬。”

大概意思是：李纨戴了珠冠，披了凤袄，终于有了扬眉吐气的那一天，可是人生终有一死，荣华富贵抵不过无常性命。回顾李纨一生，她唯一的缺点是为了老来防饥，把钱看得很重要，在家人遇到危机时没有伸手相救，没有给儿孙积些阴德。贾兰终于成了国家的栋梁，官至将相。可辛辛苦苦为谁忙，到头来还是要奔赴黄泉。人难免有一死。这是谁也躲不掉的，来去匆匆，天大的富贵也是一场空，古今多大的事都在后人的笑谈中。

曹雪芹把李纨的命运归于无常与报应，但如果李纨没有积阴德，贾兰也不能做高官成栋梁。

凤姐机关算尽，做了无数刻薄歹毒之事，偶尔接济一下刘姥姥，还为巧姐积得阴德。相比来看，李纨的下场比王熙凤要好得多，她穿上了凤冠霞帔，儿子也官拜将相之位。如此看来，李纨的阴德比凤姐积得要多得多。至于别人笑话不笑话，那也是别人的事，五十步而笑百步，天下谁人不可笑呢？

不管怎么说，李纨年轻守寡，一是落得个“活菩萨”的好名声；二是以不争保全了自己与贾兰；三是延续了贾家的辉煌，使五代世家在贾兰手里出现了中兴。

李纨，才是贾府的功臣，无愧于贾家的列祖列宗。

贾兰，才是贾府的真宝玉。

17　贾宝玉的生死观

《红楼梦》中，与狗苟蝇营的贾雨村相对的一个人就是贾宝玉。他生在花柳繁华之地、温柔富贵之乡，却从小对男人与官场充满了蔑视。

在男权主导的社会，贾宝玉身边的人都是皇亲国戚、亲王贵族，可贾宝玉给他们的定义却是须眉浊物，他把那些热衷于仕途经济之道、死读书的人称为“禄蠹”。并且从根本上对男人进行否定：“女儿是水作的骨肉，男人是泥作的骨肉。我见了女儿，我便清爽；见了男子，便觉浊臭逼人。”

具体看看贾宝玉周围的男子。大伯贾赦世袭了一等将军的爵位，却不好好做官，左一个小老婆右一个小老婆，天天和小老婆喝酒。贾赦的儿子贾琏捐了个官，是五品的同知，有名无职，极其好色，用宝玉的话说，是特别俗气的一个人。

自己的父亲贾政，身为员外郎，表面喜欢读书，礼贤下士，拯弱济危，实际却是道貌岸然，明知道贾雨村乱判葫芦案，营私舞弊，徇情枉法，使杀人者薛蟠逍遥法外，却依旧把贾雨村当作座上宾。

宁国府的贾珍，世袭三品爵威烈将军，只一味高乐，把宁国府翻过来也没人敢管，跟自己的儿媳妇搞在一起，丢尽了祖宗的颜面，加速了贾府的败亡。贾珍的儿子贾蓉则是买的官，花了一千二百两银子从太监戴权那里买了一个五品龙禁尉，只为在妻子秦可卿葬礼上风光好看。

贾府表面上是钟鸣鼎食之家、翰墨诗书之族，吃的是皇粮，做的是命官，读的是圣贤书。可贾府的后人们却没有身为士大夫应有的“仁义礼智信”等品行，他们吃喝嫖赌，腐化堕落，无所不为。

从小就耳濡目染的贾宝玉，看透了周围“须眉们”的龌龊不堪、冷酷无情，因此只喜欢在内闱中厮混，用女儿们的洁净来滋养自己。女儿们的清纯与青春的气息是一剂良药，让他在腐烂、腌臜的贾府中呼吸到新鲜、芬芳的空气。贾雨村每次到贾府，必要点名贾宝玉相陪，宝玉则表示，自己是俗中又俗的一个俗人，并不愿同这些人来往。

贾雨村与史湘云、薛宝钗的价值观，某种程度上代表着贾府主流的价值观。史湘云曾劝过宝玉：“如今大了，你就不愿读书去考举人进士的，也该常常的会会这些为官做宰的人们，讲讲谈谈些仕途经济的学问，也好将来应酬世务，日后也有个朋友。”宝玉听了，道：“姑娘请别的姊妹屋里坐坐，我这里仔细污了你知经济学问的。”宝钗等劝他在仕途经济上用点心时，他也生气，表示：“好好的一个清净洁白女儿，也学的钓名沽誉，入了国贼禄鬼之流。这总是前人无故生事，立言竖辞，原为导后世的须眉浊物。不想我生不幸，亦且琼闺绣阁中亦染此风，真真有负天地钟灵毓秀之德！”

书中最能表现令贾宝玉藐视的死是第三十六回的“文死谏，武死战。”贾宝玉认为那是沽名钓誉之死，皆非正死：“人谁不死，只要死的好。那些个须眉浊物，只知道文死谏，武死战，这二死是大丈夫死名死节。竟何如不死的好！必定有昏君他方谏，他只顾邀名，猛拚一死，将来弃君于何地？必定有刀兵他方战，猛拚一死，他只顾图汗马之名，将来弃国于何地？所以这皆非正死。”贾宝玉列举了两种表面看是不得已而死，实则是不知大义之死：“那武将不过仗血气之勇，疏谋少略，他自己无能，送了性命，这难道也是不得已！那文官更不可比武官了，他念两句书汙在心里，若朝廷少有疵瑕，他就胡弹乱谏，只顾他邀忠烈之名，浊气一涌，即时拚死，这难道也是不得已！还要知道，那朝廷是受命于天，他不圣不仁，那天也断不把这万几重任与他了。可知那些死的都是沽名，并不知大义。”

自古以来，中国的家庭中多以严父慈母为标配。生于闺阁之中，长于妇人之手的贾宝玉每次遇到父亲，就像老鼠见了猫，每次听到父亲叫他，都像晴天里打了一个焦雷。对父亲的惧怕使宝玉远离贾政，而贾政那些仕途经济的论调也与宝玉的理想追求格格不入，因此贾宝玉的人生是缺少人生坐标或者人生标杆的。

既然不愿步入官场，又不愿读八股之文，宝玉的生死观便是活着一日快活一日。表面看似消极，实则是无奈与彷徨，除了混迹于闺阁，贾宝玉还没有为自己找到一条出路。

因为没有出路，年仅十几岁的贾宝玉看到了人生的万途归一：死。他也从来不避讳谈生死。

在对的时候去死。

同样在第三十六回，宝玉对袭人说道："比如我此时若果有造化，该死于此时的，趁你们在，我就死了，再能够你们哭我的眼泪流成大河，把我的尸首漂起来，送到那鸦雀不到的幽僻之处，随风化了，自此再不要托生为人，就是我死的得时了。"

为对的人去死。

书中第七十一回，尤氏说宝玉："谁都象你，真是一心无挂碍，只知道和姊妹们顽笑，饿了吃，困了睡，再过几年，不过还是这样，一点后事也不虑。"宝玉笑道："我能够和姊妹们过一日是一日，死了就完了，什么后事不后事。"李纨等都笑道："这可又是胡说。就算你是个没出息的，终老在这里，难道他姊妹们都不出阁的？"尤氏笑道："怨不得人都说他是假长了一个胎子，究竟是个又傻又呆的。"宝玉笑道："人事莫定，知道谁死谁活。倘或我在今日明日、今年明年死了，也算是遂心一辈子了。"

第三十四回，宝玉因为金钏之死和蒋玉菡之事挨打，当林黛玉劝他："你从此可都改了罢！"宝玉则回答："你放心，别说这样的话。就便为这些人死了，也是情愿的！"

生又何欢，死又何惧，人终要化成灰、化成烟，随风而逝。在对的时候去死，为对的人去死，就是死得其所。

18　甄、贾宝玉，那个贾宝玉只是打酱油的

一

《红楼梦》中有一块通灵宝玉，被贾府的公子贾宝玉含在嘴里从娘胎里带了出来，从此被当作命根子挂在贾宝玉的脖子上，整天不离身，只有晚上睡觉时才从脖子上摘下来用手帕包上放在枕头底下，免得第二天戴时冰着脖子。书中第八回有介绍，这块美玉的正面是：莫失莫忘，仙寿恒昌。反面是：一除邪祟，二疗冤疾，三知祸福。

书中介绍：这块通灵宝玉的前身原是一件“蠢物”。女娲氏炼石补天之时，于大荒山无稽崖炼成三万六千五百零一块补天之石，单单只剩下了这一块未用。此石灵性已通，因见众石俱得补天，自己无才不堪入选，遂自怨自叹，日夜悲号惭愧。恰巧有一天，此石听见一僧一道大谈红尘中的荣华富贵，便要这一僧一道携带去那红尘富贵场中、温柔乡里享受几年。一僧一道受不了这“蠢物”的一再要求，便大施幻术，将一块无才补天的大石头变成一块鲜明莹洁的宝玉，镌上几个字，夹带在一些要去投胎入世的风流冤家中，去那

昌明隆盛之邦、诗礼簪缨之族、花柳繁华地、温柔富贵乡去安身乐业。

在这些风流冤家中，主角是西方灵河岸上、三生石畔的绛珠草和赤瑕宫里的神瑛侍者。神瑛侍者日以甘露灌溉这绛珠草，使得它久延岁月。绛珠草后来既受天地精华，复得雨露滋养，遂得脱却草胎木质，得换人形，仅修成个女体，终日游于离恨天外，饥则食蜜青果为膳，渴则饮灌愁海水为汤。只因尚未酬报灌溉之德，故其五内便郁结着一段缠绵不尽之意。

恰近日，这神瑛侍者凡心偶炽，乘此昌明太平朝世，意欲下凡造历幻缘，已在警幻仙子案前挂了号。那绛珠仙子也认为：他既下世为人，我也去下世为人，但把我一生所有的眼泪还他，也偿还得过他了。因此一事，就勾出多少风流冤家来，陪他们去了结此案。

后来，甄士隐与这个“蠢物”有一面之缘，并从一僧一道的问答中知道：“如今现有一段风流公案正该了结，这一干风流冤家，尚未投胎入世。趁此机会，就将此‘蠢物’夹带于中，使他去经历经历。”

这里说得明白，那“蠢物”就是一块美玉，是由大荒山无稽崖青埂峰下那块女娲补天遗留下的石头变成的，后被贾宝玉衔在口中从娘胎里带到世间。可见，贾宝玉是贾宝玉，是个贵族公子，石头是石头，变成了美玉，两者是两回事。

二

有人读《红楼梦》，认为贾宝玉就是神瑛侍者，是林黛玉偿还眼泪的对象。在第五回，贾宝玉梦游太虚幻境时，梦见警幻携住自己的手，向众仙子这样介绍："你等不知原委：今日原欲往荣府去接绛珠，适从宁府所过，偶遇宁荣二公之灵，嘱吾云：'吾家自国朝定鼎以来，功名奕世，富贵传流，虽历百年，奈运终数尽，不可挽回者。故遗之子孙虽多，竟无可以继业。其中惟嫡孙宝玉一人，禀性乖张，生情怪谲，虽聪明灵慧，略可望成，无奈吾家运数合终，恐无人规引入正。幸仙姑偶来，万望先以情欲声色等事警其痴顽，或能使彼跳出迷人圈子，然后入于正路，亦吾兄弟之幸矣。'如此嘱吾，故发慈心，引彼至此。"

《红楼梦》第一回，就说明神瑛侍者已在警幻前挂了号要去昌隆盛世造历幻缘。而在第五回，警幻认为贾宝玉只是荣府的嫡孙，说明贾宝玉并不是神瑛侍者。

《红楼梦》第二回，通过贾雨村之口，引出人世间将要发生风流冤孽诸多情事的主要人物。其中有三：一个是贾宝玉衔玉而生；一个是五岁死了母亲的林黛玉；一个是与贾家是老亲，来往极其亲热的甄家的宝玉，其他还有贾府、甄府等一干人物。至于金陵十二钗，要到第五回才开始正式登场。

绛珠仙子只有一位，化身为林黛玉，宝玉却有甄宝玉和贾宝玉，况且曹雪芹又交代，林黛玉和甄宝玉同为贾雨村的学生。这就是第五十七回薛姨妈说的那条线："'千里姻缘一线牵'。管姻缘的有一位月下老人，预先注定，暗里只用一根红丝把这两个人的脚绊住，凭你两家隔着海，隔着国，有世仇的，也终久有机会作了夫妇。这一件事都是出人意料之外，凭父母本人都愿意了，或是年年在一处的，以为是定了的亲事，若月下老人不用红线拴的，再不能到一处。比如你姐妹两个的婚姻，此刻也不知在眼前，也不知在山南海北呢。"

三生石畔绛珠仙草和神瑛侍者的转世之身——林黛玉和甄宝玉之间恰恰就缺少了月老的那一根红线。致使林黛玉错把贾宝玉当成甄宝玉，把一生的眼泪还给了贾宝玉。贾即是假，甄就是真。

三

在《红楼梦》第三回，荣国府收养林黛玉一节，绛珠仙子的转世之身林黛玉刚一看见贾宝玉，便大吃一惊："好生奇怪，倒象是在那里见过一般，何等眼熟到如此！"而贾宝玉也对贾母解释道："虽然未曾见过他，然我看着面善，心里就算是旧相识，今日只做远别重逢，亦未为不可。"后来，贾宝玉因为林黛玉没有玉便摔了自己的玉，惹得林黛玉哭泣，有人认为这是第一次还神瑛侍者的眼泪。

其实，贾宝玉与林黛玉的一见如故，完全是因为贾宝玉佩戴的那块具有灵性的玉。在贾宝玉的眼中和通灵宝玉的眼中，林黛玉“闲静时如姣花照水，行动处似弱柳扶风”，有绝代姿容，具稀世俊美；黛玉一哭，“落花满地鸟惊飞”。而要来富贵场中、温柔乡中享受几年的“蠢物”，必是要使出全身的本事来促使贾宝玉和林黛玉一见倾情，好使自己也经历经历人间的美好情缘。

“假作真时真亦假”，贾宝玉就是假宝玉，与林黛玉本是有情无缘，却演绎出一段惊天地、泣鬼神的爱情故事，此乃通灵宝玉的灵性使然。

那块通灵宝玉是有灵性的。贾元春省亲时，那石头便发出感慨：“此时自己回想当初在大荒山中，青埂峰下，那等凄凉寂寞；若不亏癞僧、跛道二人携来到此，又安能得见这般世面。”

第二十五回，宝玉和凤姐被马道婆施法术着了魔，要死要活，搅得全家鸡犬不宁时，恰有一僧一道专来治人口不利、家宅颠倒，或逢凶险，或中邪祟者。一僧一道开门见山地告诉贾政：你家现有稀世奇珍，你今且取出来，待我们持诵持诵，只怕就好了。

第三回，王夫人向黛玉介绍贾宝玉：“他嘴里一时甜言蜜语，一时有天无日，一时又疯疯傻傻，只休信他。”

贾府上上下下都知道贾宝玉有个呆根子，可不知道这呆根子从何而来。看看贾宝玉的兄弟姊妹，哥哥贾珠十四岁便进了学，不到二十岁便结了婚有了贾兰；姐姐贾元春被加封为贤德妃；就是同父异母的探春和贾环也没听说有什么呆根子。可见贾宝玉的呆根子不是遗传父母的，完全是佩戴的那块通灵宝玉带来的，此玉虽然是稀世奇珍，被赋予了灵性，可毕竟是石头变来的，有些呆性也是情有可原。

四

在人们的臆想中，有灵性的石头应该跟着神瑛侍者的转世之身去投胎，可曹雪芹偏不这样安排，这就体现出曹雪芹构思《红楼梦》的卓越和奇妙之处。如果曹雪芹把甄宝玉写成是贾宝玉的影子，甄宝玉也就失去了存在的意义。书中时刻提醒读者领悟的“假作真时真亦假，无为有处有还无”也就成为噱头。

贾宝玉与甄宝玉年少时的幸福生活是相似的。甄宝玉出生于金陵城内、钦差金陵省体仁院总裁甄家，也是极其富贵、显赫的高门大户。俩人有着相同的秉性嗜好，同样受祖母的溺爱，同样爱在女儿堆里厮混，而家庭遭遇变故后，必有不同的经历。如此才能体现出曹雪芹前八十回断断续续写甄家的意义，从而深化全书主题思想，描绘一幅“你方唱罢我登场”的乱哄哄的世态炎凉图。

甄家和甄宝玉是书中的暗线、伏线。

在前八十回，甄家的出场次数虽然不多，但却让人印象深刻。在第十六回，贾琏乳娘赵嬷嬷曾评论：这江南甄家好势派，独他家接驾四次，若不是我们亲眼看见，告诉谁谁也不信的。在第五十六回，写甄府奉旨进京，虽是奉旨却未带所有家眷（老太太和那位甄宝玉并未同行），只太太带着三姑娘并几个老妈妈一同进京。甄府四个女人一见宝玉，立刻说贾宝玉和她们甄府的甄宝玉模样、性格都极相似。之后贾宝玉对着镜子睡觉，在梦中见到了甄宝玉。

第七十五回，跟从尤氏的老嬷嬷们悄悄地回尤氏道："奶奶且别往上房去。才有甄家的几个人来，还有些东西，不知是作什么机密事。奶奶这一去恐不便。"尤氏听了道："昨日听见你爷说，看邸报甄家犯了罪，现今抄没家私，调取进京治罪。怎么又有人来？"

江南的甄家由兴盛走向衰败，若按照曹雪芹的草蛇灰线来推测，在《红楼梦》八十回后，必是要交代明白甄家的衰亡原因和重振家业的过程，因为富贵荣华古来都是一样的，只有到了衰败的时候才会有不同的表现。

表面看，甄家是败落了，甄宝玉的命运肯定也好不到哪里去。可别忘了，神瑛侍者来到人间历幻一回，不光是像那块顽石一样，享受富贵乡中的温柔女儿情，还要经历一下完整的人生。因此，后来的甄家必定重新兴盛，这兴盛是由甄宝玉带来的。

家道衰落后，甄宝玉发奋读书，走仕途经济，振兴家业。当经历了所有这些后，甄宝玉，也就是神瑛侍者的转世之身才算下凡历幻一次。

如此说来，贾宝玉在《红楼梦》中只是个打酱油的，就是一个肉身凡胎的富贵公子哥。当那块通灵宝玉丢失后，贾宝玉就失去了先时的灵性。贾府衰败后，宝玉"贫穷难耐凄凉"，逃避责任，没有担当，出家当了和尚或者成了乞丐。

林黛玉对贾宝玉用情至深，被拆散了姻缘后香消玉殒，返回离恨天，重新变成了绛珠仙子，发现还错了眼泪，比以前更加抑郁。

神瑛侍者历经了人世间的富贵冷暖、起伏跌宕，算是真正造历幻缘一回，回到赤瑕宫，继续照看着绛珠仙子。他们等待着三生石畔三世姻缘的再一次轮回历幻。

19　风月场中的林黛玉

由西方灵河岸上、三生石畔绛珠仙草转世的林黛玉，父母相继离世，被贾府收养。那贾府是钟鸣鼎食之家、翰墨诗书之族，已是五代相传，可如今的儿孙却是一代不如一代，享受富贵的多，运筹谋划的无，另外还要加上一个“淫”。被人称“除了那两个石狮子干净，连猫儿狗儿都不干净”的宁国府，爬灰的爬灰，养小叔子的养小叔子。荣国府的贾赦也是左一个小老婆，右一个小老婆，上梁不正下梁歪，其长子贾琏玩起女人来也是香臭不分。

林黛玉虽然孤高自许、目下无尘，但也是生活在风月场中。

一

林黛玉的父亲林如海，书中介绍：姓林名海，表字如海，林如海之祖曾袭过列侯，今到如海，业经五世。起初时，只封袭三世，因当今隆恩盛德，远迈前代，额外加恩，至如海之父又袭了一代。至如海，便从科第出身。只可惜这林家支庶不盛，子孙有限，虽有几门，却与如海俱是堂族而已，没甚亲支嫡派的。林如海娶了贾府的名媛贾敏为妻。林家曾有一男孩，养到三岁一命呜呼，只留下嫡妻贾敏生下的年已五岁的林黛玉独遗于世。

林如海乃是前科的探花，已升至兰台寺大夫，本贯姑苏人氏，今钦点出为巡盐御史。

明清时，扬州盐商之富是天下闻名的。巡盐御史是管理盐务的官员，盐商能否赚到钱都得仰仗巡盐御史。林如海被钦点出任巡盐御史，这是个既有实权也有财富的要职。

既单传又富贵，妻妾成群是必然。话说三个女人一台戏，在林府，林黛玉虽是大家闺秀，但也见识了妻与妾的明争暗斗，惊险处也是你死我活。不然千尊万贵的贾母之女贾敏年纪轻轻就死了，还有一个三岁的男孩也死了。怎么死的，书中没有交代，但细细想来，必也是步步惊心。

因此，父亲林如海才劝林黛玉到外祖母家依靠外祖母、舅舅生活。想必是家里早已斗得像乌眼鸡一般，不得不为林黛玉提早安排好后路，为林家留下一丝血脉。

表面看，林黛玉娇生惯养，才华横溢，楚楚动人，像是神仙一样的人物，实际上，她对人与人之间的相互倾轧、互吃活埋早有领教。在贾府，林黛玉寄人篱下，孤身一人，养成了敏感多疑又清高孤傲的性格，其实这是她对那些长着一颗富贵心、两只体面眼的人的反击与抵抗，也是对自己独遗于世的一种解嘲与无奈。

从刚进贾府，话不敢多说一句，路不敢多走一步，到每日感觉“风刀霜剑严相逼”。黛玉小心行事，宁可要宝钗的燕窝，也不愿从正常渠道获得贾府的格外关照，免得有些人说三道四。从黛玉赏给送燕窝的婆子钱吃酒，到不厌其烦教香菱作诗和很快就和丫鬟紫鹃成为好姐妹来看，黛玉富有同情心，对待身份地位不如自己的人也是礼数周到，但对赵姨娘和周姨娘的态度却很是冷漠。

凤姐对赵姨娘、周姨娘的态度取决于王夫人，她们同属于王氏利益集团。而林黛玉与赵姨娘、周姨娘无冤无仇，两位姨娘又是舅舅贾政的妾，不看僧面看佛面，打狗看主人，之所以不待见，其中必有缘故。可能与林黛玉的幼年经历有关，或是林如海的姬妾对林黛玉及其母亲造成了不堪回首的伤害。

很多《红楼梦》爱好者都不明白，曹雪芹为什么把赵姨娘写得这样不堪？原因是这样不堪的赵姨娘存在于贾府，也存在于王府，更存在于林府。贾府的赵姨娘有贾母、王夫人、凤姐压制，还要无事生非，比如让马道婆施魇魔法，企图害死宝玉和凤姐，为贾环争得一份家私。而在林府里的“赵姨娘”们无公婆管制，无亲支嫡派制约，正牌夫人贾敏又千尊万贵，管起家来肯定不如凤姐泼辣、凌厉、老道。林府的妻妾们彼此间争个高低上下，其中的明争暗斗可谓比贾府还要风云激荡，其手法比起马道婆施魇魔法恐怕有过之而无不及。作为正妻嫡出的林黛玉及不满三岁的弟弟自然就成为攻击的对象。

唯一的嫡派继承人夭折了，娇弱不堪的黛玉被逼走，那么，林家的财产是不是就可以被独吞或者瓜分了？

贾敏死后，林黛玉来到贾府，只带了一个极老的奶娘王嬷嬷和一个十岁的贴身丫鬟雪雁。林家是世家，也是官宦之家、富贵之家，怎么会只派了一个老嬷嬷和一个小丫鬟随从？

林黛玉回归贾府的路途遥远，海陆并行，老嬷嬷也许会在途中病死。而十岁的雪雁还是懵懂天真，对于发生在林家的事当然不可能像后来的紫鹃那样心中有数，等到外人打听发生在林府的事情时，多是一问摇头三不知，这些都是知情者的精心策划。

那么，林家到底发生了什么事？当然不是内讧就是外乱。不管怎样，林如海活着的时候，林家已经一步步走向衰败了。妻子死后，林如海连续弦之心都没有了，只是过一日算一天罢了，可见对世事失望到何种程度。

这在后来的第五十七回，紫鹃以黛玉回家试探宝玉可以看出。当宝玉说吃燕窝，吃上几年就好了时，紫鹃道："在这里吃惯了，明年家去，那里有这闲钱吃这个。"当宝玉说林黛玉因没了父母，无人照看，才来贾府时，紫鹃冷笑道："林家虽贫到没饭吃，也是世代书宦之家，断不肯将他家的人丢在亲戚家，落人的耻笑。"后来贾母在安慰宝玉时说："林家的人都死绝了，没人来接他的，你只放心罢。"可见，当时的林家又穷又没了人口，就算有，也是极远的，或是分散在各省流寓不定。流寓，也有放逐的意思。

林黛玉来贾府既是投亲靠友也是躲灾避祸。经历多、见识广的贾母不可能不知道林府的情况，因此在林如海死后，一再要求贾琏办完林如海的丧事后把林黛玉带回来。

二

来到贾府的林黛玉，仍然摆脱不了风月的命运。书中第三回，初见宝玉，便觉得："好生奇怪，倒象在那里见过一般，何等眼熟到如此！"宝玉也笑道："这个妹妹我曾见过的。"从此两人经常一同起卧，同一床睡觉，同一桌吃饭，在生活成长的过程中，爱情的种子也在悄悄萌芽。

整个贾府都知道林黛玉将来必嫁与宝玉，这几乎是公开的事情。在第二十五回，贾宝玉被贾环推倒的蜡烛烫了脸，大家都来怡红院看望。凤姐就跟黛玉开了一个玩笑："你既吃了我们家的茶，怎么还不给我们家作媳妇。"然后又说："你给我们家作了媳妇，少什么？""你瞧瞧，人物儿、门第配不上，根基配不上，家私配不上？那一点还玷辱了谁呢？"

在第五十五回，凤姐与平儿谈论贾府的各种开销时，平儿说："将来还有三四位姑娘，还有两三个小爷，一位老太太，这几件大事还未完呢。"凤姐说："我也虑到这里，倒也够了：宝玉和林妹妹他两个一娶一嫁，可以使不着官中的钱，老太太自有梯己拿出来。"一娶一嫁，当然指的是宝玉娶黛玉，黛玉嫁宝玉。

凤姐是贾母、王夫人的消息发布人，从凤姐嘴里说出的话当然也代表了贾府最高阶层的意思。

更有意思的是，薛姨妈也来打趣林黛玉，在第五十七回，薛姨妈道："我想着，你宝兄弟老太太那样疼他，他又生的那样，若要外头说去，断不中意。不如竟把你林妹妹定与他，岂不四角俱全？"薛姨妈又说："我一出这主意，老太太必喜欢的。"

贾府的下人们，如贾琏的奴才兴儿，黛玉的贴身丫鬟紫鹃，宝玉的丫鬟袭人、晴雯等，都这么认为。这样一段即将要成为事实的姻缘，却被宝玉和宝钗的婚事这个晴天霹雳击中。

在林黛玉看来，这是一种羞辱。自己将来无论怎样都会成为众人茶余饭后的笑柄。生无可恋，唯有死才能摆脱世人的耻笑、宝钗与薛姨妈等胜利者的嘲笑。

黛玉之死颇有争议，一说是上吊而死，地点在黛玉与史湘云联诗的凹晶馆，"寒塘渡鹤影，冷月葬花魂"这个地方。

因为这个地方很是隐蔽，竹栏相接，房宇不多，只有两个老婆子上夜。第七十六回，贾母带家人中秋赏月那晚，丫鬟紫鹃和翠缕走遍园子都没找到黛玉和湘云。

这个地方与妙玉的栊翠庵很近。

推测起来，黛玉之死可能是这样的。随着年龄的增长，给宝玉提亲的人越来越多，今日张家的姑娘，明日李家的姑娘，可唯独没有提到林黛玉。当听到宝玉和宝钗的婚事后，愤懑且失望的黛玉只求速死，借口说找妙玉，支开了丫鬟，拖着病体来到联诗的卷棚底下，一条腰带结果了自己的性命。而发现黛玉之死的也是妙玉。

书中对妙玉的判词是“欲洁何曾洁，云空未必空，可怜金玉质，终陷淖泥中”。妙玉与黛玉的品行身世也相似，都是来依附豪门求人生结果的。只不过黛玉近水楼台先得月，而妙玉只能见缝插针地暗示表白。

第四十一回，贾母带领众人到栊翠庵，妙玉悄悄拉了黛玉和宝钗去吃体己茶，当宝玉也跟过来时，妙玉将自己常日吃茶的那只绿玉斗拿来斟与宝玉，这不能不说是高看一眼。

在第六十三回，宝玉过生日的时候，妙玉以粉色的笺子“槛外人妙玉恭肃遥叩芳辰”为贺签，可见她对宝玉的关注程度。

因此，宝玉的婚事不仅是贾府的一件大事，对带发修行、芳龄二十有余的妙玉来说也是一件大事。

风月场中，林黛玉单枪匹马，赤膊上阵，为自己争取婚姻自由、人生幸福，这就决定了宝玉、黛玉的姻缘只能成、不能败。当猛烈的暴风雨突然袭来，黛玉无以抵挡，只有死路一条；而妙玉尚有一扇带发修行的槛门可以略略抵挡。

妙玉向宝玉讲述了黛玉死前死后的详详细细，宝玉这才幡然醒悟，感觉黛玉在临死的时候通过妙玉给了自己一个暗示，于是遁入空门。

林黛玉来于风月，由绛珠仙子转世；死于风月，姻缘不幸而亡。

《红楼梦》前八十回中，最后一次暗示林黛玉命运的是宝玉祭祀晴雯一事。宝玉为晴雯之死写了一大篇富丽奢华的祭文，而正在进行祭奠时，黛玉不请自来，并且主动提出修改祭文，其中“红绡帐里，公子多情；黄土垄中，女儿薄命”一句被宝玉改成“茜纱窗下，我本无缘；黄土垄中，卿何薄命”时，黛玉“忡然变色”。薄命，预示着黛玉的归途。

黛玉的死，是“质本洁来还洁去”的死，是以一个女儿干干净净的身份去死，是死在宝玉、宝钗的婚前。

三

贾府里，上上下下三百多个女孩都想巴结宝玉，好为自己争得一个好结果。最典型的是袭人，察言观色、不声不响，以丫鬟身份争得了与赵姨娘同等的待遇。还有小红、芳官、五儿，都想赢得宝玉的高看一眼，但也没有谁明目张胆地表现出来。

宝钗也是喜欢宝玉的，在与黛玉争夺宝玉时可谓费尽心机，一步一步筹谋着走进宝玉心里。在第三十四回，宝玉挨打后，宝钗不仅第一个送去丸药，还以亲切稠密的表白让宝玉心动神畅，将疼痛忘于九霄云外。

袭人与宝钗都善于伪装自己，喜怒不露于声色，唯有黛玉，风月场中，风声鹤唳。在与宝钗的较量中，她醋意十足，强占上风。在与宝玉的试探冲突中，低三下四、赔礼道歉的总是宝玉，在多人场合，给宝玉没脸的、让宝玉下不来台的也总是黛玉。贾母尚可认为是小孩子打架，一会好了一会恼了都是常事，而王夫人却不这样想。

在第七十七回，清理大观园，王夫人撵晴雯时说："难道我通共一个宝玉，就白放心凭你们勾引坏了不成！"在宝玉、黛玉的多次冲突中，王夫人怎能忍受唯一的儿子受人牵制、辖制，怎能容忍唯一的宝玉要看黛玉的脸色行事。

因此王夫人有一万个理由不赞成宝玉与黛玉的婚事。

先从驱逐宝玉身边有姿色的丫鬟做起，给黛玉一个警告。尤其是对伶牙俐齿、长得又有点像林妹妹的晴雯，王夫人不看则已，一看就愤怒不止，称之为"妖精"。然后是四儿，同宝玉是一日生日。之后是芳官，挑唆宝玉要柳家的丫头五儿。一个一个都被驱逐出去了。

如果黛玉连这样的警告都没看出来，那只能说她只有情商而没有智商，在追求爱情的道路上太无所顾忌了。

可是黛玉就是没有察觉到即将到来的危机与杀机，晴雯死后，还在跟宝玉讨论着"茜纱窗下，我本无缘；黄土垄中，卿何薄命"。殊不知，王夫人是有耳报神的，虽然身子只有一个，但心耳神意时时都在，到处都有。

四

在《红楼梦》中，表面上看，贾母是一家之尊，被称为老祖宗，可实际上，在一次次的明争与暗斗中，贾母也是多次妥协于王夫人、凤姐代表的王氏利益集团。比如在第五十四回中，正在看戏的宝玉下席往外走，贾母看见只有麝月、秋纹跟着，就说："袭人怎么不见？他如今也有些拿大了，单支使小女孩子出来。"

王夫人连忙起身笑回道："他妈前日没了，因有热孝，不便前头来。"贾母点了点头，又笑道："跟主子却讲不起这孝与不孝。若是他还跟着我，难道这会子也不在这里不成？皆因我们太宽了，有人使，不查这些，竟成了例了。"最后，还是凤姐的一番话让贾母点头，忙说："你这话很是，比我想的周到，快别叫他了。"

表面上，王夫人多灾多病，整天像木头一样在贾母跟前尽孝。因为只有笼络住了贾母，才能笼络住贾政，才能不被什么赵姨娘、周姨娘一类的占了上风。可谁说王夫人像木头呢？

在贾赦要娶鸳鸯时，贾母不对邢夫人说，而是直接对王夫人说："你们原来都是哄我的！外头孝敬，暗地里盘算我。有好东西也来要，有好人也要，剩了这么个毛丫头，见我待他好了，你们自然气不过，弄开了他，好摆弄我！"可谓一针见血。后来探春说了一句："这事与太太什么相干？老太太想一想，也有大伯子要收屋里的人，小婶子如何知道？便知道，也推不知道。"其实，王夫人未必不知道，王夫人与凤姐是一个鼻孔出气，只要凤姐知道了，王夫人就知道，只是不说而已。

所以，贾母也看出了王夫人和凤姐是在唱双簧，是在哄自己，只不过年龄大了，睁一眼闭一眼而已。

在晴雯之死上，贾母再一次妥协于王氏集团。

既然老太太安插的人，以王氏集团为代表的王夫人有理由驳回，有权驱逐。那么不论老太太死没死，黛玉都不可能嫁给宝玉，这是铁定的事。王夫人对晴雯有多狠心，对林黛玉就有多憎恶。

黛玉至死也没明白，光有宝哥哥的爱、光有老太太的疼是不行的。最重要的是，在贾府大厦将倾之时，她没有薛家的财富和宝钗的嫁妆，不能给贾氏集团注入血液、带来利益。自己争强好胜，不懂得迂回退让、做小伏低、笼络人心，也是行不通的。王氏集团也不可能分一杯羹与她，所以只有宝姑娘最妥。

在迎春的婚事上，贾母妥协于贾赦，而在宝玉的婚事上，贾母再一次顺水推舟妥协于王夫人。

辖制住了老太太，还有贾宝玉本人这一关。书中多次描写宝玉见了父亲像老鼠见了猫一样，那么老谋深算的王夫人只有通过元春或者贾政指婚，才能让宝玉死了娶林妹妹的心。

《红楼梦》整部书明线、伏笔交错，此起彼伏，有一个贾宝玉就有一个甄宝玉，有一个贾府就有一个甄家。

《红楼梦》书中有几次提到甄家，这是曹雪芹一贯的写作手法，先打下伏笔，埋下草蛇灰线。在前八十回，曹雪芹只是敲敲打打，几笔带过。书中第二回，借贾雨村之口提到甄宝玉，甄宝玉在品行、性格、身世、家世上与贾宝玉“遥相呼应”。

在前八十回中，或者写甄家收藏着贾家五万两银子，或者写甄家的女人来了，或者写甄家被贬了，或者写甄家的几个女人正鬼鬼祟祟在上房说话，等等。只有到了八十回后，甄家的作用才显现出来。那就是给黛玉一个真正的家，帮她完成前世姻缘的还泪之承诺。

王夫人之流只有先把黛玉嫁出去，才能操办宝玉的婚事。

推测起来，妥协于王氏集团的贾母会这样跟林黛玉说：给你说了亲，江南甄府的宝玉，你们都是南面的人，况且你的父亲、母亲都葬在苏州，嫁到那边离你的父母也近一些，想念你父母时，可时时去祭拜。那个甄宝玉跟咱家的宝玉一样的模样一样的性格，嫁过去必定错不了的。接着贾母又指着置办的嫁妆给黛玉看，并告诉黛玉：前些年，甄家还收着咱们家五万两银子，娘娘回来省亲时花了三万，还有一些留在甄家，也当作你的嫁妆。虽然现在甄家不如以前了，但吃喝用度是不用愁的。

贾母、贾政、王夫人自以为做得四角俱全，可稍减自己的愧疚。可是林黛玉曾经沧海难为水，眼中只有贾宝玉，哪里还有甄宝玉。

贾宝玉是个假，而黛玉却把他当真；而甄宝玉是真，黛玉却把他当假，拒绝了婚事上吊而死。

绛珠仙子的化身——林黛玉，以自己的方式想象着爱情的模样，把一生的眼泪都还给了自己所爱的对象——贾宝玉，以为爱得刻骨铭心，不料却还错了眼泪，爱错了对象。

世上最深最重的爱情也抵挡不住命运的翻手为云、覆手为雨。当所有的肝肠寸断、所有的牵挂思念都随风而去的时候，留下的唯有作者所说的那“满纸荒唐言”和“一把辛酸泪”。

20　世上最美好的爱情——宝哥哥爱着林妹妹

一

《红楼梦》一书对爱情的描写感人至深、荡气回肠。尤其是对宝玉、黛玉、宝钗之间的爱情描写既有理想主义元素，又充满了悲剧色彩，读来让人喜悲交加、情不可禁。虽然全书一开始就暗示了主要人物各自的命运走向与结局，但书中的细节描写与点缀仍让人唏嘘感叹。

宝黛的爱情发展是全书主要线索之一。这种爱情具有中外完美主义的理想元素：一见钟情、两小无猜、郎才女貌、门当户对、家世相近、趣味相投。男主人公贾宝玉懂得怜香惜玉、俯身迁就；女主人公林黛玉婉转风流、美貌绝世。他们在贾府最高权威者贾母的照看下，一个似水，一个如鱼，在无忧无虑地生活成长的同时，爱情的花朵也在他们之间静悄悄地绽放。

“闲静时如姣花照水，行动处似弱柳扶风。心较比干多一窍，病如西子胜三分。”这是《红楼梦》第三回林黛玉抛父进京都，宝黛初会时宝玉眼中的黛玉。林黛玉五岁丧母，六岁进贾府，宝玉比黛玉大一岁，彼时都是六七岁的孩童，天真烂漫。宝玉对贾母说："这个妹妹我曾见过的。"贾母笑道："可又是胡说。"宝玉笑道："虽然未曾见过他，然我看着面善，心里就算是旧相识，今日只做远别重逢，亦未为不可。"当宝玉得知林黛玉也没有玉时，便满面泪痕泣道："家里姐姐妹妹都没有，单我有，我说没趣；如今来了这么一个神仙似的妹妹也没有，可知这不是个好东西。"

初次见面，宝玉感觉：这个妹妹似曾见过或者是久别重逢。评价：神仙一样的妹妹。可见，虽是初次会面，但黛玉已给单在姊妹们、丫头们中混的宝玉留下了美好与惊艳的印象，这为俩人今后更和睦的相处和更进一步的发展奠定了基础。

这是宝黛美好爱情发展的第一阶段：千里相会。

二

女儿贾敏的早逝，使贾母把对女儿的爱全都转到了黛玉身上。贾母要把宝玉原来住的碧纱橱腾挪出来给黛玉住，宝玉则说就在碧纱橱外的床上就很妥当，因此两个人随同贾母一处坐卧，同一桌吃饭，同一床睡觉，比别个姊妹熟惯些。既熟惯，则更觉亲密；既亲密，则不免一时有求全之毁、不虞之隙。当二人言语不合时，黛玉常常独在房中垂泪，宝玉常常从自身找原因，自悔言语冒撞，前去俯就。

光阴荏苒，转眼三四年过去了，宝玉、黛玉与宝钗在贾府过着无忧无虑的生活。在第七回，周瑞家的给各位小姐送薛姨妈给的宫花，而黛玉不在房中，正在宝玉房中解九连环。

此时的宝玉无论是在梦里还是在现实中都初试了云雨之情，在警幻的引导和袭人的半推半就下懂得了男女之间的情与性。比宝玉大两岁的宝钗正值十二三岁，懂得自然比宝玉多一些，正在修德养性等着宫中的选秀，有更高的理想，无暇顾及宝玉与黛玉整天的嬉闹与玩耍。

后来宝钗落选，金玉良缘的“传言”一时甚嚣尘上。黛玉也渐渐看到来自宝钗的威胁，时常提醒宝玉：不要见到了姐姐就忘记了妹妹。第十九回，宝玉去探望黛玉，闻得一股幽香从黛玉袖中发出，闻之令人醉魂酥骨。宝玉一把便将黛玉的袖子拉住，问是什么香。黛玉冷笑道：“难道我也有什么‘罗汉’‘真人’给我些香不成？便是得了奇香，也没有亲哥哥亲兄弟弄了花儿、朵儿、霜儿、雪儿替我炮制。我有的是那些俗香罢了。”

此时的黛玉知道了吃醋，懂得了爱情是自私的。

黛玉又问宝玉：“我有奇香，你有‘暖香’没有？”宝玉见问，一时解不来，因问：“什么‘暖香’？”黛玉点头叹笑道：“蠢才，蠢才！你有玉，人家就有金来配你，人家有‘冷香’，你就没有‘暖香’去配？”

而宝玉给她讲了一个小耗子偷香芋的故事，表达了自己对林黛玉的钦慕与爱恋，借小耗子的口认定：盐课林老爷的小姐才是我心中真正的香玉，什么冷香、金锁都是别人嘴里的话，与我无关。

这时候的宝钗，家资丰饶，本人又品格端方，容貌丰美，行为豁达，随分从时，深得长辈喜爱。及笄之时，贾母亲自张罗给过生日。可是无论宝钗怎样优秀都不会入宝玉之眼，因为宝玉是不会喜欢一个本该清清净净却被仕途经济洗了脑的女儿；不会喜欢总是以教母身份出现，不仅对自己也对别人指手画脚，总显得比别人懂得多一些、略高一筹的宝钗；也不会喜欢一个冷漠无情的宝钗。他喜欢该哭就哭，该笑就笑，表面上是跟自己使性子，但实际上是把自己当作唯一知己，从不想在自己身上得到什么的林妹妹，所以他告诉黛玉：放心。告诉紫鹃：咱们活着在一起，死了也要在一起。

这是宝黛爱情发展的第二个阶段：两心相许。

三

在第二十九回，清虚观打醮回来，贾宝玉因张道士说亲，有些做贼心虚，便来探听黛玉的口风。不料一向在宝玉面前说话无所顾忌的黛玉并没领会到宝玉的一片苦心，告诉宝玉只管去看戏，不要惦记自己。

也是在该章节，书中写道：“凡远亲近友之家所见的那些闺英闱秀，皆未有稍及林黛玉者，所以早存了一段心事，只不好说出来，故每每或喜或怒，变尽法子暗中试探。”

“那林黛玉偏生也是个有些痴病的，也每用假情试探。因你也将真心真意瞒了起来，只用假意，我也将真心真意瞒了起来，只用假意，如此两假相逢，终有一真。”

当黛玉说出两人都忌讳的话题，张道士说亲，宝玉有了好姻缘时，宝玉第二次砸玉。而贾母的一番“不是冤家不聚头”，让俩人领悟了因缘际会都是有来历的，为什么遇到的是他而不是“他”，是阴差阳错，也是天意如此。所以，一个在潇湘馆临风洒泪，一个在怡红院望月长吁，人居两地，情发一处。

宝玉挨打后，让晴雯给黛玉送去两块半旧的手帕，黛玉体会出旧手帕子的深意。正是：“眼空蓄泪泪空垂，暗洒闲抛却为谁？尺幅鲛绡劳解赠，叫人焉得不伤悲！”

这种伤悲，是两情相许、爱情发展到一个新阶段的伤悲；是黛玉明白了宝玉的真心喜极而泣的伤悲；也是自哀自怜、不能公开享受爱情带来的幸福的伤悲。

从此以后，黛玉的笑容多了起来，心胸也开阔了起来。刘姥姥二进大观园，贾母让惜春画出园子里的景物时，黛玉让惜春把刘姥姥也画上，并两手捧着胸口，一面笑一面说道：“你快画罢，我连题跋都有了，起个名字，就叫作《携蝗大嚼图》。”

后来宝钗为惜春开了画画需要的笔墨颜料单子，黛玉笑着拉探春悄悄说道：“你瞧瞧，画个画儿又要起这些水缸箱子来了。想必他糊涂了，把他的嫁妆单子也写上了。”宝钗把黛玉按在炕上，便要拧黛玉的脸。黛玉笑着忙央告：“好姐姐，饶了我罢！颦儿年纪小，只知说，不知道轻重，作姐姐的教导我。姐姐不饶我，还求谁去？”

黛玉对宝钗态度的转变，并不是因为说错了酒令受到宝钗的规劝，也不是因为宝钗送了几两燕窝，而是因为宝玉对自己的忠贞和她自己对爱情的自信。多年来悬在心头的一件事终于有了着落，也是从古至今、天上人间最称心畅意的一件事了。云也好了，花也好了，风也好了，眼前人也好了，曾经认为藏奸的人也好了。心态一变天地宽。

这是宝黛爱情的第三个阶段：情定终身。

四

因为黛玉身世可怜，所以宝玉对黛玉的爱中也带着怜惜，这是爱情产生的又一因素。这种怜惜发自宝玉的内心，他愿为黛玉的快乐和幸福心甘情愿地付出，用自己微薄的力量来保护黛玉，不让黛玉受到伤害，无条件尊重和呵护黛玉。

《红楼梦》第六十二回，当宝玉告诉黛玉，在探春管家期间干了几件大事时，黛玉道："要这样才好，咱们家里也太花费了。我虽不管事，心里每常闲了，替你们一算计，出的多进的少，如今若不省俭，必致后手不接。"宝玉笑道："凭他怎么后手不接，也短不了咱们两个人的。"

情定终身后，两个人充满了对未来的憧憬与向往，这时候的宝黛爱情步入成熟阶段。薛蟠经商从江南带回来一些货物，也给宝钗带回一些笔、墨、纸、砚、香袋、香珠、扇子、花粉、胭脂等南方土物，宝钗将其中一些送给了大观园的姑娘小姐。黛玉看到家乡的物产触物伤情，勾起对家乡和自己身世的慨叹。

此时的宝玉不是摔玉砸玉时的宝玉了，少了些莽撞，多了些成熟。像哄孩子一样，将那些东西一件一件拿起来摆弄着细瞧，故意问这是什么，叫什么名字；那是什么做的，这样齐整；这是什么，要它做什么使用。又说这一件可以摆在面前，又说那一件可以放在条桌上当古董儿，说些没要紧的话来分散黛玉想家的心。

宝玉又告诉丫鬟们："因我方才到林姑娘那边，见林姑娘又正伤心呢。问起来却是为宝姐姐送了他东西，他看见是他家乡的土物，不免对景伤情。我要告诉你袭人姐姐，叫他闲时过去劝劝。"

而此时，荣国府主子与主子之间的矛盾越来越激烈，王夫人开始抄检大观园，清理了宝玉身边的人，撵了晴雯、四儿和芳官，并表明在宝玉身边的只需要像袭人、麝月一样笨笨的、尽心尽力的。因为王夫人并不喜欢像晴雯一样伶牙俐齿的"妖精"，所以宝黛二人并没有意识到抄检大观园带来的严重后果，继续像以往那样忙着传情达意，表白心迹。

第七十九回，当两个人讨论到宝玉为死去的晴雯写的一篇《芙蓉诔》中的诗句时，黛玉提出自己的看法。黛玉笑道："咱们如今都系霞影纱糊的窗槅，何不说'茜纱窗下，公子多情'呢？"当宝玉说出"不敢"时，黛玉笑道："何妨。我的窗即可为你之窗，何必分晰得如此生疏。古人异姓陌路，尚然同肥马，衣轻裘，敝之而无憾，何况咱们。"

言外之意，将来终归要到一起的，现在又何必分得这样清。

这是宝黛爱情的第四个阶段：憧憬未来。

可是，沉浸在美好爱情中的宝黛二人，并没意识到危机即将来临。这危机来自贾府的即将倾覆，来自王氏集团核心人物王夫人的干预。这样一步步建立起来的美好爱情被无情的现实打碎，怎能不叫人唏嘘慨叹，在唏嘘的同时回忆起曾经的美好，更叫人刻骨难忘。

悲剧，就是把最美的东西打碎给人看。果真不假。

21 贾环不是个坏小孩

一

仰仗着父亲贾政的贾门正统血脉，贾环也是贾府的正统主子。虽然母亲赵姨娘是奴才出身，不受人待见，但贾环的衣食住行也是以宝玉为参照。贾环当然比不起宝玉，因为宝玉是天降其玉，有护身的法宝，还有贵族出身的母亲王夫人和皇宫里嫡亲的贵妃姐姐。

没有谁会安于一隅，赵姨娘和贾环也是如此。赵姨娘在与宝玉的干妈马道婆闲聊中表示：“也不是有了宝玉，竟是得了活龙。他还是小孩子家，长的得人意儿，大人偏疼他些也还罢了；我只是不伏这个主儿。”话中的“主儿”就是凤姐。

赵姨娘又说：“了不得，了不得！提起这个主儿，这一份家私要不都教他搬送到娘家去，我也不是个人。”

嫡庶之争自古有之，宗法家族更是如此。贾府的世袭都是嫡长子或者是长子继承，贾环既不是嫡出，也不是长子，在先天条件不足的情况下，赵姨娘虽然有些认命，但也是愤愤不平，更何况还有凤姐恃强凌弱，仗着自己根正苗红、腰杆子硬，插手贾政的家事。

书中第二十回，贾环与宝钗的丫鬟玩骰子，输了还要拿钱，莺儿不服又不敢不给，口内嘟囔说：“一个作爷的，还赖我们这几个钱，连我也不放在眼里。前儿我和宝二爷顽，他输了那些，也没着急。下剩的钱，还是几个小丫头子们一抢，他一笑就罢了。”

贾环一句话说出了心中的痛，道：“我拿什么比宝玉呢。你们怕他，都和他好，都欺负我不是太太养的。”

后又被宝玉教训一顿：“大正月里哭什么？这里不好，你别处顽去。你天天念书，倒念糊涂了。比如这件东西不好，横竖那一件好，就弃了这件取那个。难道你守着这个东西哭一会子就好了不成？你原是来取乐顽的，既不能取乐，就往别处去再寻乐顽去。哭一会子，难道算取乐顽了不成？倒招自己烦恼。不如快去为是。”

贾环回到家里，本想从母亲的怀抱里得到些许安慰，却遭到母亲的训斥。赵姨娘啐道：“谁叫你上高台盘去了？下流没脸的东西！那里顽不得？谁叫你跑了去讨没意思？”

此时，正说着，可巧凤姐在窗外过，都听到耳内，便隔着窗户训斥了赵姨娘，又把贾环叫了出去，说道：“你也是个没气性的！时常说给你：要吃，要喝，要顽，要笑，只爱同那一个姐姐妹妹哥哥嫂子顽，就同那个顽。你不听我的话，反叫这些人教的歪心邪意，狐媚子霸道的。自己不尊重，要往下流走，安着坏心，还只管怨人家偏心。输了几个钱？就这么个样儿！”当得知贾环输了一二百钱时，凤姐啐道：“亏你还是爷，输了一二百钱就这样！”回头叫丰儿：“去取一吊钱来，姑娘们都在后头顽呢，把他送了顽去。——你明儿再这么下流狐媚子，我先打了你，打发人告诉学里，皮不揭了你的！为你这个不尊贵，恨的你哥哥牙根痒痒，不是我拦着，窝心脚把你的肠子窝出来了。”喝令：“去罢！”

放眼周围，谁是幼小的贾环的依靠和知己？偌大的贾府，贾环找不到一个温暖的怀抱。

二

懦弱的贾环却有着敏感的心。渐渐，贾环看出了眉高眼低。

书中第二十四回，贾宝玉去贾赦处请安，贾环和贾兰也去请安。“贾环见宝玉同邢夫人坐在一个坐褥上，邢夫人又百般摩挲抚弄他，早已心中不自在了，坐不多时，便和贾兰使眼色要走，贾兰只得依他，一同起身告辞”。

书中第六十回，贾环向芳官要蔷薇硝，被换成了茉莉粉，赵姨娘让贾环去闹，赵姨娘说：“有好的给你！谁叫你要去了，怎怨他们耍你！依我，拿了去照脸摔给他去，趁着这回子撞尸的撞尸去了，挺床的便挺床，吵一出子，大家别心净，也算是报仇。莫不是两个月之后，还找出这个碴儿来问你不成？”贾环听了，不免又愧又急，又不敢去，只说道：“你这么会说，你又不敢去，支使了我去闹。倘或往学里告去捱了打，你敢自不疼呢？遭遭儿调唆了我闹去，闹出了事来，我捱了打骂，你一般也低了头。这会子又调唆我和毛丫头们去闹。你不怕三姐姐，你敢去，我就伏你。”

贾环的头上有无数的大山，压得他骨折筋伤，他觉得唯有认清世道才能自保，惹不起还躲不起？

三

贾环第一次出现在书中第二回，冷子兴演说荣国府，“政公既有玉儿之后，其妾又生了一个，倒不知其好歹”。

第二次出现在元春省亲第十八回，“贾环从年内染病未痊，自有闲处调养，故亦无传”，但贾环也得到了与贾珍、贾琏等一样的赏赐。说明虽然是庶出，不看僧面看佛面，看在贾政的面子，贾环也算是贾门的正统子弟。

“环”与“坏”读音接近，无论是作者有心种花还是无心插柳，贾环容易让人理解成贾“坏”，是贾府的一个坏孩子。

首先，长得丑。书中第二十三回，元春吩咐众姊妹和宝玉去园中居住，贾政眼里的贾环是“人物委琐，举止荒疏”。话说相由心生，生在夹缝中的贾环整天提心吊胆地过日子，即使有俊俏的模样，也是眉头紧锁、唉声叹气、缩手缩脚。内心得不到抒怀，表现在脸上就是萎靡不振；内心时刻算计，表现在身体上就是没有朝气与活力；缺少关爱，表现在眼睛上就是呆板无光。

贾环的嫡亲姐姐探春“削肩细腰，长挑身材，鸭蛋脸面，俊眼修眉，顾盼神飞，文彩精华，见之忘俗”，他们的母亲赵姨娘也必定是个美人胚子，用王夫人的话，即“娇妻美妾”。母亲、姐姐都不差，唯有贾环“委琐”，是心使然。

种子不好。用王夫人的话说，贾环是赵姨娘“养出这样黑心不知道理下流种子”。

在贾府这样的大家族里，妻妾夺宠也是常态。王夫人没有凤姐狠辣，把贾琏的身边收拾得干干净净，她只能任凭贾政纳了赵姨娘和周姨娘。赵姨娘还生下了极具威胁力的贾环，因此王夫人只能表面装贤惠，内心却妒火熊熊，心理扭曲，越看自己的宝玉越爱。爱自己孩子如宝贝，看别人孩子如粪土，必定要生出嫌隙。

书中第二十五回，王夫人见贾环下了学，便命他来抄《金刚咒》唪诵唪诵。恰巧宝玉从舅舅家拜寿回来，“进门见了王夫人，不过规规矩矩说了几句，便命人除去抹额，脱了袍服，拉了靴子，便一头滚在王夫人怀里。王夫人便用手满身满脸摩挲抚弄他，宝玉也扳着王夫人的脖子说长道短的”。王夫人道：“我的儿，你又吃多了酒，脸上滚热。你还只是揉搓，一会闹上酒来。还不在那里静静的倒一会子呢。”说着，便叫人拿个枕头来。宝玉听说便下来，在王夫人身后倒下，又叫彩霞来替他拍着。宝玉便和彩霞说笑，惹怒了贾环。

贾环素日原恨宝玉，如今又见他和彩霞闹，“心中越发按不下这口毒气”。况且平时，贾环心中也有怨气，“虽不敢明言，却每每暗中算计，只是不得下手，今见相离甚近，便要用热油烫瞎他的眼睛。因而故意装作失手，把那一盏油汪汪的蜡灯向宝玉脸上只一推。只听宝玉‘嗳呦’了一声，满屋里众人都唬了一跳。连忙将地下的戳灯挪过来，又将里外间屋的灯拿了三四盏看时，只见宝玉满脸是油”。

看见宝玉左边脸上烫了一溜燎泡出来，贾环心里应该是惬意的，在嫡庶之争中，终于出了口恶气。

天下事不平则鸣。贾环干的最坏的一件事是火上浇油，借金钏跳井一事，添油加醋，向贾政告宝玉：“我母亲告诉我说，宝玉哥哥前日在太太房里，拉着太太的丫头金钏儿强奸不遂，打了一顿。那金钏儿便赌气投井死了。”把个贾政气得面如金纸，大喝“快拿宝玉来”，并发下狠誓：“今日再有人劝我，我把这冠带家私一应交与他与宝玉过去！我免不得做个罪人，把这几根烦恼鬓毛剃去，寻个干净去处自了，也免得上辱先人下生逆子之罪。”贾政又一叠声喊：“拿宝玉！拿大棍！拿索子捆上！把各门都关上！有人传信往里头去，立刻打死！”

作为嫡母，王夫人缺少远见；作为祖母，贾母不够大度，不能一视同仁，导致赵姨娘母子怨气横生，不断反抗，争取自己的生存权与话语权。有人在压抑和凌辱中死去，生命力极其顽强的贾环与赵姨娘却走上了一条反抗之路。

四

但是，在嫡庶之争、妻妾之战中，贾环没有像宝玉一样厌恶读书。由得到家中清客和父亲贾政的夸奖到获得伯父贾赦的赞赏，贾环一路走来，也算是为母亲和自己争了口气。

书中第二十二回，众人制作灯谜，唯有贾环制作的“大哥有角只八个，二哥有角只两根。大哥只在床上坐，二哥爱在房上蹲”遭到众人的哄笑。

被嘲笑和藐视是贾环人生中的常态。欣喜的是贾环的人生中还有一丝亮光和温暖，这便是父亲贾政的公正对待和关怀。这就是灯塔与航标，会温暖着贾环朝着父亲指定的目标更加勇猛地前行。

贾政经常领着宝玉、贾环、贾兰去应酬答对，朝贺往来，以增长三人的见识与学问。书中第七十八回，贾政命三人各为姽婳将军吊诗，贾环的五言诗是：“红粉不知愁，将军意未休。掩啼离绣幕，抱恨出青州。自谓酬王德，讵能复寇仇？谁题忠义墓，千古独风流！”众人道：“更佳。倒是大几岁年纪，立意又自不同。”贾政道：“还不甚大错，终不恳切。”

贾环也被贾政列入贾府未来的希望行列，为他们三人因材施教，谋划着未来：宝玉虽然灵秀，却不适合八股，将来走仕途之道的是贾环与贾兰。

书中第七十五回，中秋佳节上，贾环作的诗既得到父亲的首肯，又得到伯父贾赦的赞赏。

贾赦要过贾环的诗瞧了一遍，连声赞好，又吩咐人去取了自己的许多玩物来赏赐与贾环。又拍着贾环的头，笑道：“以后就这么做去，方是咱们的口气，将来这世袭的前程定跑不了你袭呢。”

“人之初，性本善”，知耻者而后勇，知弱后才能图强，在贾家衰落之际，曾经的羞辱与冷落也许能激发出贾环人生之初的良善，带着父辈们的温暖与关爱，顽强不屈地走好自己的路。

22　读懂《红楼梦》先要读懂史湘云

一

史湘云，像云一样的女子，美丽浪漫、多才多艺、豁达豪爽，可是也像云一样没有依托、漂浮不定。《红楼梦》中，她的结局同样是谜。她的父母是谁，为什么早逝？她嫁与了何人，经历了怎样的情感历程？归宿又是怎样，是与贾宝玉厮守在一起还是与卫若兰结合？

史湘云也是贾府兴衰的见证者，宝黛钗爱情的旁观者，人间世态炎凉的体验者。因此想要读懂《红楼梦》，必须要对史湘云进行探讨梳理。

《红楼梦》是一本小说，不是回忆录，不是自传体。虽然其中带有作者个人的生活经历，但是经过了创作，经过了作者的提炼升华和艺术加工，就是一件艺术品，来源于生活而不同于生活。因此，寻找史湘云的行踪轨迹，还要从小说《红楼梦》中探寻。

尽管在前八十回，曹雪芹对这个人物做了大量的铺垫描写，但受一些《红楼梦》爱好者、研究者的影响，读者对史湘云人物性格、命运走向的理解，偏离了曹雪芹塑造这个人物的初衷，变得迷雾重重。

现在笔者就要揭开这层迷雾，还原曹雪芹赋予这个人物命运走向的本来面目。

二

史湘云在《红楼梦》中晚于黛玉、宝钗出现，却是早于黛玉、宝钗与宝玉同吃、同睡、同玩耍的女性。书中第二十回，宝钗正在与宝玉玩耍，听见有人来说，史大姑娘来了，宝玉抬身就走。

第二天早上，宝玉早早来到黛玉房中，看见两个人的睡相：那史湘云却一把青丝拖于枕畔，被只齐胸，一弯雪白的膀子撂于被外，又带着两个金镯子。宝玉见了，叹道："睡觉还是不老实！回来风吹了，又嚷肩窝疼了。"一面说，一面轻轻地替史湘云盖上。两人起床后，宝玉又让湘云为自己梳头，千妹妹万妹妹的央求："好妹妹，替我梳上头罢。"湘云道："这可不能了。"宝玉笑道："好妹妹，你先时怎么替我梳了呢？"湘云道："如今我忘了，怎么梳呢？"宝玉道："横竖我不出门，又不带冠子勒子，不过打几根散辫子就完了。"

湘云只得扶过宝玉的头来，一一梳篦。湘云一面编着，一面说道："这珠子只三颗了，这一颗不是的。我记得是一样的，怎么少了一颗？"这说明，宝玉与史湘云很熟很熟，也是青梅竹马、两小无猜。贾母对史湘云也是另眼相待，黛玉没来的时候，让她与宝玉一起跟自己坐卧起居。

可是这样的青梅竹马，最终也没有被贾府选为宝玉之妻。在第二十二回，上元佳节，贾母、贾政与众姊妹一起猜灯谜，写明："上面贾母、贾政、宝玉一席，下面王夫人、宝钗、黛玉、湘云又一席，迎、探、惜三个又一席。"当贾母让贾政猜一猜围屏上众姊妹作的灯谜时，贾政只看了元春、迎春、探春、惜春和宝钗制作的灯谜。

这一回，每个人制作的灯谜预示了自己未来的命运走向。除了自家的四个女儿，贾政独独看了薛宝钗的灯谜，预示着在座的黛玉与湘云将来与贾府没有联系瓜葛。

三

有人认为史湘云后来与贾宝玉有过一段婚姻是没有依据的。史湘云也是《红楼梦》开头那一僧一道所说的陪着神瑛侍者和绛珠仙草了却情债的风流冤家之一，必然与神瑛侍者或绛珠仙草的转世之身发生关系。可这关系未必就是婚嫁，像妙玉、晴雯等等都是贾宝玉生活中的过客，史湘云也不例外。何况，贾宝玉还是个假宝玉。

贾宝玉只是有了那块玉才是宝玉，而当那块玉回归青埂峰的时候，贾宝玉就变成了一个普普通通的公子哥，就像第三回《西江月》两首词表述的那样——"纵然生得好皮囊，腹内原来草莽"，"富贵不知乐业，贫穷难耐凄凉"，"寄言纨绔与膏粱：莫效此儿形状"。

在第二十五回，赵姨娘、马道婆施魔法加害宝玉与凤姐。一僧一道来到贾府，和尚接过那块玉擎在手上，长叹一声道：“青埂峰一别，展眼已过十三载矣！人世光阴，如此迅速，尘缘满日，若似弹指！”说明这块幻化来的玉在尘世已经历了十三载的光阴。在宝玉与薛宝钗成亲、贾府大限将到之时，这块玉经历了人世间的繁华后，要回到大荒山青埂峰下。没有了这块玉，就没有了因缘，也就没有了贾宝玉与史湘云等众女儿的交叉纠结的纽带。

第五回，宝玉的《终身误》写道：“都道是金玉良姻，俺只念木石前盟。空对着，山中高士晶莹雪；终不忘，世外仙姝寂寞林。叹人间，美中不足今方信。纵然是齐眉举案，到底意难平。”

宝玉的一腔深情都付与了林黛玉，刻骨铭心，相思断肠，哪里又能容得下别人一分一毫。婚后的宝玉，家道衰落，出家当了和尚。甄士隐的经历就是贾宝玉的隐喻。

因此，史湘云与贾宝玉一个结婚后丈夫或死或离，一个看破红尘皈依佛门，两个人缘分已尽，怎么会再次结合？又有什么是再次结合的基础与条件？

四

在第二十九回，贾母领人去庙里打醮，在一群和尚道士送给宝玉的法器中，发现有个金麒麟。宝玉看到后想起史湘云也有这样一个麒麟，就想留下，说是给黛玉，当黛玉表示不稀罕时，宝玉揣了起来。第三十一回，端阳节的次日午间，湘云再次来到贾府。王夫人透露："只怕如今好了。前日有人家来相看，眼见有婆婆家了，还是那们着。"表明湘云已经定了亲。

随后，湘云在去怡红院的路上捡到了"文彩辉煌的一个金麒麟，比自己佩的又大又有文彩"。这就是张道士给的金麒麟，被将其天天带在身上的宝玉掉在了草丛里。因为大，明显是雄性的标志，按照曹雪芹的暗示——因麒麟伏白首双星，表明与湘云的姻缘有关系。可是，王夫人说的"前日有人家来相看"在前，湘云捡到金麒麟在后。这就表明，这个姻缘不是王夫人所说的那个姻缘，而是另一段姻缘，也表明史湘云应该有第二段姻缘。那么，史湘云到底和谁能够白首？

第四十九回，因为史湘云的叔叔保龄侯史鼐迁任外省大员，带领家眷赴任，贾母舍不得湘云，就留了下来，本想要给湘云另设一处，可湘云要跟宝钗住在一起，所以史湘云就留在了蘅芜苑。这一留就到第七十六回书，她参加了芦雪庵联句、桃花社咏柳絮、宝玉生日宴、怡红夜宴、元宵节夜宴、中秋节联句等多项重大活动。尤其是在第七十六回，湘云与林黛玉"凹晶馆联诗悲寂寞"，联出了"寒塘渡鹤影，冷月葬花魂"，在妙玉看来"过于颓败凄楚"亦关"人之气数"的诗。这些线索向我们表明：原来那个坦诚直率、心胸开阔、天天有说有笑，生于富贵丛中的侯门小姐，未来的命运就像那中秋之夜寒塘里孤独的仙鹤一样，高贵而寂寞，富贵而孤独。

五

八十回之后，我们不知史湘云的命运走向，但曹雪芹一向喜欢草蛇灰线、伏线千里，所以我们可以根据前八十回的提示来推断史湘云后来的命运。

史湘云是金陵省“贾、史、王、薛”四大家族中史家的千金，是贾母的侄孙女，贾母是史湘云的姑奶奶。太虚幻境的册子上，湘云的画及判词是几缕飞云，一湾逝水：“富贵又何为，襁褓之间父母违。展眼吊斜晖，湘江水逝楚云飞。”意思是，很小的时候，史湘云就父母双亡，纵然生在“阿房宫，三百里，住不下金陵一个史”的史家，又能怎样呢？人生短暂，倏忽之间，只落得一人独自面对落日感伤了。“湘江水逝楚云飞”点出了“湘云”二字，用的是楚怀王梦见巫山神女与之欢会的典故，隐喻湘云夫妻生活的短暂。

《红楼梦》十二支曲子中的第六支曲《乐中悲》，所唱的正是史湘云。曲中揭示了荣华富贵中潜伏着危机，欢乐中潜藏着悲哀：“襁褓中，父母叹双亡。纵居那绮罗丛，谁知娇养？幸生来，英豪阔大宽宏量，从未将儿女私情略萦心上。好一似，霁月光风耀玉堂。厮配得才貌仙郎，博得个地久天长，准折得幼年时坎坷形状。终久是云散高唐，水涸湘江。这是尘寰中消长数应当，何必枉悲伤！”

曲子指出史湘云虽然生于富贵之家，但因自幼父母双亡，失去了父爱与母爱，没有人护持她、娇惯她。不幸中的幸事是史湘云性格宽宏大度、活泼乐观、潇洒豪放，从未把儿女私情放在心上，她的性格就像雨后的月亮辉映着华丽的宫殿那样亮丽可爱。这样的性格，堪配上一个如意郎君，恩爱终生，以弥补她幼年的不幸。然而事情总是不尽人意，终究是“云散高唐，水涸湘江”。

高唐神女朝云暮雨历来指男女情爱，“云散高唐”当是指夫妻情事的消失，与“展眼吊斜晖，湘江水逝楚云飞”的凄惨意境照应，是指虽然史湘云嫁了个如意郎君，但最终还是孤独一人。

而在第三十一回，由“因麒麟伏白首双星”的回目来推测湘云与其喜欢、挚爱的一个人最终分居两地，直到白首不得团聚。双星是牛郎织女星的别称，牛郎、织女永隔天上人间，一年才能会一次面。这就与史湘云的判词出现矛盾，夫妻很快别离怎又会出现白首双星？好在有了脂砚斋的评语，说宝玉所得的金麒麟最后被在《红楼梦》中仅出现过一次的卫若兰戴在身上。因此可以这样理解，与史湘云白首而又不得团聚的那个人就是卫若兰。

六

卫若兰也是公子王孙，只在秦可卿的葬礼上出现过一次，如何与史湘云进行交结，还要借宝玉之手进行传递。

在第七十五回写道：“原来贾珍近因居丧，每不得游顽旷荡，又不得观优闻乐作遣。无聊之极，便生了个破闷之法。日间以习射为由，请了各世家弟兄及诸富贵亲友来较射。”

各世家弟兄及诸富贵亲友在习射过程中混熟了，哪家的小姐漂亮，哪家的丫鬟俊俏也在交流传递中。也许就在这个过程中，就像宝玉与蒋玉菡互赠表物一样，为了讨得卫若兰的馈赠，贾宝玉手里的金麒麟落在了卫若兰的手里。卫若兰听说贾府里有个爱笑爱说、有才有情的小姐也有这样一个麒麟，春心萌动，便将得的麒麟像宝贝一样小心翼翼戴在身上。可是，随着时间的推移，阴差阳错，一个是婚后很快守寡，一个是公子王孙妻妾满室。

尽管史湘云孤独一生，但依据她那“英豪阔大宽宏量”的性格，她是勇于和敢于冲破牢笼的，就像她口吃烧烤的鹿肉，心中却有锦绣；喜欢另类，爱穿男子的服装那样。因此，笔者认为史湘云一定会坦诚、大方地与卫若兰互诉爱慕，互表相思，两人到老都过着牛郎织女般的生活，用诗词来抒发两地幽情。

23 袭人的青春

一

每个人都有青春。有人的青春一帆风顺，有人的青春跌跌撞撞，不经过青春的拼搏，怎识人生的滋味。

连家生奴才都不是的袭人因家里实在揭不开锅，不能眼睁睁看着老子娘饿死，全家上下只有自己还值几两银子，就被家里人卖到了贾府，做了奴才。离了父母，来到一个陌生的地方，袭人也恨过自己的父母：亲爹亲娘怎么就能眼睁睁把幼小的女儿卖到一个不知是虎口还是狼窝的地方？后来母亲、哥哥要赎她，她斩钉截铁地回答：权当我死了，再不必起赎我的念头。

作为女孩，从小就被轻视、被轻贱，可到头来能够挽救一家子性命的还是女孩。那么，作为女孩，在一个陌生的地方，怎样首先保全自己，摆脱再次被卖、被轻贱的命运，是摆在袭人面前的一个重要课题。

袭人的课题，也是《红楼梦》中众多女孩的课题。可惜很多女孩只是贪恋眼前的美好，放弃了长远打算，只顾享受青春的朝气与容颜而忽视了青春的短暂，认为女孩唯有随顺男人，让男人来做自己的主宰，而忘记了女人不仅可以把握自己的命运，还可以把男人抓在手里达到自己的目的。袭人就是如此。

被卖到贾府的袭人，开始了自己的青春之旅。

说起来，这样的青春有些苦涩、有些酸楚。离开了爹娘来到了陌生的地方仰人鼻息，看人眼色，小心翼翼，唯命是从，还要管不相干的人叫老祖宗、叫老爷、叫太太。看着让人眼花缭乱的贾府，袭人也必像刘姥姥初入荣国府一样不知何去何从。但袭人很快就克服了自卑与慌乱，理清了人生的思路，在懵懂与慌乱中一步一个脚印走着自己的青春之路。

被派到贾母身边，是袭人人生的一个起点。

贾母身边不乏优秀的女奴，晴雯、鹦哥（紫鹃）、鸳鸯、琥珀等等，个个贤惠而能干，美貌而伶俐。并不是家生奴才的袭人没有什么亲戚在贾府可以仗腰杆子，不像小红，父母是管家；不像五儿，亲娘是厨娘；不像金钏、玉钏，姊妹俩可以相依为命；不像鸳鸯，父母为贾家在南京看房子；就连晴雯，也有个叫“多浑虫”的哥哥在贾府吃工食，而袭人只能靠自己来打拼。

袭人知道，作为一家之主的贾母不仅喜欢聪明伶俐的女孩，也喜欢贤惠明理能干的奴才。因此袭人来到贾母身边后，进入了潜心修行阶段：认真做事，小心做人，多做少说。袭人慢慢练就了薛姨妈所说的性格：行事儿的大方，说话的和气儿里头带着刚硬要强。

人生的关键就在开始几步，一步对，步步对，一步错，即使以后再加以矫正也会留下遗憾。可喜可贺的是，袭人的第一脚踢开了人生的整个格局，并且踢对了。连贾母都喜欢她心地纯良，恪尽职守，服侍了谁，心里便有谁，称袭人是没嘴的葫芦。

用主子们的话说，那是袭人与主子投缘，因为投缘所以喜欢，因为喜欢所以愿意调教。当贾母把一个懵懂的丫头调教好了后，便送给史湘云做了贴身丫鬟。史湘云是贾母娘家的亲戚，早于林黛玉与薛宝钗进贾府，与宝玉同起同卧，和宝玉享受同等的待遇，也是贾母的心肝宝贝。

来到史湘云身边，袭人调整了自己的工作方式与方法。史湘云是年轻貌美的小姐，自然喜欢花花草草，喜欢梳妆打扮，喜欢窃窃的私语，喜欢畅想自己的未来。于是，袭人便投其所好，给史湘云梳头洗脸，“作这个弄那个”，并且主子奴才说起让人脸红害臊的悄悄话，相处得如同亲姊妹。每次史湘云来贾府都要去看望袭人，带着礼物，俩人共同回忆曾经的美好时光。

在第三十二回，袭人说出了与史湘云的相处之道：你叫我声姐姐，真心待我，我便真心待你，什么作这个弄那个，都没问题，可是“如今大了，就拿出小姐的款来。你既拿小姐的款，我怎敢亲近呢”？那就是，虽然你是主子，但我也不卑不亢，虽然我会敬你三尺，但也会离你三丈。

二

有奋斗就会有收获，有收获就会有惊喜。

袭人的惊喜是被贾母派到宝玉身边当了他的贴身丫鬟，服侍宝玉的起居生活。这是一个天大的机遇。

在贾府，有几百名青春靓丽的女孩，哪个不想与贾母的心肝宝贝宝玉攀上瓜葛，攀上了宝玉就等于入了主子的法眼，不仅会得到恩惠，还会让其他的奴才高看一眼。可入了主子法眼的袭人并没有停留在吃穿与主子一样，又不朝打暮骂的境况，而是向人生的最高理想迈进，那就是成为宝玉的侍妾，牢牢攀缠住宝玉这棵大树，以保以后的荣华富贵。

《红楼梦》第五回，贾宝玉神游太虚幻境，梦中领略了男女之事。醒来后，起身整衣，袭人伸手与他系裤带时，不觉伸手至大腿处，只觉冰凉一片粘湿，唬得忙退出手来，问是怎么了。吃完晚饭后，袭人仍然对宝玉大腿内侧的冰凉一片粘湿不减兴致，一个劲问宝玉："你梦见什么故事了？是那里流出来的那些脏东西？"听完宝玉的叙述，袭人羞得掩面伏身而笑。这一笑，触动了宝玉的少年情怀，想起梦中情景，虽然梦中的警幻之妹兼美，兼有黛玉和宝钗之美，可身边的袭人也是柔媚娇俏，遂强袭人同领警幻所训云雨之事。

袭人也是半推半就，半是勾引半是情愿，与宝玉发生了关系，并且自我安慰，反正贾母已将自己与了宝玉的，"今便如此，亦不为越礼"。

可是袭人也知道，即使赢得了宝玉的身，可未必能赢得宝玉的心。

为了试探宝玉，袭人采取了多种方式。书中第十九回，袭人被家里人接回家去吃年茶，然后借着母亲、哥哥想要赎她这个想法，来试探宝玉的心。宝玉越是挽留，袭人的去意越是坚决，最后看见宝玉泪痕满面，袭人才对宝玉说了真话："这有什么伤心的，你果然留我，我自然不出去了。"宝玉见这话有文章，便说道："你倒说说，我还要怎么留你，我自己也难说了。"袭人笑道："咱们素日好处，再不用说。但今日你安心留我，不在这上头，我另说出两三件事来，你果然依了我，就是你真心留我了，刀搁在脖子上，我也是不出去的了。"

袭人所说的几件事，一是不要言语无状，信口开河，不计后果。二是真喜读书也罢，假喜也罢，只是在老爷跟前或在别人跟前，只做出个喜读书的样子来，也教老爷少生些气，在人前也好说嘴。三是再不可毁僧谤道，调脂弄粉。四是再不许吃人嘴上擦的胭脂了，改掉那爱红的毛病儿。

看到宝玉的真心和挽留，袭人长长出了一口气。这口气出得舒坦，出得畅意，出得扬眉吐气。

宝玉是贾府的宝贝、贾母的命根子，虽然交与袭人这样的奴才，贾母放心，可也在冷眼观看。开始贾母对袭人是放心的、喜欢的，可后来就对袭人有了些看法。在第五十四回，宁荣两府欢度除夕夜，贾母发现跟着宝玉的只有麝月、秋纹并几个小丫头，就问："袭人怎么不见？他如今也有些拿大了，单支使小女孩子出来。”王夫人忙起身回道：“他妈前日没了，因有热孝，不便前头来。”

贾母不知道，此时的袭人早已攀上了王夫人这棵大树，遇事自然有王夫人为她撑腰。

在第三十三回，宝玉挨打，惊动了贾府上上下下人等，就连薛蟠也没有逃脱干系，被认为是看到宝玉与戏子蒋玉菡交往过密气愤不过，找人下了舌。可袭人却从这件事再次看到了自己的机遇，那就是得了宝玉的身、得了宝玉的心还不够。怡红公子本是情种，说不定哪天又有了四儿、五儿等服侍得好的，就把自己忘了。要想稳固自己的地位，还要得到顶层主子们的认可，让自己的身份再加上一道保险。

这个主子不能是老太太。因为贾母一向对宝玉溺爱，宝玉喜欢胡闹就随他闹去；宝玉不喜欢读书也就罢了，却认为都是素日赵姨娘等挑唆着贾政逼着宝玉读书，把宝玉的胆子都唬破了，见到贾政就像老鼠见到猫；宝玉喜欢女孩就从小放到女孩中养，整天和姊妹们厮混去。只有贾政与王夫人对宝玉寄托着厚望。可巧，宝玉挨打后，王夫人需要宝玉身边的人去向她说明一些情况。于是，袭人自告奋勇，挑起了重担。

王夫人开始只是问宝玉挨打是否是因为贾环说了什么，而聪明的袭人却说起了另一番话，让王夫人变着法儿把宝玉挪出大观园，并用最敏感的男女关系话题来触动王夫人的心。袭人如此回道：“如今二爷也大了，里头姑娘们也大了，况且林姑娘宝姑娘又是两姨姑表姊妹，虽说是姊妹们，到底是男女之分，日夜一处起坐不方便，由不得叫人悬心，便是外人看着也不象。”

王夫人没想到的事，袭人想到了。在对的时间与对的人说了对的话，袭人得到了王夫人的首肯，成为王夫人的心腹并被委以重任。

在上上下下三百多名女孩中，袭人终于杀出一条血路，登上人生理想的最高峰，成为宝玉的第一内定侍妾。

三

成功的路千万条，而袭人的成功之路只有一条。在这条成功的路上，袭人走得很艰辛、很无奈也很果决。但袭人就是袭人，贾府养育了她，在她母亲死后，王夫人给了四十两银子，也算是对她侍妾身份的首肯。贾府的正牌嫡孙宝玉给了她地位，使她成为怡红院丫鬟之首。王夫人又从自己的月钱里拿出二两银子，使她拥有跟周姨娘、赵姨娘一样的待遇。这些都激发了她天性里的纯良，使她更加恪尽职守，更加兢兢业业。而天性里的纯良，也让她以柔化刚，运用化骨绵掌把来自成长道路上的坎坎坷坷化于无形。

她要忍受来自周围人的冷嘲热讽。

书中第二十回，宝玉的奶娘李嬷嬷骂她是“忘了本的小娼妇！我抬举起你来，这会子我来了，你大模大样的躺在炕上，见我来也不理一理。一心只想妆狐媚子哄宝玉，哄的宝玉不理我，听你们的话。你不过是几两臭银子买来的毛丫头，这屋里你就作耗，如何使得！好不好拉出去配一个小子，看你还妖精似的哄宝玉不哄！”

第三十一回，宝玉换衣服，晴雯失手跌断了扇子。为了平息宝玉和晴雯之间的争吵，袭人忙赶过来向宝玉道：“好好的，又怎么了？可是我说的‘一时我不到，就有事故儿’。”

这句话，让本就有醋意的晴雯打碎了醋坛子，听了冷笑道：“姐姐既会说，就该早来，也省了爷生气。自古以来，就是你一个人服侍爷的，我们原没服侍过。因为你服侍的好，昨日才挨窝心脚；我们不会服侍的，到明儿还不知是个什么罪呢！”袭人听了这话，又是恼，又是愧，待要说几句话，又见宝玉已经气得黄了脸，少不得自己忍了性子，推晴雯道：“好妹妹，你出去逛逛，原是我们的不是。”晴雯听说“我们”两个字，不觉又添了酸意，冷笑几声道：“我倒不知道你们是谁，别教我替你们害臊了！便是你们鬼鬼祟祟干的那事儿，也瞒不过我去，那里就称起‘我们’来了。明公正道，连个姑娘还没挣上去呢，也不过和我似的，那里就称上‘我们’了！”

她要继续承担着贤良的美名。用宝玉的话说袭人是“头一个出了名的至善至贤之人”。在大观园里，哪个姊妹有了难处，袭人都会伸手帮一把。香菱的裙子脏了，袭人拿出自己的裙子替她换上。平儿遭了凤姐的打骂，袭人往怡红院让着平儿。鸳鸯被贾赦逼亲，袭人掏心掏肺地替鸳鸯排忧解闷。宁国府里的尤大奶奶为贾母过生日饿着肚子，也往怡红院找吃的。在袭人回家奔丧时，就连黛玉也问着宝玉：袭人到底什么时候回来。每逢荣府家宴，有袭人不到的时候，总有人想起给袭人送吃的。贾母的生口、海棠诗社的螃蟹宴等，无论是主子还是奴才，都有人想着袭人。这一方面是看宝玉的面子，也是看王夫人的面子；另一方面，也是袭人的纯良感动了周围的人。

四

成功都是给有准备的人。袭人的奋斗充分说明，要想青春无悔，就要奋斗，奋斗就需要勇往直前。

然而，打江山容易，守江山难。贾宝玉，这位衔玉而生的公子哥，从小就对男子多了一分厌恶，认为他们是须眉浊物；对女孩多了一分敬仰，认为她们是水作的精华灵秀，天生对女儿生有一段痴情，是众多女孩闺阁中的良友。不用说对黛玉、宝钗、湘云这些从小长大的玩伴用情至深，就是对那些服侍他的奴才小红、四儿、晴雯、麝月等也倍加呵护。这让袭人感到防不胜防。

而其中的晴雯，长相比自己好，手上的针线活比自己好，口齿比自己好，对宝玉无比忠诚，宝玉对她也是宠爱有加。晴雯是贾母派给宝玉的，也同自己一样，将来有可能成为宝玉的侍妾。还有后起之秀四儿、芳官等，宝玉待她们也如同当年待自己一样，难保有一天这些人会越过自己的次序，成为宝玉眼中当初的自己。

只有防患于未然才能守住辛辛苦苦打下的江山。有勇有谋的袭人再次抓住了抄检大观园这个有利的时机。既然王夫人将宝玉交给了袭人，她焉有不时时向主子汇报、表白之理。王善保家的告倒晴雯在前，袭人再踏上一只脚在后，在王夫人认识了谁是晴雯之后，袭人会更加详细地向王夫人汇报发生在怡红院的一切。

第七十七回，王夫人来到宝玉房中，宝玉也只道王夫人不过来搜检搜检，无甚大事，谁知竟这样雷嗔电怒地来了，一脸怒色。所责之事，皆系平日宝玉与丫头们的私语，一字不爽。王夫人又命把怡红院所有的丫头都叫来一一过目。从袭人起，以至于极小的干粗活的小丫头们，个个亲自看了一遍。

王夫人又满屋里搜检宝玉之物。凡略有眼生之物，一并命收卷起来，拿到自己房里去了。因说："这才干净，省得旁人口舌。"

晴雯、芳官、四儿和袭人一样，都是宝玉的心头肉，都让宝玉割舍不下，可袭人偏偏不理解宝玉的广爱、泛爱，碾轧了宝玉的底线，从此失去了宝玉的信任与抬举。

曾经对袭人百依百顺的宝玉，第一次看清了袭人的真面目，直面袭人，接连发问："我究竟不知晴雯犯了何等滔天大罪！"袭人道："太太只嫌他生的太好了，未免轻佻些。在太太是深知这样美人似的人必不安静，所以恨嫌他。象我们这粗粗笨笨的倒好。"宝玉道："这也罢了。咱们私自顽话怎么也知道了？又没外人走风的，这可奇怪。""怎么人人的不是太太都知道，单不挑出你和麝月秋纹来？""你是头一个出了名的至善至贤的人，他两个又是你陶冶教育的，焉得还有孟浪该罚之处！只是芳官尚小，过于伶俐些，未免倚强压倒了人，惹人厌。四儿是我误了他，还是那年我和你拌嘴的那日起，叫上来作些细活。未免夺占了地位，故有今日。只是晴雯也是和你一样，从小儿在老太太屋里过来的，虽然他生得比人强，也没甚妨碍去处。就只是他的性情爽利，口角锋芒些，究竟也不曾得罪你们。想是他过于生得好了，反被这好所误。”

宝玉将晴雯的遭遇与海棠枯兴相联系，听到宝玉对晴雯称赞的袭人暴露了其内心世界。她觉得又可笑又可叹，因笑道：“那晴雯是个什么东西，就费这样心思，比出这些正经人来！还有一说，他纵好，也灭不过我的次序去。便是这海棠，也该先来比我，也还轮不到他。想是我要死了。”

后来，宝玉娶了宝钗为妻，宝钗对作为第一侍妾的袭人产生了提防。在第二十一回，宝钗便觉得袭人的话是有些见识的，留神窥察其言，更觉“深可敬爱”。然卧榻之侧岂容他人酣睡，此时，端庄贤惠的宝二奶奶的心理也必定与琏二奶奶的心理是一样一样的，充满了醋意，巴不得寻个机会把袭人打发出去，眼不见为净。况且在第三十四回，宝玉挨打后，袭人来到王夫人跟前表忠心，让王夫人变着法把宝玉挪出大观园，理由为：虽然林姑娘、宝姑娘是两姨姑表姊妹，到底是男女之分，日夜一处起坐不方便，由不得叫人悬心。既然叫人悬心，必有不妥的事发生或将要发生，端庄贤惠、深明大义、谨遵妇德的薛宝钗也有些“莫须有”的嫌疑。所以，言多必失，袭人本来一心想巴结主子、讨好主子，到头来却遭到了主子的嫌弃，也应了《好了歌》里的那句“到头来都是为他人作嫁衣裳”。

失去了宝玉的信任，失去了宝二奶奶的敬重，袭人有些走投无路了。可袭人毕竟是袭人，在书中第三十六回，袭人被王夫人内定为宝玉的侍妾，晚上袭人和宝玉说悄悄话，袭人表示：“从此以后我是太太的人了，我要走连你也不必告诉，只回了太太就走。”宝玉道：“就便算我不好，你回了太太竟去了，叫别人听见说我不好，你去了你也没意思。”袭人笑道：“有什么没意思，难道作了强盗贼，我也跟着罢。再不然，还有一个死呢。”

虽然袭人心里只有一个宝玉，可当宝玉变了心时，那股刚硬要强、那种曾经奋斗的勇气再次充满了袭人的心。

老天总是垂青有准备的人。当贾府的人得知当年的戏子蒋玉菡得到自由之身，从忠顺王府脱身且尚未娶妻时，说者无心，听者有意，一心想要打发走袭人的宝二奶奶从中斡旋，通过薛姨妈向王夫人禀明，寻找各种冠冕堂皇的理由劝袭人出嫁。袭人也顺水推舟，同意出嫁，再次向主子表现出了随顺主子的“至贤至善”，赢得好名声。

虽然把贾府当作自己的家，虽然对宝玉有万般的不舍，但袭人还是寻得了自己的“桃红又是一年春”。

袭人位于太虚幻境薄命司又副册第二位，虽然用青春的汗水与泪水换得暂时的光鲜与荣耀，但也是南柯一梦，无可奈何之下嫁与社会地位低下的优伶，过着衣食虽暖，却让人鄙视的生活。最苦的是：理想破灭，爱人远去，繁华落尽，青春已逝。

所以："枉自温柔和顺，空云似桂如兰；堪羡优伶有福，谁知公子无缘。"

24 晴雯之爱

一

《红楼梦》塑造了一个个青春靓丽、充满个性、散发着活力与魅力的人物形象。可无论是美貌多情的林黛玉、本分善良的贾迎春、傲世高洁的妙玉、赤诚尽忠的香菱、还是悔悟从良的尤二姐与尤三姐，都遭到了否定和毁灭，人人不得善终。

贾宝玉的贴身丫鬟晴雯，集美貌、才情、灵巧于一身，与主子相知、相怜、相恋、相爱，并且爱得纯洁、无私。这份爱不同于黛玉霸气缠绵的爱，不同于宝钗虚伪算计的爱，不同于袭人自私晦暗的爱，但晴雯最终却被陷害，被冤屈，被羞辱至死。

《红楼梦》第五回，宁国府尤氏请荣国府的贾母、王夫人、凤姐赏梅花。宝玉一时倦怠，秦可卿为贾宝玉准备卧室，晴雯与袭人、媚人、麝月同时出现。第七十八回，小丫头说晴雯“直着脖子叫了一夜，今日早起就闭了眼，住了口，世事不知，也出不得一声儿，只有倒气的分儿了”。这算是晴雯在贾府作为奴才生活的开始与结束。且晴雯的结局没有像其他主要人物的结局那样存在悬疑与猜测。这能让读者更好地领悟这个人物的艺术形象与魅力，体会作者塑造这个人物的深刻内涵与良苦用心。

贾宝玉梦游太虚幻境，晴雯出现在薄命司中金陵十二钗的又副册之首，是第一个出现在宝玉眼前的薄命女儿。书中写道，宝玉拿出一本册子来：只见首页上画着一幅画，又非人物，也无山水，不过是水墨滃染的满纸乌云浊雾而已。后面几行字概括了晴雯短短的一生：

“霁月难逢，彩云易散，心比天高，身为下贱。风流灵巧招人怨。寿夭多因毁谤生，多情公子空牵念。”

二

晴雯虽然是贾宝玉的贴身丫鬟，日常主要服侍其洗漱、穿衣、吃饭等，但在琐碎的生活中，她渐渐走进宝玉的内心，宝玉这个世家纨绔公子也对她产生了怜爱之情。书中第八回，宝玉早起写了三个字就去看宝姐姐并在薛姨妈处吃了酒，傍晚归来，笔墨在案，晴雯先接出来，笑说道：“好，好，要我研了那些墨，早起高兴，只写了三个字，丢下笔就走了，哄的我们等了一日。快来与我写完这些墨才罢！”待宝玉问起字来，晴雯又说：“我生怕别人贴坏了，我亲自爬高上梯的贴上，这会子还冻的手僵冷的呢。”宝玉听了，笑道：“我忘了。你的手冷，我替你渥着。”一边是俊俏娇憨的丫鬟，一边是知疼知热的公子，真是让人羡慕。

怡红院里，谁不想亲近宝玉呢？即使没有机会也要创造机会。比如小红，痴心妄想地往上高攀，每每都要在宝玉面前现弄现弄。比如柳家的五儿，一心想通过芳官到宝玉身边，给母亲争口气，让家里从容些。还有那些长着鱼眼睛的老婆子们，比如芳官的干娘，主动为宝玉吹汤被撵了出去。类似这样的机会，晴雯每天都有。

书中第三十一回，晴雯不小心跌折了扇子，遭到宝玉的训斥，两人赌气。到晚上，宝玉带了几分酒踉跄回到自己院内，看见晴雯在榻上乘凉。宝玉笑道："我才又吃了好些酒，还得洗一洗。你既没有洗，拿了水来咱们两个洗。"晴雯摇手笑道："罢，罢，我不敢惹爷。还记得碧痕打发你洗澡，足有两三个时辰，也不知道作什么呢。我们也不好进去的。后来洗完了，进去瞧瞧，地下的水淹着床腿，连席子上都汪着水，也不知是怎么洗了，叫人笑了几天。我也没那工夫收拾，也不用同我洗去。今儿也凉快，那会子洗了，可以不用再洗。"

洗澡，就像袭人为宝玉换内衣一样，可以赢得宝玉的另眼相待，可晴雯有意或无意地躲过了这样的机会。

从贾母到王夫人，都知道袭人心中"只有一个宝玉"，可是袭人只为自己的地位、前途着想，把宝玉当作自己向上爬的工具，认为宝玉只有按照贾府的主子们要求的那样做，才能在仕途经济上赢得地位，只有宝玉有了地位，自己的未来才有保障。

晴雯心中也只有一个宝玉。她认真维护宝玉的名声。病中的晴雯自作主张撵走了偷了平儿金镯子的小丫头坠儿，因为坠儿给怡红院丢了脸，给宝玉脸上抹了黑。晴雯舍命为宝玉缝补孔雀裘。在闪了风、着了气的情况下，直补得满眼金星乱迸。看到宝玉忙前忙后端茶送水时，又央道："小祖宗！你只管睡罢。再熬上半夜，明儿把眼睛抠摟了，怎么处！"

晴雯没有像林黛玉、薛宝钗之流的文化修养，写不出"花谢花飞花满天，红消香断有谁怜"那样的诗句，对"良辰美景奈何天，赏心乐事谁家院"产生不了共鸣，享受不到黛玉与宝玉那样卿卿我我的浪漫。高洁自爱的她不屑像袭人、碧痕那样干些偷偷摸摸的勾当。可在服侍宝玉梳洗、穿衣、做贾母房里针线活儿的时候，她心里却充满了对贾宝玉炽热而纯洁的爱。这种爱是"两情若是久长时，又岂在朝朝暮暮"，这种爱是"卿须怜我我怜卿"的惺惺相爱，这种爱是"弱水三千，我只取一瓢饮"的情有独钟。

这种爱也感动了怡红公子，晴雯被撵后，病在兄嫂家，宝玉冒险探望。晴雯死后，宝玉倾尽才情，写出一篇"洒泪泣血，一字一咽，一句一啼"的《芙蓉女儿诔》。

三

《红楼梦》里，晴雯的死是最凄惨的死。她病了四五日，水米不曾沾牙，蓬头垢面，被从炕上拉起，送到哥嫂家。生前被骂作"狐狸精"，死后被说是得了女儿痨，被一把火焚化，尸骨皆无。晴雯的死也是最触动人心的死。她模样一流、针线一流、口齿一流，贾母也承认：这些丫头模样、爽利、言谈、针线皆不及她。而晴雯只因生的比他人强，性情爽利，口角锋芒，就断送了性命。

宝玉的《芙蓉女儿诔》介绍了晴雯的身世："窃思女儿自临浊世，迄今凡十有六载。其先之乡籍姓氏，湮沦而莫能考者久矣。而玉得于衾枕栉沐之间，栖息宴游之夕，亲昵狎亵，相与共处者，仅五年八月有畸。"

第七十七回介绍，晴雯"系赖大家用银子买的，那时晴雯才得十岁，尚未留头。因常跟赖嬷嬷进来，贾母见他生得伶俐标致，十分喜爱。故此赖嬷嬷就孝敬了贾母使唤，后来所以到了宝玉房中"。

晴雯是贾府的奴才买的奴才，是奴才的奴才。到宝玉身边五年零八个月，死时不过十六岁。

这样的奴才的奴才，在《芙蓉女儿诔》中，贾宝玉偏对她进行了赞美、歌颂："女儿曩生之昔，其为质则金玉不足喻其贵，其为性则冰雪不足喻其洁，其为神则星日不足喻其精，其为貌则花月不足喻其色。姊妹悉慕媖娴，妪媪咸仰惠德。"

晴雯临死都不能放下的事只是一件："我虽生的比别人略好些，并没有私情密意勾引你怎样，如何一口死咬定了我是个狐狸精！我太不服。"既然担了虚名，不如挑开表明对宝玉的爱恋。临死前，晴雯与宝玉交换了贴身衣物，告诉宝玉，将来见物如人："回去他们看见了要问，不必撒谎，就说是我的。既担了虚名，越性如此，也不过这样了。"

昨日的陪伴和接触、昨日的温暖与柔情、昨日的嬉笑与耳鬓厮磨、昨日的针线与妆奁，物在人亡，怎能不使人感怀伤心。伤心的同时，激起了宝玉的满腔悲愤，“孰料鸠鸩恶其高，鹰鸷翻遭罦罬；薋葹妒其臭，茝兰竟被芟钼”。恨不得“钳诐奴之口，讨岂从宽；剖悍妇之心，忿犹未释”——即使把那些陷害你的恶奴的口用铁钳夹住，把那些悍妇的心剖出来也平息不了我的愤怒。

然而，宝玉也仅仅是愤怒。他无力摇撼这个相传五代的钟鸣鼎食之家、翰墨诗书之族的根基。

25 鸳鸯有梦

人活着，谁没有梦想。

那是激发人战胜年复一年、日复一日的枯燥生活，使人永远向前的动力。《红楼梦》里，贾母的贴身大丫鬟鸳鸯也是有梦想的，鸳鸯的梦想就是尽心尽力服侍主子，换得主子的青睐与善待，将来有个更好的归宿。

作为家生奴才的鸳鸯，所谓的好归宿不外是主子开恩给自己找个好小厮或者放出去，找个好人家，明媒正娶，做个正头夫妻。最次也是指定给哪个主子做了房里的人，这个主子当然是年轻俊俏的，如同平儿与贾琏，袭人与宝玉一样。

宝玉是喜欢鸳鸯的。在第二十四回中，鸳鸯奉贾母之命来找宝玉去请大伯贾赦的安，宝玉坐在床边等着换衣服的工夫，“回头见鸳鸯穿着水红绫子袄儿，青缎子背心，束着白绉绸汗巾儿，脸向那边低着头看针线，脖子上戴着花领子”。宝玉便把脸凑在她脖项上，闻那香油气，不住用手摩挲，便猴上身去涎皮笑道：“好姐姐，把你嘴上的胭脂赏我吃了罢。”一面说着，一面扭股糖似的粘在身上。

鸳鸯长得也是有姿色的。在书中第四十六回，邢夫人眼中的鸳鸯："只见他穿着半新的藕合色的绫袄，青缎掐牙背心，下面水绿裙子。蜂腰削背，鸭蛋脸面，乌油头发，高高的鼻子，两边腮上微微的几点雀斑。"也许就是那几点雀斑，使鸳鸯更加别致可爱。以宝玉的广爱、泛爱的秉性，讨得鸳鸯也是一件易事与喜事。

贾琏和凤姐也是极力拉拢鸳鸯的。

为了讨好贾母，算计贾母的家私，贾琏和凤姐的心思如同贾赦一样，先摆布了鸳鸯，再摆布起贾母来更容易些。老太太是值得算计的。贾府一日不如一日，当家人贾琏、凤姐夫妇既要装脸面又要哄得老太太高兴，既要堵上多年"寅年吃了卯粮"的债，又要自己赚得个沟满壕平，恨不得再发个二三百万两的横财。

正如贾琏说的那样，整个贾府，谁的手里还能拿出二三千两的银子，只有贾母。而贾母在贾家经历了近六十年，积攒下来的金银财宝无数。用书中第四十回刘姥姥的话说：贾母房里都是大箱大柜大桌大床，那柜子比乡下人的一间房子还大，为了开柜收放东西，后院里还要备个梯子。

所以，就连醋坛子凤姐也开始跟鸳鸯眉来眼去、柔情蜜意起来。在书中第三十八回，史湘云做东，大观园海棠诗社吃螃蟹咏菊。凤姐就告诉鸳鸯等人：你们只管去吃，老太太这里有我那。鸳鸯等正吃得高兴，看见凤姐出至廊上，就道："奶奶又出来作什么？让我们也受用一会子。"凤姐也讨好着鸳鸯："鸳鸯小蹄子越发坏了，我替你当差，倒不领情，还抱怨我。还不快斟一钟酒来我喝呢。”鸳鸯索性和凤姐玩闹起来：“好没脸，吃我们的东西。”凤姐马上回道：“你少和我作怪。你知道你琏二爷爱上了你，要和老太太讨了你作小老婆呢。”

琏二爷见一个爱一个，既爱鸳鸯这个人，更爱贾母的银子。两者兼得，那才是天大的喜事。

说者有心，听者也有意。在贾母身边苦熬苦撑的鸳鸯，终于从主子那里嗅出了一点讯息。虽是玩笑，也触动心肠，做起美梦。

不想，半路杀出了贾赦，搅了金鸳鸯的一场美梦。

已经活成人精的贾母当然知道贾赦娶鸳鸯的用意。贾赦那官也不是白当的，没有觍着一张老脸直接央求贾母，而是派了自己的媳妇邢夫人去打头炮。邢夫人也不是白痴一枚，先找了凤姐商量。凤姐拗不过邢夫人，便花言巧语地撺掇邢夫人即刻跟老太太要人。邢夫人也有自己的小算盘，告诉凤姐道：“我的主意先不和老太太要。老太太要说不给，这事便死了。我心里想着先悄悄的和鸳鸯说。他虽害臊，我细细的告诉了他，他自然不言语，就妥了。那时再和老太太说，老太太虽不依，搁不住他愿意，常言‘人去不中留’，自然这就妥了。”

于是邢夫人开始一步一步实施自己的计划，先是夸鸳鸯扎的花儿越发好了，又夸赞鸳鸯是贾府女孩子里的尖儿，模样儿好、行事做人温柔可靠，并告诉鸳鸯，讨了去进门就开脸做姨娘，又体面，又尊贵。

没想到，邢夫人热脸贴到冷屁股上。因为有着青春梦想的鸳鸯无论如何也想不到那胡子一大把，左一个小老婆、右一个小老婆，官也不好好做，放着身子不保养，丫鬟媳妇中略有平头正脸的就不放过的大老爷，打起了自己的主意。

鸳鸯不是不能做姨娘。从第四十六回，鸳鸯对平儿和袭人的打趣反击中可以看出："你们自为都有了结果了，将来都是做姨娘的。据我看，天下的事未必都遂心如意。你们且收着些儿，别忒乐过了头儿！"在鸳鸯看来，平儿和袭人将来做成了姨娘，也算修成了正果。

鸳鸯是不愿做胡子一大把、小老婆众多、行将就木的贾赦的姨娘，更是对贾赦的为人深恶痛绝："别说大老爷要我做小老婆，就是太太这会子死了，他三媒六聘的娶我去做大老婆，我也不能去。"

鸳鸯的拒绝，既在贾赦的意料之中，也在意料之外。贾赦一语中的，说出鸳鸯的心事：第一件，"自古嫦娥爱少年"，她必定嫌我老了，大约她恋着少爷们，多半是看上了宝玉，只怕也有贾琏；第二件，想着老太太疼她，将来自然往外聘作正头夫妻去。叫她细想，凭她嫁到谁家去，也难出我的手心。除非她死了，或是终身不嫁男人，我就服了她！

贾赦的步步紧逼迫使鸳鸯孤注一掷，断了所有的念头与美梦，当着贾母以及主子、奴才们的面发了毒誓："我是横了心的，当着众人在这里，我这一辈子莫说是'宝玉'，便是'宝金''宝银''宝天王''宝皇帝'，横竖不嫁人就完了！"

可是，气得浑身乱颤的贾母只是解决了鸳鸯的眼前问题，保住了鸳鸯，训斥了儿子，让鸳鸯继续留在自己身边，并没有考虑到鸳鸯的长远未来，给辛辛苦苦服侍自己多年的鸳鸯指定一个美好的归宿。

贾赦的逼婚把鸳鸯逼上了一条绝路。那就是横竖不嫁人就完事了。书中第七十回开头写道：“又因年近岁逼，诸务猬集不算外，又有林之孝开了一个人名单子来，共有八个二十五岁的单身小厮应该娶妻成房，等里面有该放的丫头们好求指配。凤姐看了，先来问贾母和王夫人。大家商议，虽有几个应该发配的，奈各人皆有原故：第一个鸳鸯发誓不去。自那日之后，一向未和宝玉说话，也不盛妆浓饰。众人见他志坚，也不好相强。”

虽然鸳鸯用一系列的行动来表明自己的心意，可处境却越发尴尬。首先是年龄大了，需要婚配再为贾府滋生出新人。其次是虽在贾母身边，每次贾赦等人来晨昏定省磕头问安，也是抬头不见低头见。书中第七十五回，中秋夜，贾母要到山上赏月，“于是贾赦贾政等在前导引，又是两个老婆子秉着两把羊角手罩，鸳鸯、琥珀、尤氏等贴身搀扶，邢夫人等在后围随”。

鸳鸯让贾赦没脸，贾赦断了鸳鸯的后路，仇人相见也是分外眼红。因此，鸳鸯的结局或者是死，或者是形影孤单出家当尼姑。这是十有八九的可能。

26　紫鹃的勇敢

话说有其主必有其仆。林黛玉在追求爱情的道路上特立独行、百折不挠，表现出对爱情的忠贞不渝与执着专一。其贴身丫鬟紫鹃与主子情同姐妹，在照顾林黛玉的起居生活中，也关注着林黛玉与贾宝玉的情感走向与发展，当得知林黛玉和贾宝玉为爱和不得所忧烦时，挺身而出，用自己微薄的力量为他们的爱情添火助力，甚至走在两个人的前面。

大观园里，再也没有比紫鹃更勇敢的女孩了。

书中第四回，薛姨妈在丈夫死后，带着一儿一女来到京都，一为宝钗待选才人，二为探亲，三为游览上国风光。书中第八回，宝钗落选后，薛家便为快到及笄之年的宝钗寻找第二条出路。此后，金玉良缘之说便在贾府悄悄传开。

当宝玉去探望生病的宝钗时，俩人坐在温馨的暖阁里，一个拿出通灵宝玉，一个拿出金锁，互探究竟。通灵宝玉上写的是“莫失莫忘，仙寿恒昌”，金锁上写的是“芳龄永继，不离不弃”。宝钗的贴身丫鬟莺儿不去倒茶，反而看似无意实则有心地提示宝玉：这两句话，好像是一对儿。接着又进一步解释这八个字“是个癞头和尚送的，他说必须錾在金器上”。最后连宝玉也承认：“姐姐这八个字倒真与我的是一对。”

通灵宝玉是从娘胎里带出来的，宝钗的八个字是和尚给的，似乎都有些来头，也许是“天意”吧。连薛蟠在第三十四回因为宝玉挨打，与宝钗争吵时也泄露了天机：“好妹妹，你不用和我闹，我早知道你的心了。从先妈和我说，你这金要拣有玉的才可正配，你留了心，见宝玉有那劳什骨子，你自然如今行动护着他。”

宝钗嫁给宝玉，亲上加亲。不论是贾家的门第、家私，还是宝玉的模样、年龄，样样都是令商贾起家的薛家钦羡满意的。虽然宝玉不爱读书，不愿钻营仕途经济，但有贾家这棵五代钟鼎世家的大树和薛家的钱财，也是一对好姻缘。

商人出身的薛家只讲利与权衡，哪管什么情趣爱好、心心相印。况且，宫中的贵妃贾元春也是赞成这门婚事的。在第二十八回，元妃赏赐给宝玉和宝钗一样的礼物，“上等宫扇两柄、红麝香珠二串、凤尾罗二端、芙蓉簟一领”。连宝玉都奇怪：“这是怎么个原故？怎么林姑娘的倒不同我的一样，倒是宝姐姐的同我一样！别是传错了罢？”

第二天，宝钗便迫不及待地把红麝香珠戴在手腕上，使得宝玉看到宝钗雪白的一段酥臂惋惜地想：“这个膀子要长在林妹妹身上，或者还得摸一摸，偏生长在他身上。”

宫里的娘娘同意，薛家求之不得，当事人宝钗迫不及待，这是等于官宣了金玉良缘的合法性，只差贾母点头和贾宝玉表态。宝黛爱情岌岌可危。

不久，宝钗的堂妹薛宝琴进京，依附在贾府。贾母特别喜欢宝琴，百般疼爱，细心呵护，有心想给宝玉婚配。宝琴的见识、才华、品貌不在黛玉之下，况且是皇商的女儿，家里有大把的银子。虽然与梅翰林的儿子定了亲，但梅翰林一家在外为官，宝琴暂在贾府寄居，每日与宝玉抬头不见低头见，整天吟诗饮酒，也构成一定的威胁。

在宝黛的爱情充满变数与凶险的前提下，紫鹃勇敢地站了出来。先用林黛玉回苏州老家来试探宝玉。

书中第五十七回，因宝玉跟紫鹃提出，如果林妹妹能天天吃燕窝，吃上二三年就好了。紫鹃抓住机会道："在这里吃惯了，明年家去，那里有这闲钱吃这个。"宝玉听了，吃了一惊，忙问："谁？往那个家去？"紫鹃道："你妹妹回苏州家去。"宝玉笑道："你又说白话。苏州虽是原籍，因没了姑父姑母，无人照看，才就了来的，明年回去找谁？可见是扯谎。"紫鹃冷笑道："你太看小了人。你们贾家独是大族人口多的，除了你家，别人只得一父一母，房族中真个再无人了不成？我们姑娘来时，原是老太太心疼他年小，虽有叔伯，不如亲父母，故此接来住几年。大了该出阁时，自然要送还林家的。终不成林家的女儿在你贾家一世不成？林家虽贫到没饭吃，也是世代书宦之家，断不肯将他家的人丢在亲戚家，落人的耻笑。所以早则明年春天，迟则秋天。这里纵不送去，林家亦必有人来接的。前日夜里姑娘和我说了，叫我告诉你：将从前小时顽的东西，有他送你的，叫你都打点出来还他，他也将你送他的打叠了在那里呢。”

没想到宝玉听了这话，眼也直了，手脚也冷了，话也不说了，让李妈妈掐着也不疼了，已死了大半个了。紫鹃的话让宝玉大病一场，从初春时节到清明，刚刚能拄着拐杖出门。

这让紫鹃很是惬意，像个经验老到的红娘一样告诉黛玉：“一动不如一静。我们这里就算好人家，别的都容易，最难得的是从小儿一处长大，脾气情性都彼此知道的了。”

紫鹃提醒着黛玉：“趁早儿老太太还明白硬朗的时节，作定了大事要紧……公子王孙虽多，那一个不是三房五妾，今儿朝东，明儿朝西？要一个天仙来，也不过三夜五夕，也丢在脖子后头了，甚至于为妾为丫头反目成仇的。若娘家有人有势的还好些，若是姑娘这样的人，有老太太一日还好一日，若没了老太太，也只是凭人去欺负了。所以说，拿主意要紧。姑娘是个明白人，岂不闻俗语说：‘万两黄金容易得，知心一个也难求。’”

这些话说到了黛玉的心坎上，哭了整整一夜。

在探得了宝玉的真心后，紫鹃有些迫不及待了，让老奸巨猾的薛姨妈去向太太说媒，更加殷勤地充当起宝玉和黛玉之间的“和事佬”“传声筒”，希望两个人的爱情一帆风顺、修成正果。

紫鹃的深情厚谊是黛玉追求真挚爱情的动力与支撑之一，是除去贾母、宝玉以外再次收获的真诚温暖之爱，是风刀霜剑严相逼生存环境中的一点点温存。

紫鹃与黛玉情同姐妹，没有谁贵谁贱之分。用紫鹃的话说：两个人一时一刻也离不开，比从苏州带来的雪雁还要好上十倍。

紫鹃对黛玉的好是没有条件的好，无私而纯洁，这种好包含着怜悯、理解与珍惜：怜悯黛玉无依无靠孤苦的境地，理解宝黛爱情的真挚，珍惜在污浊的贾府还有这样一份纯洁无私的爱情。

为了黛玉更加美好的未来，紫鹃不仅尽心尽力照顾着黛玉的身体，也尽心尽力劝导、鼓舞黛玉对未来充满信心。

书中第七十回，众人在大观园里放风筝。李纨告诉黛玉："放风筝图的是这一乐，所以又说放晦气，你更该多放些，把你这病根都带了去就好了。"紫鹃便向雪雁手中接过剪子来，铰断风筝线，笑道："这一去把病根可都带了去了。"

第六十七回，当宝钗送给黛玉薛蟠从江南带来的家乡之物时，黛玉触物伤情。紫鹃深知黛玉心肠，在一旁劝道："今儿宝姑娘送来的这些东西，可见宝姑娘素日看得姑娘很重，姑娘看着该喜欢才是，为什么反倒伤起心来。这不是宝姑娘送东西来倒叫姑娘烦恼了不成？就是宝姑娘听见，反觉脸上不好看。再者这里老太太们为姑娘的病体，千方百计请好大夫配药诊治，也为是姑娘的病好。这如今才好些，又这样哭哭啼啼，岂不是自己糟蹋了自己身子，叫老太太看着添了愁烦了么？况且姑娘这病，原是素日忧虑过度，伤了血气。姑娘的千金贵体，也别自己看轻了。”

有这样的贴心姐妹，说出这样的肺腑之言，开导黛玉不仅要保重自己的身体，也要处理好与周围人的关系，顾忌老太太、太太、宝钗等众人的感受。有紫鹃的勇敢相助和贴心开导，实是黛玉一幸。

27　贾府的反叛者——赵姨娘

《红楼梦》里，从贾母到丫鬟奴才，有一大半的人不喜欢赵姨娘。有些人是因为拜高踩低，如凤姐；有些人是感到了威胁，如王夫人；有些人是看主子的脸色行事，如芳官。除此之外，赵姨娘的不着调也让有些人不喜欢，如赵姨娘的亲生女儿探春。

赵姨娘原是贾府的奴才，被贾政收为姨娘，生了一儿一女，成为两个孩子的母亲。众人不看僧面看佛面，她好歹在贾府有了一席之地。

正因如此，赵姨娘的存在也是一种威胁，尤其是对正牌主子、元春的生母王夫人来说。王夫人曾经有一个儿子贾珠，但二十岁左右便死了，等到近四十，好歹肚子还算争气，才有了宝玉。鉴于贾珠的死，贾府的正牌主子们从贾母到王夫人再到凤姐生怕宝玉再出现什么差池，像看待凤凰一样照看着宝玉，生怕这个嫡出的正牌主子再遇到什么不测，让赵姨娘生下的下流黑心种子贾环得了意，上了位。

虽为姨娘，地位不高，但赵姨娘天性耿直。虽然贾府规矩大，但赵姨娘有一说一，有二说二，想干什么就干什么，不像贾府的有些主子，上头一脸笑，脚下使绊子；爬了灰，养了小叔子还像没事人一样，胳膊折了往袖子里藏；逼死了丫鬟还说人家是在井边玩，不小心掉进去的；害死了尤二姐还说人家没福气。

贾府这些吃人不吐骨头的主子们对赵姨娘恨之入骨又无可奈何，顾及着贾政的颜面，想着赵姨娘的一双儿女，厌烦至极又小心提防，表面尊其为半个主子实则百般打压。赵姨娘的每次出现都像一阵狂风，搅得有些人坐卧不安，心神不宁。

在《红楼梦》第二十回，贾环跟宝钗玩输了钱回到赵姨娘处，被赵姨娘骂了几句。恰巧凤姐从窗前经过，仗着是王夫人的内侄女、贾家的正牌主子，于是肆无忌惮地教训起赵姨娘来。其实，凤姐与宝玉、贾环是同辈之人，赵姨娘好歹也算是长辈。凤姐平时见了鸳鸯等贾母眼中得意的奴才还姐姐长、姐姐短地叫着，可教训起赵姨娘来，比教训贾家矮三辈的奴才还有恃无恐，隔窗说道："大正月又怎么了？环兄弟小孩子家，一半点儿错了，你只教导他，说这些淡话作什么！凭他怎么去，还有太太老爷管他呢，就大口啐他！他现是主子，不好了，横竖有教导他的人，与你什么相干！环兄弟，出来，跟我玩去。"

凤姐一向有恃无恐，因为有贾母、王夫人撑腰，凤姐的言行代表了贾母、王夫人的心意，此时的赵姨娘哪敢还上半句嘴，只有乖乖地让凤姐把贾环叫了出去，忍气吞声地熬日子。赵姨娘也知道，无论自己怎样忍让，都不能换来贾府主子们的一点点仁慈之心。

哪里有压迫哪里就有反抗。在第二十五回，宝玉寄名的干娘马道婆来荣国府请安，来到赵姨娘房内，俩人聊起来。从俩人的聊天中，能看出赵姨娘也是个清醒明白的人。赵姨娘认为，大人们心疼宝玉是有理由的，因为宝玉小孩儿家长的得人意儿。可凤姐算什么，本是长房那边的儿媳妇，却跑到二房这里发威施令，并担心将来这一份家私让凤姐搬到娘家去。

在马道婆的引诱下，赵姨娘拿出了自己的体己又写下了欠条，得来十个纸铰的青面白发的鬼和两个纸人，然后把宝玉和凤姐的生辰八字写在两个纸人上，一并连五个鬼都掖在他们各人的床下，只等马道婆回去作法。

赵姨娘也算是天真浪漫之人，从未想过万一被发现了怎么办。虽然她有生育一男一女的功劳，但此等“大罪”很可能让她无法再在贾家立足。

可赵姨娘就是赵姨娘，有着不撞南墙不回头的倔强。最后，这个不太高明的害人办法还是奏了效，搅得贾府乱麻一般，好在凤姐和宝玉“命不该死”，招来了和尚道士祛除了邪祟。

赵姨娘虽然在贾府生活，但身上没有沾染上贾府那种假仁假义的虚伪，不平则鸣。当探春与李纨、宝钗协助凤姐料理家务时，赵姨娘的兄弟死了。满以为从她肠子里爬出来的探春能拉扯拉扯她，因此赵姨娘直接来到所谓的议事厅，当着李纨、宝钗的面让自己的亲生女儿拉扯拉扯自己。遭到探春的反驳后，赵姨娘生气地说道：

“你不当家我也不来问你。你如今现说一是一，说二是二。如今你舅舅死了，你多给了二三十两银子，难道太太就不依你？分明太太是好太太，都是你们尖酸刻薄，可惜太太有恩无处使。”

探春一口一口姨娘叫着，视自己的亲生母亲如路人一样，因为母亲是奴才，给了她生命也给了她耻辱。可赵姨娘不这样看，亲生的就是亲生的，就应该互相拉扯关照。什么嫡庶有别，她偏要为庶出的儿子贾环出个风头，争个脸面。

在第六十回，当得知贾环得了假蔷薇硝时，她撺掇贾环趁机去报仇，贾环推脱后，她便亲自上阵。只见赵姨娘也不答话，走上来便将粉照着芳官脸上撒来，指着芳官骂道：“小淫妇！你是我银子钱买来学戏的，不过娼妇粉头之流！我家里下三等奴才也比你高贵些的，你都会看人下菜碟儿。宝玉要给东西，你拦在头里，莫不是要了你的了？拿这个哄他，你只当他不认得呢！好不好，他们是手足，都是一样的主子，那里有你小看他的！”

而芳官确实也小看了贾环，用茉莉粉代替蔷薇硝，这件事说来说去到底还是芳官做的不对。儿子争不来自己的地位，当娘的亲自上阵，对赵姨娘来说，理所当然。可见，在贾府这个大染缸里生活的赵姨娘还有着一些直率与天真，这是最难得的。也正是这难得的直率与天真，使赵姨娘深得贾政之心，赢得贾政的喜爱与庇护，使她能在贾府过着半个主子的生活。

在宝玉、凤姐被马道婆暗算时，想想赵姨娘是何等称心如意，但她并不知道隐藏自己的内心想法，反而劝贾母："老太太也不必过于悲痛。哥儿已是不中用了，不如把哥儿的衣服穿好，让他早些回去，也免些苦；只管舍不得他，这口气不断，他在那世里也受罪不安生。"被贾母照脸啐了一口唾沫，骂道："烂了舌头的混帐老婆，谁叫你来多嘴多舌的！你怎么知道他在那世里受罪不安生？怎么见得不中用了？你愿他死了，有什么好处？你别做梦！他死了，我只和你们要命。素日都不是你们调唆着逼他写字念书，把胆子唬破了，见了他老子不象个避猫鼠儿？都不是你们这起淫妇调唆的！这会子逼死了，你们遂了心，我饶那一个！"一面骂，一面哭。贾政在旁听见这些话，心里越发难过，便喝退赵姨娘。

关键时刻，还是贾政替赵姨娘解了围。

贾政是喜欢赵姨娘的。想想赵姨娘年轻时也是性格爽快、好说好笑之人。酷爱读书的贾政表面上是正人君子，但并不喜欢像木头一样呆板、阴郁、缺少活力的王夫人。

在第七十八回，贾政得了好题目让宝玉、贾环、贾兰作诗吊唁。这好题目乃是：当日曾有一位王封曰恒王。这恒王最喜女色，且公余好武，因选了许多美女，日习武事。其姬中有姓林行四者，姿色既冠，且武艺更精，皆呼为林四娘。恒王最得意，遂超拔林四娘统辖诸姬，又呼为"姽婳将军"。后恒王被害，林四娘聚集众女将为恒王报仇，以身殉王。

贾政的清客都称"妙极神奇。竟以'姽婳'下加

‘将军’二字，反更觉妩媚风流，真绝世奇文也。想这恒王也是千古第一风流人物了。”贾政笑道：“这话自然是如此，但更有可奇可叹之事。”

可见，贾政喜欢的女人是像传说中的林四娘那样，风风火火、敢打敢拼、忠诚护主的女子。与老实本分的周姨娘和木头一样的王夫人相比，赵姨娘更得贾政的垂青。

宝玉挨打时，贾母一个劲让家人收拾行装回南京，带着宝玉也就罢了，因为一向喜欢疼爱，可还要带着王夫人。可知，贾政个人更需要赵姨娘，王夫人不过是摆设，连贾母都心知肚明。

第七十二回，写赵姨娘为了彩霞与贾环的事去求贾政。贾政说道：“且忙什么，等他们再念一二年书再放人不迟。我已经看中了两个丫头，一个与宝玉，一个与环儿。只是年纪还小，又怕他们误了书，所以再等一二年。”

在贾政的心里，贾环与宝玉的地位是平等的，并没有什么庶出与嫡出之分。宝玉有的，贾政也要为贾环争取。

有了贾政的庇护，赵姨娘也是不甘心被人欺凌打压的，一些丫鬟婆子也表现出了对赵姨娘的忠心，如丫鬟彩云趁王夫人不在偷了玫瑰露给贾环。一些婆子也知道在关键时刻撺掇赵姨娘把威风抖一抖，以后也好争取其他的好处和权力。

从概率上来讲，作为贾府的半个奴才，赵姨娘是有机会翻身做主人的：一是王夫人老了，没有了生育能力，只是个摆设，自己及一双儿女与贾政组成的家庭充满了活力与朝气，这正是迂腐的贾政所需要的。二是等老太太归了西，凤姐被休回南京，打压自己的人死的死、亡的亡，而贾环又得到荣国府长子贾赦的高看一眼。三是嫡出的宝玉并不把仕途经济当作自己的人生目标，整天厮混于闺阁之中。

贾家大厦倾覆后，在苟延残喘中，赵姨娘也许就翻身做了主子。

28 贾琏的温情

在《红楼梦》第六十六回，柳湘莲说："你们东府里除了那两个石头狮子干净，只怕连猫儿狗儿都不干净。"奴才焦大也说出了《红楼梦》里经典的话："我要往祠堂里哭太爷去。那里承望到如今生下这些畜生来！每日家偷狗戏鸡，爬灰的爬灰，养小叔子的养小叔子，我什么不知道？咱们'胳膊折了往袖子里藏'！"这都说明，贾府虽是钟鼎之家，却也是藏污纳垢之地。

不论是贾敬、贾赦、贾珍、贾琏、贾蓉的成人世界，还是两府中的未婚男女，主子与主子如宝玉与黛玉，主子与奴才如贾芸与红玉，奴才与奴才如茗烟与万儿，贾家的客人如薛蟠与香菱、秦钟与智能，等等，总是情与情相逢，欲与欲相连。为了满足各自的欲望，他们或眉目传情，离经叛道；或欺男霸女，强取豪夺。说《红楼梦》是一部演绎情欲的史诗巨作也不算过分。

在欲望横流的贾府，在名门望族与书香门第的宁、荣两府，也有那么一点点温情。这点温和的真情恰恰表现在见一个爱一个、吃着碗里看着锅里的荣国府长子贾赦的长子贾琏的身上。

曹雪芹写贾府的男性主子，从贾赦到贾政，从贾珍到贾蓉，没有一个不好色好淫。贾政对没有子嗣的周姨娘生硬无情，贾赦左一个小老婆右一个小老婆，贾珍与贾蓉父子的“聚麀之诮”，都暴露了对女性的藐视。唯有在好色好淫的贾琏身上还能看到点温情。

《红楼梦》中，贾琏被叫作琏二爷。琏二爷是贾母大儿子贾赦的长子，荣国府的正派嫡孙。可长子长孙并没有得到贾母的高看一眼，反而次子贾政和贾政的儿子宝玉才是贾母最喜欢的。难怪贾赦在第七十五回讲笑话的时候，借用一个针灸的婆子治病人心疼不针心、却针肋条来暗示贾母偏心。从贾母快速的反应“我也得这个婆子针一针就好了”来看，这种情况确实是存在的。

贾母的偏心也有一定的原因。《红楼梦》多次提及贾母对贾赦的不满：官也不好好做，放着身子不好好保养，左一个小老婆右一个小老婆。在贾赦要纳鸳鸯为姨娘时，贾母对邢夫人说：“你们如今也是孙子儿子满眼了，你还怕他，劝两句都使不得，还由着你老爷的性儿闹。”一个“闹”字，说出贾赦从小到大都有些不着调，贾母不知操了多少心。这是贾母不喜欢贾赦的一个原因。

不去考证《红楼梦》的写作背景与人物的真实性，仅从小说故事情节去推测，有人认为贾赦应该是长子庶出，并不是贾母所生。书中第二回，冷子兴演说荣国府有这样一段：“自荣公死后，长子贾代善袭了官，娶的也是金陵世勋史侯家的小姐为妻，生了二个儿子：长子贾赦，次子贾政。”这里交代的有些模糊，并没有说明是贾代善生了两个儿子，还是贾代善与史太君生了两个儿子。因此才有后来的皇帝体恤先臣，即让长子袭了官，也要顾及一下嫡子，“遂额外赐了这政老爹一个主事之衔”。

这在第七十五回中秋赏月时，贾赦对贾环的赞誉中也可看出端倪。贾环的诗得到大伯贾赦的极力称赞，并说：“这诗据我看甚是有骨气。想来咱们这样人家，原不比那起寒酸，定要‘雪窗荧火’，一日蟾宫折桂，方得扬眉吐气。咱们的子弟都原该读些书，不过比别人略明白些，可以做得官时就跑不了一个官的。何必多费了工夫，反弄出书呆子来。所以我爱他这诗，竟不失咱们侯门的气概。”因回头吩咐人去取了自己的许多玩物来赏赐与贾环。

贾赦又拍着贾环的头，笑道：“以后就这么做去，方是咱们的口气，将来这世袭的前程定跑不了你袭呢。”贾政听说，忙劝说：“不过他胡诌如此，那里就论到后事了。”

对一个庶出的贾环说出这样的话，贾赦明明知道会得罪喜欢宝玉的贾母，会得罪宝玉的生母王夫人，但贾赦不是那种喜怒不形于色之人，心有不平言必说出，这也是告诫在座众人：不要小看了庶出，庶出的大爷我命就好，就袭了祖上的官。

而贾母得意贾政，一是贾政没有大儿子贾赦的不着调，除了一个赵姨娘和周姨娘，也没见贾政闹出什么桃色新闻，没有今天看上哪个丫头、明天看上哪个婆子的腌臜事，而且自幼喜欢读书。二是王夫人的娘家厉害。哥哥王子腾在第四回里已经是九省统制，奉旨查边，后来旋升九省都检点。又有薛姨妈家，虽然丈夫死了，但也曾经是“丰年好大雪，珍珠如土金如铁”。所谓强强联合，正该如此。三是贤德妃贾元春出于贾政家，凡是沾上边的便是皇亲国戚。四是贾政家有个宝玉，表面看贾母心疼宝玉，实际是牵挂那块玉。久经世道的贾母眼睁睁看着一个婴儿口衔一块宝玉降生，街坊邻居甚至是宫里的王爷都当作罕事，议论了好几年，这对贾母甚至贾家来说，就是天大的事。

贾元春被选入皇宫封为贤德妃，从贾母的角度来看，自然是少不了这块玉的功劳。因此贾母多次对宝玉表示：你若生气，打人骂人都可以，为何要摔那命根子。

这块玉不仅是宝玉的命根子，可以驱邪避难，也是贾府的命根子，给贾府带来鲜花着锦之盛。作为贾府的老祖宗，自然要跟贾府的命根子在一起。

如此看来，贾母这边确实需要有个像样的人物来替贾母打理一切。机缘巧合，王夫人老了；贾珠死了，李纨成了活菩萨，只管守节教子。此时凤姐横空出世，模样极标致，言谈又爽利，心机又极深细，万个男人都不及，当然贾琏也不及。这是其一。

其二，贾琏不是邢夫人的亲生儿子。第七十三回，邢夫人责怪迎春懦弱，曾说“倒是我一生无儿无女的，一生干净，也不能惹人笑话议论为高”。且书中介绍，邢夫人特别吝啬，出嫁时，把娘家的家私全部带了出来，以至于姊妹、兄弟家道艰窘。凡是府里的钱，必须要经过她的手进行克扣方显得她节俭，那么她对贾琏更是要千方百计地防范。

因此，贾琏到贾政这边帮助料理家务是沾了凤姐的光，也是迫不得已。

父亲是庶出，当然会影响到儿子，不论贾琏是不是贾赦的正牌妻子所生，他在贾府都多多少少会受到影响，况且自己的亲生母亲死得又早，这就使幼年的贾琏要像贾环一样看人脸色，不得不藏起锋芒。

一边是荣国府的长子的长子，一边是庶出的父亲和后母，这样纠结的身世，给贾琏带来不小的影响，让其形成了委婉通达、息事宁人的性格，能体会到做人的不易，体谅下人的艰难。

在《红楼梦》中，我们无从知道贾琏的幼年是如何度过的，但我们知道，成年后的贾琏惧内，就是怕王熙凤。其实从种种迹象看来，贾琏和凤姐也是极恩爱的，所谓问世间情为何物，就是一物降一物。不然中午休息的时候俩人还要同房，有时同房，要求凤姐变个样，凤姐还扭扭捏捏。凤姐先后两次流产，可见夫妻生活从未间断。

贾琏夫妇在贾政这边帮助料理家务，遇事时贾琏总是让着凤姐，凤姐一发威，贾琏就服软，说些柔和的话来安慰凤姐。其实，贾琏不是怕，是想息事宁人，大事化小，小事化了。如果夫妻两个天天鸡飞狗跳，也不成个体统，会让贾母等长辈怎么看。给凤姐面子，就是给贾母、贾政、王夫人、薛姨妈甚至王子腾面子。

贾琏之所以让着凤姐，是性格使然，是生存环境使然。

贾琏离不开女人，可从未听说贾琏强迫过哪个女人，像薛蟠那样闹出人命，合着一家老小都替他打点。贾琏搞女人都是托人说和，许以财物，完事后还温情脉脉、海誓山盟、难分难舍、留有信物，比如多姑娘的头发。即使鲍二家的上吊死了，贾琏也是送去银子帮助了局发送。

当他见到尤二姐时，对尤二姐与姐夫贾珍的不明不白，“不提已往之淫，只取现今之善，便如胶授漆，似水如鱼，一心一计，誓同生死”。后来尤二姐被凤姐设计害死，贾琏也是在梨香院伴宿七日夜，还嫌后门“出灵不象”，便对着梨香院的正墙上通街现开了一个大门，两边搭棚，安坛场做法事。后来也没按照贾母的吩咐烧了完事，而是在尤三姐墓之上点了一个穴，将尤二姐破土埋葬。

贾琏办事不像凤姐那样偷奸耍滑、狐假虎威、刻薄下人。没有听说贾琏放过利钱，也没有像他父亲那样强取豪夺，为了几把扇子，坑得人倾家荡产。他稳稳妥妥接送了林妹妹，帮忙料理了林如海的后事。

贾琏在建设大观园上也是出了力的，尤其是在一些事情的处理上，对贾氏子孙起到了正面规劝、引导的作用。比如让贾蔷办事，当贾蔷拿到银子，想假公济私，问贾琏要什么东西时，贾琏告诫贾蔷：“才学着办事，倒先学会了这把戏。我短了什么，少不得写信来告诉你，且不要论到这里。”

凤姐的陪房旺儿的小子要娶彩霞，贾琏听管家说旺儿的小子吃酒赌博，无所不为时，表示：既这样，哪里还给他老婆，且给他一顿棍，锁起来，再问他的老子娘。并嘱咐凤姐：若果然不成人，且管教他两日，再给他老婆不迟。

贾雨村被降职后，贾琏告诉家人：横竖不跟他谋事。可见，贾琏的心里还是装着是非的。

除了好色，贾琏在贾府也算是个难得的人物。一个温和、谨慎的纨绔子弟。

29 凤姐的匹夫之勇

一

凤姐是可以不死的，凭着她的聪明和能干，凭着她的出身和见识，危机时候会想出办法来保全自己的。

身体有病的时候，贾府有一整套的保养治疗方法。凤姐小产，流下一个六七个月、成形的男胎后，经过医生的诊治，她的健康情况是有好转的，如果继续休养下去，全面康复也未必不可能。

当财产积累到一定程度，见好就收，不再树敌，不再盘剥克扣，施些小恩小惠，也是可以收买一些人心的。

可是，凤姐一向争强好胜，不肯低头服软。贾家衰落时，凤姐被推到了风口浪尖上，拖着病体替贾母、王夫人收拾残局，却回天乏力，不仅搭进去了性命，还把唯一的女儿——巧姐的前程也搭了进去，枉费了半世的心机，真是人算不如天算。

单看凤姐的判词："凡鸟偏从末世来，都知爱慕此生才，一从二令三人木，哭向金陵事更哀。"这个判词的解释是：王熙凤这只凤凰从出生就赶上了四大家族的逐渐颓败，她拯救不了贾府，贾府也给不了她更宽阔的舞台。虽然人人都羡慕她理家的才华与处世手段，但她最后的命运却很悲惨：遭到曾经恩爱的丈夫的冷落，被休，送回金陵老家。

凤姐位于金陵十二钗正册第十名。《红楼梦》十二曲中的《聪明累》说的就是凤姐：“机关算尽太聪明，反算了卿卿性命。生前心已碎，死后性空灵。家富人宁，终有个家亡人散各奔腾。枉费了，意悬悬半世心；好一似，荡悠悠三更梦。忽喇喇似大厦倾，昏惨惨似灯将尽。呀！一场欢喜忽悲辛。叹人世，终难定！”

这是对王熙凤一生的总结，从万丈高峰坠落到千尺深潭，操了半世的心，本成想家富人宁，却突然像梦一样，家亡人散，大厦倾了，油灯尽了。人还有活路吗？没有。

二

凤姐虽是凤凰一般的人物，能干、有心计、有口才，强似男人，但偏偏在贾府将要颓败之时，嫁给了贾府的贾琏。

出身于豪门的凤姐从小被当作小子养，杀伐决断胜过男人，偏偏嫁给了不受父母待见、性格软弱、遇事退让的贾琏。贾母不喜欢大儿子贾赦，贾琏也没有贾宝玉那样受贾母宠爱，丈夫和婆家处境尴尬，需要能干的凤姐来表意搭言，她要作为发言人来表达自己的意图，顾全丈夫贾琏和婆家的颜面。

凤姐对婆家是尊重的，并不像有些人说的那样拣高枝飞。在第四十六回，贾赦要娶鸳鸯的时候，凤姐对邢夫人说的一番话可谓是剖心见腹。凤姐劝邢夫人道："依我说，竟别碰这个钉子去。老太太离了鸳鸯，饭也吃不下去的，那里就舍得了？况且平日说起闲话来，老太太常说，老爷如今上了年纪，作什么左一个小老婆右一个小老婆放在屋里，没的耽误了人家。放着身子不保养，官儿也不好生作去，成日家和小老婆喝酒。太太听这话，很喜欢老爷呢？这会子回避还恐回避不及，倒拿草棍儿戳老虎的鼻子眼儿去了！太太别恼，我是不敢去的。明放着不中用，而且反招出没意思来。老爷如今上了年纪，行事不妥，太太该劝才是。比不得年轻，做这些事无碍。如今兄弟、侄儿、儿子、孙子一大群，还这么闹起来，怎样见人呢？"

凤姐的话信息量很大，一是告诉邢夫人，老太太不喜欢大老爷的做派。二是点出鸳鸯是老太太的命根子，一时一刻也离不了。三是让邢夫人拿出做夫人的样子，规劝贾赦，哪怕是做做样子也好。凤姐的话是一心一意为婆家着想，可惜邢夫人并不领情，还嗔怪凤姐躲事，不帮助自己。

凤姐对贾琏也是有感情的，主要表现在吃醋上。凤姐带来的四个丫鬟死的死，走的走，只剩下一个平儿当作通房大丫头。在结婚前，贾琏还有两个类似袭人一样的姨娘，后也被凤姐寻出了错打发出去了。而兴儿也说：只要丫头多看贾琏一眼，凤姐就有本事当着贾琏的面打个烂羊头。当贾琏娶了尤二姐为二房时，凤姐简直是打碎了醋缸醋瓮，与平儿的一些对话，可以看出凤姐当时是怎样的一种心情。

在第六十七回，袭人去看生病的凤姐。一到院里，就听凤姐说道："天理良心，我在这屋里熬的越发成了贼了。"一个"熬"字，说明凤姐对贾琏极度失望。

话说，没有希望就没有失望。凤姐原本是希望借着自己的能干，得到贾琏更多的爱，得到贾琏万般的宠爱在一身。可贾琏不这样想，他认为凤姐是个醋坛子。贾琏不明白，正因为爱得深，恨得也越深，因此贾宝玉说贾琏"俗"，概括得非常准确得当。两个人的出发点不能"同频共振"，所以贾琏继续拈花惹草，凤姐继续吃醋。

到贾琏娶尤二姐时，两个人之间的矛盾达到了高潮。凤姐使出浑身解数要辖制贾琏一把，要让贾琏狠狠地出一把丑。于是她告诉旺儿将与尤二姐从小订了亲的张华勾来养活，让张华告贾琏"国孝家孝之中，背旨瞒亲，仗财依势，强逼退亲，停妻再娶"。当张华害怕时，凤姐气得骂："癞狗扶不上墙的种子。你细细说给他听，便告我们家谋反也没事的，不过是借他一闹，大家没脸。若告大了，我这里自然能够平息的。"然后又指使张华告贾蓉，幸亏贾珍心里有数："我防了这一着，只亏他大胆子。"贾珍即刻封了二百两银子着人去打点都察院。

凤姐大闹宁府，表面上看占着理儿，出了恶气，可实际上凤姐不懂得"得饶人处且饶人"和"见好就收"的道理。这一闹，把自己的后路堵得严丝合缝，埋下了祸根。凤姐来到宁国府，把贾蓉和尤氏好一阵揉搓，连下人都看不下眼了，乌压压跪了一地。凤姐对尤氏啐道："你痰迷了心，脂油蒙了窍，国孝家孝两重在身，就把个人送来了。这会子被人家告我们，我又是个没脚蟹，连官场中都知道我利害吃醋，如今指名提我，要休我。我来了你家，干错了什么不是，你这等害我？或是老太太、太太有了话在你心里，使你们做这圈套，要挤我出去。如今咱们两个一同去见官，分证明白。回来咱们公同请了合族中人，大家觌面说个明白。给我休书，我就走路。"

又写道，凤姐滚到尤氏怀里，嚎天动地，只说："给你兄弟娶亲我不恼。为什么使他违旨背亲，将混账名儿给我背着？咱们只去见官，省得捕快皂隶来拿。再者咱们只过去见了老太太、太太和众族人，大家公议了，我既不贤良，又不容丈夫娶亲买妾，只给我一纸休书，我即刻就走。"

贾琏娶尤二姐，凤姐意识到了危机，两次提到休书。可见，凤姐心里也是惧怕的，那就是怕失宠于贾母、王夫人，怕贾琏与自己恩断义绝。凤姐的吃醋与黛玉对宝玉和宝钗的含酸、金桂对香菱的妒忌同出一理，那就是爱情是自私的，容不得他人觊觎。

凤姐奉承贾母，实际上也是争取自己的地位和贾琏、邢夫人的脸面。贾赦不招老太太的喜欢，贾琏虽是长子的长孙，可贾母眼里只有宝玉。正是男人不行了，女人才能成为女强人。况且书中并没介绍凤姐的爹娘是何种出身，只是介绍是王夫人的内侄女，舅舅是王子腾，在第四回里是九省统制。

可见，凤姐虽是出自名门望族，可到了爹娘这一辈已是大家族里的弱势群体。好在有舅舅和贾家撑腰，才显得凤姐光鲜亮丽，而靠人不如靠己，凤姐也明白别人强不如自己强。

所以，在贾府，在日常生活的打理和油盐酱醋茶中，凤姐找到了实现人生理想的舞台，她勤勤恳恳、兢兢业业、百般谋划，想干出一番天大的事业。但在风光炫耀的背后，也落下了恶名和治不好的妇科病——淅淅沥沥的下红。

三

其实，书中早已为凤姐的死埋下了伏笔，凤姐有病，是妇科病。凤姐、贾琏年龄并不大。凤姐管李纨叫嫂子，可见贾琏还没有死去的贾珠大，凤姐应是青春正当年。因此在午休的时候，贾琏还要戏熙凤。凤姐怀过一个哥儿，六七个月时掉了，王夫人让探春帮助打理家事。抄检大观园时，凤姐因为多走了几步路，又开始下红不断。

第七十二回，鸳鸯去看凤姐，正赶上凤姐休息，鸳鸯便悄问平儿道：“你奶奶这两日是怎么了？我看他懒懒的。”平儿见问，因房内无人，便叹道：“他这懒懒的也不止今日了。这有一月之前便是这样。又兼这几日忙乱了几天，又受了些闲气，从新又勾起来。这两日比先又添了些病，所以支持不住，便露出马脚来了。”鸳鸯道：

“既这样，怎么不早请大夫来治？”平儿叹道：“我的姐姐，你还不知道他的脾气的。别说请大夫来吃药。我看不过，白问了一声身上觉怎样，他就动了气，反说我咒他病了。饶这样，天天还是察三访四。自己再不肯看破些且养身子。”鸳鸯问是什么病，平儿见问，又往前凑了一凑，向耳边说道：“只从上月行了经之后，这一个月竟沥沥淅淅的没有止住。这可是大病不是？”鸳鸯听了，忙答道：“嗳哟！依你这话，这可不成了血山崩了。”

可见，凤姐这个病不是小病，是会死人的病。可凤姐还在察三访四，尽着管家之责。

凤姐表面看风光无限，得贾母喜欢，可实际就像大厦将倾的贾府，内里空虚得很。贾府的养生一向是使力不使心，可凤姐既用力也用心，在筹划贾府的用度上尽心尽力，甚至谋划到了贾母的后事和小姐公子们的嫁娶，可谓鞠躬尽瘁。

凤姐把管家当成了事业，虽然在秦可卿的葬礼上显现出了卓越的才干，可毕竟年轻，在有些事上就忘了自己的身份，忘了该有的矜持。尤其对待下人，心狠手黑，有时还亲自动手，逞一时的匹夫之勇。

贾琏与鲍二家的偷情被凤姐发现，追打丫鬟时，凤姐“扬手一掌打在脸上，打的那小丫头子一栽；这边脸上又一下，登时小丫头子两腮紫胀起来”。碰到另一个正在望风的丫头，又“扬手一下打的那丫头一个趔趄”。使出吃奶劲的凤姐虽然解了恨、出了气、立了威，可力气是自己的，过度用力也会伤身。可见凤姐是不懂得珍惜保养自己的。

凤姐虽然“有一万个心眼子”，可能让人看得出的阴谋不是阴谋是阳谋。心狠手辣的凤姐也有外强中干的时候，在平儿的劝说下想退步抽身，却为时已晚。凤姐有时候虽然逗得贾母等开心大笑，但一味争宠好胜，出尽风头，也让李纨、尤氏等同辈妯娌心生嫉妒。

凤姐在荣国府风光了几年，也没维护下几个人，最后，自己的婆婆也嫌弃自己。而王夫人不论遇到什么事，最先想到的都是凤姐。比如少了丫鬟的月钱，比如邢夫人捡到一个不太雅观的绣春囊，她首先想到的是凤姐和贾琏不谨慎丢掉的。

可见，凤姐虽然当了王夫人的挡箭牌，帮助王夫人料理家事，但并没得到王夫人的赏识与信任。王夫人对凤姐也谨谨慎慎地提防着。

四

不知爱护、保护自己的凤姐，大厦将倾时，没有谁来为她遮风挡雨，唯一一个疼爱她的老太太还死了。因此，当贾府颓败时，她被推到风口浪尖上，像探春说的那样：这样的大家族从外头杀来，一时是杀不完的，必须是从内部先杀起来。凤姐平时得罪的那些人自然要找她算账，墙倒众人推，比如贾珍、贾蔷、尤氏，比如她的婆婆邢夫人。

最主要的是凤姐的丈夫贾琏。当时的凤姐下红不断，既不能满足他性生活方面的需要，也没有了老太太的保护。鉴于多年的忍气吞声、低三下四，贾琏总要出这口恶气。

在曹雪芹写的《红楼梦》八十回之后，想必贾琏在邢夫人和贾赦的授意下，找了无数借口，比如不够贤良、无有子嗣、害死尤二姐、放债盘剥、克扣月钱、谋害亲夫等等，休掉了凤姐，让她在贾府沦为奴婢，干着和丫头一样的活计。作为王夫人的内侄女，体弱多病的凤姐在王夫人的斡旋下被送回了金陵老家，可并不是衣锦还乡，而是带着一纸休书回到了娘家。此时，凤姐又和唯一的女儿巧姐天各一方，小小的巧姐之所以能够在金陵十二钗中占有一席之地，一是因为她出身富贵，是名门望族之后；二是因为她的坎坷经历，这经历中大部分是拜凤姐所赐。

巧姐位于金陵十二钗正册第十位。从她的判词“势败休云贵，家亡莫论亲。偶因济刘氏，巧得遇恩人”可看出，凤姐遇难时，素日的亲朋都远远避开了，巧姐得救是因为凤姐从前偶然接济了乡下的刘姥姥，积下了功德。

在金陵，贾家是有财产的。在第四十六回，贾赦要娶鸳鸯时，就透露出南京还是有房子的，并且还有人看着，看房子的人中就有鸳鸯的父母。如果回到金陵，一向争强好胜的凤姐离了是非之地，能静下心，好好养病，也许还能残喘几日。可贾府这边的消息不断传来：贾琏新娶了某位姑娘；在刘姥姥的帮助下，巧姐嫁做乡村农妇，在荒村野店过着普通庄稼女人的生活，纺线织布，养鸡喂鸭；凤姐曾经累积的财富也被官府抄了去，家富人宁终成黄粱一梦。

一向争强好胜的凤姐还能活下去吗？还有活下去的希望吗？只有在对往事的回忆、煎熬、悔恨中，拖着病体慢慢死去。

30 迎春的凋零

一

贾迎春，第一次出现在《红楼梦》第三回，“肌肤微丰，合中身材，腮凝新荔，鼻腻鹅脂，温柔沉默，观之可亲”。后来，被下人称为“二木头”，形容她针扎一下都不知道喊疼。迎春善良懦弱，老实本分，温柔随顺。到死，她也没参与过贾府的是是非非，没仗着是主子小姐打骂过奴才，没刻薄尖酸挖苦过人或算计过谁，经常躲开众人用针穿茉莉花。虽生在侯门，也是母亲早逝，是一位身世凄凉的红楼女儿。迎春的判词是这样说的：

“子系中山狼，得志便猖狂。金闺花柳质，一载赴黄粱。”

意思是：迎春的丈夫孙绍祖就像《中山狼传》中那只忘恩负义的狼一样，曾巴结过贾府，受过贾府的好处，后来家资饶富，在京袭了职，就开始猖狂无比。如花如柳般富贵人家闺阁中的女子，在他的手中只一年便命丧黄泉。

孙绍祖是何许人也？书中第七十九回介绍：“这孙家乃是大同府人氏，祖上系军官出身，乃当日宁荣府中之门生，算来亦系世交。如今孙家只有一人在京，现袭指挥之职，此人名唤孙绍祖，生得相貌魁梧，体格健壮，弓马娴熟，应酬权变，年纪未满三十，且又家资饶富，现在兵部候缺题升。因未有室，贾赦见是世交之孙，且人品家当都相称合，遂青目择为东床娇婿。”

与其说贾迎春死于丈夫孙绍祖之手，莫不如说死在亲情之手。

贾府最高统治者贾母与长子贾赦的矛盾，使贾迎春失去了见多识广的老祖母的保护。为了替父亲偿还欠孙绍祖的五千两银子，贾迎春落入了虎口。

是贾赦的一意孤行、不听劝阻，不看当年孙家希慕荣宁之势，有不能了结之事才拜在门下；不看孙家非诗礼名族之裔，缺少起码的仁义礼智信，致使女儿丧命于孙绍祖之手。

是奴才之间的调三窝四加剧了邢夫人、王夫人、凤姐之间的矛盾，使迎春成为贾府最后覆灭的殉葬者，成为家族内斗的牺牲品。

二

书中第七十一回，八月初三，贾母八旬大庆，尤氏的丫头跟荣国府上夜的婆子拌了嘴。周瑞家的将此事告到凤姐那里，凤姐便命把这两个婆子捆起来，等贾母过完生日交给尤氏发落，但其中的一个婆子恰巧是邢夫人的陪房费婆子的亲家。

平时这帮奴才便挑唆邢夫人，先不过是告那边的奴才，也就是荣国府的奴才，后来渐次告到凤姐："只哄着老太太喜欢了他好就中作威作福，辖治着琏二爷，调唆二太太，把这边的正经太太倒不放在心上。"后来又连带告王夫人，说："老太太不喜欢太太，都是二太太和琏二奶奶调唆的。"因此邢夫人心里厌恶凤姐。

邢夫人当着众人的面为费婆子的亲家求情，就是故意给凤姐没脸。王夫人和尤氏又借坡下驴，让凤姐放了两个婆子。凤姐一人孤立无援，便越想越气越愧，赌气回房哭泣，从此与亲婆婆邢夫人结下了梁子。

报仇的机会终于到了。在第七十四回，抄检大观园时，凤姐借此机会偏要看看邢夫人的陪房王善保家的外孙女司棋有没有过错。没想到一抓一个准，从司棋的箱子里"掣出一双男子的锦带袜并一双缎鞋来。又有一个小包袱，打开看时，里面有一个同心如意并一个字帖儿"。

深更半夜，凤姐兴致极浓，当着众人的面，念起大红双喜笺帖上的私房蜜语："上月你来家后，父母已觉察你我之意。但姑娘未出阁，尚不能完你我之心愿。若园内可以相见，你可托张妈给一信息。若得在园内一见，倒比来家得说话。千万,千万。再所赐香袋二个，今已查收外，特寄香珠一串，略表我心。千万收好。表弟潘又安拜具。"

凤姐揪住了王善保家的错，也就是间接打了邢夫人的脸。可凤姐也有机关算尽的时候，司棋是贾迎春的丫鬟，丫鬟出错，小姐主子也有责任，并且事关风化，在正统的贾府是万万要不得的。

邢夫人虽然有些吝啬贪婪，但看问题还是一针见血，曾对迎春说道："总是你那好哥哥好嫂子，一对儿赫赫扬扬，琏二爷凤奶奶，两口子遮天盖日，百事周到，竟通共这一个妹子，全不在意。但凡是我身上掉下来的，又有一话说，——只好凭他们罢了。况且你又不是我养的，你虽然不是同他一娘所生，到底是同出一父，也该彼此瞻顾些，也免别人笑话。"

正像邢夫人说的那样，迎春丫头司棋的风化之事闹得众人皆知，全在哥哥贾琏和嫂子凤姐缺少关照、遮掩。为了还未出阁的贾迎春的脸面，为了公公、婆婆的脸面和丈夫贾琏的脸面，凤姐也应该"胳膊折了往袖子里藏"，大事化小。可是凤姐不仅没有遮掩，还单单揭短示丑。因此在迎春的死上，凤姐是推波助澜者。

三

迎春的匆忙出嫁也是丫鬟司棋的风化之事使然，此事使贾赦、邢夫人想到姑娘大了不中留的古训，开始匆忙为迎春找婆家。

书中第七十三回，贾母查赌，查出大头家三人，小头家八人，聚赌者通共二十多人。这三个大头家，一个是林之孝的两姨亲家，一个是园内厨房内柳家媳妇之妹，一个就是迎春之乳母。虽然黛玉、宝钗、探春为迎春的乳母求情，但贾母不允，并将为首者每人打四十大板，撵出，总不许再入，从者每人打二十大板，革去三月月钱，拨入圊厕行内。

一个聚赌、挨了打、被撵出贾府的奶妈，必然对贾家怀恨在心，逢人便会讲迎春的丫头司棋如何被撵；迎春的父亲贾赦如何左一个小老婆、右一个小老婆；迎春的哥哥贾琏如何跟多姑娘、鲍二家的鬼混；迎春的嫂子王熙凤如何刻薄歹毒。

想想孙家的人听了会如何看待贾府、看待迎春。贴身丫鬟因风化之事被撵，难免会让人想到主子奴才沆瀣一气，怀疑迎春的品行。

孙绍祖是个年近三十岁的人，却没有成亲，按照书中的朝代已是晚婚，但其家庭条件又很好，这就值得推敲怀疑。此人或者是品行，或者是性格，或者是身体有问题，况且娶迎春娶得那样急，难道就是为了娶过来折磨死新妇吗？

无论什么时候，丧妻也是家门不幸。何况贾家也是世家，贾赦世袭了祖上的官，也是有威慑力的，贾家的大小姐贾元春还在宫里当着娘娘，迎春也算是皇亲国戚，孙绍祖向迎春伸出罪恶之手时也要寻思再三的。

因此，孙绍祖对迎春大打出手必是有原因的。这原因就是听闻贾府的腌臜之事和受小人的挑唆后，孙绍祖怀疑迎春也像丫鬟司棋那样，像父亲贾赦和哥哥贾琏那样不干不净。所以他才像对待水边的蒲柳和烟花巷里卖笑的女人那样作践贾府的千金贾迎春。

《红楼梦》十二曲中的《喜冤家》唱的就是贾迎春

的命运结局："中山狼，无情兽，全不念当日根由。一味的骄奢淫荡贪还构。觑着那，侯门艳质如蒲柳；作践的，公府千金似下流。叹芳魂艳魄，一载荡悠悠。"

四

孙绍祖并不像贾赦说的那样，与迎春"人品家当都相称合"。

第八十回，迎春回贾府，在王夫人房中诉委屈，说孙绍祖"一味好色，好赌酗酒，家中所有的媳妇丫头将及淫遍。略劝过两三次，便骂我是'醋汁子老婆拧出来的'"。

"体格健壮，弓马娴熟"的孙绍祖，把全部本领用在了淫遍丫鬟婆子和虐妻上。这样品行的人还在等着上升，可见当时的社会、官场是非不分，腐朽、黑暗到了何种程度。

事不关己的王夫人只得用言语劝说："已是遇见了这不晓事的人，可怎么样呢。想当日你叔叔也曾劝过大老爷，不叫作这门亲的。大老爷执意不听，一心情愿，到底作不好了。我的儿，这也是你的命。"

一个想要迎春的命，一个让迎春认命；一个是明砍，一个是暗杀，贾府与孙绍祖同罪，都是血淋淋的刽子手。

凡事不争不抢、温良退让的迎春，她的隐忍不仅放纵了那些下人，比如奶妈，拿了她的金丝凤去做抵押赌博；也让孙绍祖得寸进尺，把老婆丫鬟全部淫遍，稍劝一下，便要"打一顿撵到下房睡去"。

软弱，是某些女人的名字。可《红楼梦》中或明或暗到处充满了女人的抗争。强者更强，如王熙凤。弱者也有反抗，如赵姨娘。奴才也要挣个名分，如袭人、小红。

其实，不仅在贾府是如此，人生的每个阶段也是步步惊心，唯有自强方为正道。

31　中年读平儿，恍然又一悟

《红楼梦》中的平儿，在宝玉眼中是个极聪明、极清俊的上等女孩儿。平儿没有父母，没有兄弟姐妹，独自一人，供应贾琏夫妇二人，面对贾琏之俗、凤姐之威竟能周全妥帖。在凤姐生日当天，无辜遭荼毒，想来此人薄命，比黛玉尤甚。

从平儿嘴中得知，一共有四个丫头跟凤姐嫁到贾府，死的死，去的去，就剩下了她一个。

从下人的嘴中得知，别的女人是醋罐子，凤姐就是醋缸、醋瓮，对贾琏的侍妾，该打发的打发，该撵出的撵出。对跟贾琏走得稍近一些的丫头，更是严加防范。

而贾琏也好不到哪去，完全没有大家公子的样子，什么多姑娘、鲍二家的，不分脏臭都往屋里拉。

面对如此凶险的生存环境，平儿竟能周全得当，不仅成为凤姐的管家助手、贾琏的红颜知己、下人眼里的贤人，还站稳了脚、立住了身。

如果单从名字上把平儿理解成是个平平常常的丫头，那就错了。一个“平”字，代表了平衡、平息、平和。从上到下，从外到内，保持人与人之间关系的平衡，保持对大小事情的“平息”，保持自己内心的平和，这才是平儿在贾府的立身之道。

一

争还是不争？不争就是争。

书中第四十四回，凤姐生日上，贾琏和鲍二家的偷情被凤姐发现，无辜的平儿成为贾琏和凤姐出气的对象，挨了凤姐几巴掌。看似贾琏偷情，凤姐占理，贾琏当众给凤姐赔了罪，可最风光的不是凤姐，却是平儿。

平儿挨打之后，尤氏首先替平儿申辩：“平儿没有不是，是凤丫头拿着人家出气。两口子不好对打，都拿着平儿煞性子。平儿委屈的什么似的呢，老太太还骂人家。”

李纨拉着平儿进了大观园。薛宝钗也劝着平儿道：“你是个明白人，素日凤丫头何等待你，今儿不过他多吃一口酒。他可不拿你出气，难道倒拿别人出气不成？别人又笑话他吃醉了。你只管这会子委屈，素日你的好处，岂不都是假的了？”

丫头琥珀也来传贾母的话：我知道她受了委屈，明儿我叫凤姐儿替她赔不是。今儿是她主子的好日子，不许她胡闹。

宝玉也让平儿到怡红院中来。袭人忙接着，笑道：“我先原要让你的，只因大奶奶和姑娘们都让你，我就不好让的了。”

宝玉代表凤姐和贾琏向平儿赔不是：“好姐姐，别伤心，我替他两个赔不是罢。”

几个嘴巴子，打出了贾府上上下下对平儿的敬重，之所以能达到这样的效果，是因为平儿的不争。

平儿虽然是贾琏的通房丫头，但从贾琏的奴才兴儿的嘴里得知，平儿和贾琏大约一年两年之间能有一次到一处团聚，凤姐口里还要掂十个过子，气得平儿哭闹一阵，凤姐倒反过来央告平儿。

被称为母夜叉的人，却怕起了屋里的人。兴儿评道：这就是俗语说的天下逃不过一个“理”字去。

而平儿能够留在凤姐身边，是因为凤姐一则要显贤良名儿，二则又要拴住贾琏的心。凤姐嫁过来没半年，贾琏房里的两个姨娘都被寻出不是来，打发出去了。别人虽不好说，凤姐自己脸上过不去，强逼着平儿作了房里人。因为平儿一是正经人，二是不挑妻窝夫，三是对凤姐忠心赤胆，凤姐才容下了平儿。

二

爱还是不爱？不爱就是爱。

被收作通房丫头的平儿，并没有成天去狐媚贾琏，而是选择跟凤姐站在一个队伍里，也就是跟贾府的主要势力贾母、王夫人站在一起。贾琏惧内，堂堂荣国府的长子长孙只有连偷带摸才能满足自己的性需求。凤姐的威风使平儿连碰都不让贾琏碰，其实不碰不等于不爱。

从平儿几次对贾琏的维护可以看出，平儿是爱着贾琏的。一次，贾琏被父亲贾赦打破了脸，平儿特地到宝钗处寻棒疮药，并咬牙切齿地骂贾雨村是“半路途中那里来的饿不死的野杂种”，只有恨之深，才能体现爱之切。

凤姐对贾琏的爱是独占与霸道，平儿对贾琏的爱是尊重和顺从。平儿惧让凤姐，尊重贾琏，是维护家庭和谐、息事宁人的一把好手。

第二十一回，凤姐的女儿巧姐出疹子，贾琏搬到外书房，借此机会与多姑娘鬼混。平儿在收拾贾琏的东西时，抖搂出一缕女人的头发，在凤姐的百般追问下，平儿巧妙地替贾琏遮掩了过去。

贾琏娶了尤二姐为二房奶奶，尤二姐被凤姐逼迫吞金自杀。为了给尤二姐出殡，贾琏打发丫头管凤姐要钱，凤姐只拿出了二三十两银子。还是平儿将二百两一包的碎银子偷了出来，到厢房拉住贾琏，悄递与他说：“你只别作声才好，你要哭，外头多少哭不得，又跑了这里来点眼。”

三

管还是不管？不管就是管。

站对了队伍的平儿成为凤姐的帮手，在大事上当参谋，小事上说了算。哪个小厮有过错，凤姐是不会原谅的，但只要求求平儿就算过去了。

书中第六十一回，王夫人屋里少了玫瑰露，凤姐知道后，主张“把太太屋里的丫头都拿来，虽不便擅加拷打，只叫他们垫着磁瓦子跪在太阳地下，茶饭也别给吃。一日不说跪一日，便是铁打的，一日也管招了”。平儿道：“何苦来操这心！‘得放手时须放手。’什么大不了的事，乐得不施恩呢。依我说，纵在这屋里操上一百分的心，终久咱们是那边屋里去的。没的结些小人仇恨，使人含怨。况且自己又三灾八难的，好容易怀了一个哥儿，到了六七个月还掉了，焉知不是素日操劳太过，气恼伤着的。如今乘早儿见一半不见一半的，也倒罢了。”一席话，说得凤姐倒笑了，说道：“凭你这小蹄子发放去罢。我才精爽些了，没的淘气。”

平儿妥善处理好此事后，吩咐林之孝家的道：“大事化为小事，小事化为没事，方是兴旺之家。若得不了一点子小事，便扬铃打鼓的乱折腾起来，不成道理。”

四

说还是不说？不说就是说。

凤姐养病期间，平儿协助李纨、探春、宝钗管理大观园，一方面要维护李纨等人的颜面，另一方面也要表达凤姐的意图。探春兴利除弊的每一项措施，平儿都给凤姐通风报信。

比如探春要把大观园里的花花草草分派给婆子们管理，从中谋取一些利益时，平儿道：“这件事须得姑娘说出来。我们奶奶虽有此心，也未必好出口。此刻姑娘们在园里住着，不能多弄些玩意儿去陪衬，反叫人去监管修理，图省钱，这话断不好出口。”

宝钗忙走过来，摸着平儿的脸笑道：“你张开嘴，我瞧瞧你的牙齿舌头是什么作的。从早起来到这会子，你说了这些话，一套一个样子，也不奉承三姑娘，也没见你说奶奶才短想不到，也并没有三姑娘说一句，你就说一句是；横竖三姑娘一套话出来，你就有一套话进去；总是三姑娘想的到的，你奶奶也想到了，只是必有个不可办的原故。这会子又是因姑娘住的园子，不好因省钱令人去监管。你们想想这话，若果真交与人弄钱去的，那人自然是一枝花也不许掐，一个果子也不许动了，姑娘们分中自然不敢，天天与小姑娘们就吵不清。他这远愁近虑，不亢不卑。他奶奶便不是和咱们好，听他这一番话，也必要自愧的变好了，不和也变和了。”

迎春的乳母偷了累丝金凤去当赌资，丫头绣桔与迎春乳母的儿媳妇闹得不可开交。平儿告诉那乳母的儿媳妇：“你迟也赎，早也赎，既有今日，何必当初。你的意思得过去就过去了。既是这样，我也不好意思告人，趁早去赎了来交与我送去，我一字不提。”

刚才还在迎春绣房大叫大闹的王住儿媳妇方放下心来，十分感谢平儿，又说：“姑娘自去贵干，我赶晚拿了来，先回了姑娘再送去，如何？”

平儿的立世之道是身世使然，她想在夹缝中生存下去，须左右逢源，见好就收；更是本性使然，那就是纯良，得饶人处且饶人。平儿借着凤姐之威，在贾府混得也算风生水起。

平儿是不平凡的，是《红楼梦》中少有的醒悟之人。平儿是主子和主子之间的平衡木，是主子与奴才之间的减压阀。

其实，人世间的事并没有什么正与对、是与非，没必要东风压倒西风，争个你高我低。以平常心处事，以慈悲心待人方是正道。

在《红楼梦》里，平儿没有判词，想必是跟香菱一样位于薄命司金陵十二钗副册。即使她以后地位有了改善，但贾家衰落，也只能苦苦巴巴地熬日子。但有了平和的心态，那日子必是苦中有乐。

中年读平儿，恍然又一悟。

32　妙玉之死

一

《红楼梦》里的妙玉，带发修行，处于“出世入世”之间，住在贾府的栊翠庵。不像黛玉、宝钗、湘云等，与贾府是亲戚关系，也不像凤姐、李纨、秦可卿等，是贾府的儿媳，更不像元春、迎春等，是贾府的家生女儿，但妙玉却位于红楼十二钗之正册第六位，于湘云之后。可见妙玉在全书中的地位仅次于黛玉、宝钗这样的近亲。

判词说她是：“欲洁何曾洁，云空未必空。可怜金玉质，终陷淖泥中。”这是说出身高贵的她想脱离这个腌臜的世界，但她内心深处对红尘还有着关注与眷恋。虽然是孤僻、高洁，但最后的结果还是沉落在社会的底层，被人欺凌，受尽凌辱。

妙玉的孤僻、高洁伴随着她第一次出现在《红楼梦》第十八回。加封为贤德妃的贾元春要省亲，在一系列的准备工作中，林之孝家的来回王夫人：“采访聘买得十个小尼姑、小道姑都有了，连新作的二十分道袍也有了。外有一个带发修行的，本是苏州人氏，祖上也是读书仕宦之家。因生了这位姑娘自小多病，买了许多替身儿皆不中用，到底这位姑娘亲自入了空门，方才好了，所以带发修行，今年才十八岁，法名妙玉。如今父母俱已亡故，身边只有两个老嬷嬷、一个小丫头服侍。文墨也极通，经文也不用学了，模样儿又极好。因听见‘长安’都中有观音遗像并贝叶遗文，去岁随了师父上来，现在西门外牟尼院住着。他师父极精演先天神数，于去冬圆寂了。妙玉本欲扶灵回乡的，他师父临寂遗言，说他‘衣食起居不宜回乡。在此静居，后来自然有你的结果’。所以他竟未回乡。”王夫人不等回完，便说：“既这样，我们何不接了他来。”林之孝家的回道：“接他，他说‘侯门公府，必以贵势压人，我再不去的。’”

这让我们对妙玉的身世有了一般的了解：苏州人氏，仕宦之家，父母双亡，体弱多病，孤芳自傲，活脱脱另一个林黛玉。

但妙玉却对世事、人生的清醒认识强于狗苟蝇营的须眉浊物，也强于富贵锦绣丛中的万艳与千红。

她认为：古人自汉晋五代唐宋以来皆无好诗，只有两句好，那就是“纵有千年铁门槛，终须一个土馒头”。

千年终有一死，富贵不过百年。贾府历经了五代的富贵，与贾府仅有一门之隔的妙玉，做着清醒的旁观者。

因此在《红楼梦》第七十六回，湘云与黛玉在凹晶馆联诗，当联到“寒塘渡鹤影，冷月葬花魂”时，妙玉走了出来，笑道：“好诗，好诗，果然太悲凉了。不必再往下联，若底下只这样去，反不显这两句了，倒觉得堆砌牵强。”二人皆诧异，因问：“你如何到了这里？”妙玉笑道：“我听见你们大家赏月，又吹的好笛，我也出来玩赏这清池皓月。顺脚走到这里，忽听见你两个联诗，更觉清雅异常，故此听住了。只是方才我听见这一首中，有几句虽好，只是过于颓败凄楚。此亦关人之气数而有，所以我出来止住。”

二

可是，看懂了人生富贵终为一空，听懂了诗情画意皆关气数的妙玉却期盼着自己的芳心能有人懂，按照师父的叮嘱，等着自己的了局。

在第四十一回，贾母带刘姥姥到栊翠庵游玩。妙玉领着黛玉和宝钗去吃茶。宝玉跟了进来，笑道：“偏你们吃梯己茶呢。”宝钗、黛玉都笑道：“你又赶了来餐茶吃。这里并没你的。”妙玉却将前番自己常日吃茶的那只绿玉斗来斟与宝玉，并告诉宝玉，如果他自己来，是没有这样的好茶吃的。

宝玉的到来，让妙玉的内心掀起了波澜，听了宝玉的一番话：“俗话说‘随乡入乡’，到了你这里，自然把那金玉珠宝一概贬为俗器了。”妙玉十分欢喜，以为宝玉懂自己。

以为宝玉明白自己的心，自己也明白宝玉的心。在《红楼梦》第六十三回，怡红院的人都忙着给宝玉过生日，妙玉打发个妈妈送来一张粉笺子，上面写着“槛外人妙玉恭肃遥叩芳辰”。这让宝玉有些为难，不知该怎样回复，后来经过邢岫烟的开导，写上了“槛内人宝玉熏沐谨拜”几字，亲自拿了到栊翠庵，只隔门缝儿投进去便回来了。

回来后，宝玉继续与众人胡闹，并没有像对林妹妹那样遇事前思后想，陪着小心，牵着心思。岫烟对妙玉还是有些了解的，岫烟告诉宝玉：“他这脾气竟不能改，竟是生成这等放诞诡僻了。从来没见拜帖上下别号的，这可是俗语说的‘僧不僧，俗不俗，女不女，男不男’，成个什么道理。”宝玉听说，忙笑道：“姐姐不知道，他原不在这些人中算，他原是世人意外之人。因取我是个些微有知识的，方给我这帖子。”

在宝玉看来，妙玉与自己分明是两路人：一个是世人，一个是畸人；一个是世间扰扰之人，一个是畸零之人；一个是槛外之人，一个是槛内之人。因此厮混在姊妹中的宝玉并不懂妙玉之心，即使懂了，按照妙玉的怪诞，也无力回应。

《红楼梦》十二支曲中的《世难容》这样说妙玉：“气质美如兰，才华阜比仙。天生成孤癖人皆罕。你道是啖肉食腥膻，视绮罗俗厌；却不知太高人愈妒，过洁世同嫌。可叹这，青灯古殿人将老；辜负了，红粉朱楼春色阑。到头来，依旧是风尘肮脏违心愿。好一似，无瑕白玉遭泥陷；又何须，王孙公子叹无缘。”

在青灯古佛旁，辜负了青春的侯门小姐等着自己的了局，等来的却是厄运。

三

依附在贾府的妙玉，自然与贾府休戚与共。

贾芹，贾府草字辈远房子孙。在第二十三回，提到贾芹。元春省亲后，“玉皇庙并达摩庵两处，一班的十二个小沙弥并十二个小道士，如今挪出大观园来，贾政正想发到各庙去分住。不想后街上住的贾芹之母周氏，正盘算着也要到贾政这边谋一个大小事务与儿子管管，也好弄些银钱使用，可巧听见这件事出来，便坐轿子来求凤姐”。在凤姐和贾琏的周旋下，贾芹得到了管理小和尚、小道士的差事。

得到差事的贾芹，面对银库上按数发出的三个月的供给，白花花二三百两银子，随手拈一块撂予掌平的人，叫他们吃茶，再命小厮将银子拿回家，与母亲商议。贾芹雇了大叫驴，又雇了几辆车，至荣国府角门，唤出二十四个人来，坐上车，往城外铁槛寺去了。

在第五十三回，得到这个肥差的贾芹，在没人通知的情况下还惦记着族里分的年货，被贾珍看见，教训了一顿。贾珍说道：“你作什么也来了？谁叫你来的？”贾芹垂手回说：“听见大爷这里叫我们领东西，我没等人去就来了。”贾珍道：“我这东西，原是给你那些闲着无事的无进益的小叔叔兄弟们的。那二年你闲着，我也给过你的。你如今在那府里管事，家庙里管和尚道士们，一月又有你的分例外，这些和尚的分例银子都从你手里过，你还来取这个，太也贪了！你自己瞧瞧，你穿的象个手里使钱办事的？先前说你没进益，如今又怎么了？比先倒不象了。”贾芹道：“我家里原人口多，费用大。”贾珍冷笑道：“你还支吾我。你在家庙里干的事，打谅我不知道呢。你到了那里自然是爷了，没人敢违拗你。你手里又有了钱，离着我们又远，你就为王称霸起来，夜夜招聚匪类赌钱，养老婆小子。这会子花的这个形象，你还敢领东西来？领不成东西，领一顿驮水棍去才罢。等过了年，我必和你琏二叔说，换回你来。”

四

自立为王、招匪聚赌、养老婆小子，贾府用这样的子弟管理庙里的和尚，哪里还有什么佛门清规之地。依附在贾府的妙玉，必然也是这帮子弟的囊中之物。

贾府兴盛之时，贾母、王夫人照看着妙玉，因为贾母慈善，心机不外露；王夫人好佛，装作慈悲。看在贾母、王夫人的面子上，贾府这帮子弟不敢轻举妄动。等到贾母归了西，贾家遭了难，黛玉上吊自尽，宝钗、宝玉完婚，还有谁照看着妙玉，她只能任这帮子弟算计。所以说，妙玉最后的结局是风尘肮脏违心愿，无瑕白玉遭泥陷。

可是按照妙玉孤僻、高洁的品行，即使身陷腌臜之地，被贾府的子弟如贾芹之流奸污、卖入烟花巷，也不能违了自己的心愿，因此妙玉只有一死。

其实，书中第四十一回就暗示过妙玉的结局。对刘姥姥喝过茶的杯子，宝玉表示："那茶杯虽然脏了，白撂了岂不可惜？依我说，不如就给那贫婆子罢，他卖了也可以度日。你道可使得。"妙玉表示："这也罢了。幸而那杯子是我没吃过的，若我使过，我就砸碎了也不能给他。你要给他，我也不管你，只交给你，快拿了去罢。"妙玉对属于自己的物品如此，对自己的身体发肤更会如此。

其实，带发修行的妙玉应该懂得，人间就是地狱，充满了魑魅魍魉，充塞着妖魔鬼怪。因此，参透了世事，参透了人生，唯独参不透自己归途的妙玉，受到玷污后只有一死。违背心愿的事，妙玉是万万做不来的。

对妙玉而言，千古艰难唯一死。但只有死，才能去彼净土，到达她所幻想的极乐世界。

33　姨妈三迁

孟母三迁，是中华民族流传了几千年的佳话。这个故事一是说明近朱者赤，近墨者黑，小孩子的品性与自小居住的环境、接触的人都有关系；二是说明在孩子的成长过程中，父母是最好的老师，其作用不可小觑。

《红楼梦》里的王子腾、王夫人之妹，嫁与“丰年好大雪，珍珠如土金如铁”紫薇舍人薛公之后人为妇，薛蟠、薛宝钗两兄妹的亲生母亲薛姨妈，也曾三迁，其中的一个目的也是为了管束独根孤种的儿子薛蟠，最终却是苦心付东流。

究其原因：母爱无度，骄奢纵容。

书中第四回交代：“只是如今这薛公子幼年丧父，寡母又怜他是个独根孤种，未免溺爱纵容，遂至老大无成；且家中有百万之富，现领着内帑钱粮，采办杂料。这薛公子学名薛蟠，表字文起，五岁上就性情奢侈，言语傲慢。虽也上过学，不过略识几字，终日惟有斗鸡走马，游山玩水而已。虽是皇商，一应经济世事，全然不知，不过赖祖父之旧情分，户部挂虚名，支领钱粮，其馀事体，自有伙计老家人等措办。”

在金陵，薛家被称为金陵一霸，倚财仗势，豪奴无数。因为“最是天下第一个弄性尚气的人，而且使钱如土”，钱多人傻，薛蟠也被称为呆霸王。为了争夺一个丫头，薛蟠恃强喝令家下豪奴将另一买家冯渊打死。打死人后，薛蟠便将家事托付给几个老家人，带着母亲和妹妹望京都而来。“人命官司一事，他竟视为儿戏，自为花上几个臭钱，没有不了的”。这是薛蟠的见识，恐怕也是平时耳濡目染的结果。

薛蟠打死人前，薛姨妈一家正打算送宝钗进京，备选为公主、郡主之入学陪侍，混个才人、赞善之职，以光耀门庭。忙着核算京都中的几处生意和入部销算旧账，再计新支，忙着打点细软及馈送亲友各色土物人情。薛蟠打死人后，薛姨妈急忙捎信给王子腾和王夫人，让京都中的贾家、王家鼎力斡旋。最后，案子落在受过贾家恩惠的贾雨村手里，贾雨村便胡乱判了薛蟠一案。为依附上“贾、史、王、薛”四大家族，贾雨村急忙修书两封，告诉王子腾和贾政薛蟠一案已了结，不必过虑，妥妥把心放回肚子里吧。

不久，薛家带着抢来的丫头香菱毫无愧色地登堂入贾府。

将进京都时，王家最大的靠山王子腾升了九省统制，奉旨出都查边。这正中薛蟠下怀：“我正愁进京去有个嫡亲的母舅管辖着，不能任意挥霍挥霍；偏如今又升出去了，可知天从人愿。”

为管束儿子，薛姨妈选择留在贾府，指望薛蟠的姨爹贾政来管教自己的儿子。于是，一家三口在贾府东北角上、当年荣国公暮年静养之所——梨香院安下了家。

在贾府住了不上一月的光景，贾宅族中凡有的子侄，薛蟠已认熟了一半，“今日会酒，明日观花，甚至聚赌嫖娼，渐渐无所不至，引诱的薛蟠比当日更坏了十倍”。

在这种环境下，不仅薛姨妈有了要在贾府长住的愿望，就是薛蟠也将移居之念渐渐打消了。

此次搬迁后，薛姨妈继续满足着薛蟠、溺爱着薛蟠，将抢来的丫头香菱明堂正道地与他作了妾。用凤姐的话说：“这一年来的光景，他为要香菱不能到手，和姨妈打了多少饥荒。也因姨妈看着香菱模样儿好还是末则，其为人行事，却又比别的女孩子不同，温柔安静，差不多的主子姑娘也跟他不上呢，故此摆酒请客的费事，明堂正道的与他作了妾。过了没半月，也看的马棚风一般了，我倒心里可惜了的。”

贾琏虽然好色，也说出了一句公道话：那薛大傻子真玷辱了她。

因为不得而要，得了后便丢在一边。恃“财”傲物，唯我独尊，就是薛蟠的嘴脸。

待准备贾元春省亲，贾府修盖大观园，贾蔷从姑苏买来十二个女孩子。薛姨妈一家从梨香院另迁到东北上一所幽静房舍居住，将梨香院腾挪出来，另行修理了，在此教演女戏。

再迁后的薛姨妈似乎越来越习惯贾府的熙攘繁华与污秽不堪，一边赔着小心，奉承着贾母；一边散布着“金玉良缘"之说。儿子不成器，便把希望寄托在女儿身上，希望落选后的女儿能嫁个如意郎君。

天下母亲之心，莫不如此。

此时的宝钗已到了及笄之年，十五岁，薛蟠十七岁，正是儿女婚嫁之时，可就是没有人到薛家来提亲。羞愧之中，贾母偏偏提出给十五岁的薛宝钗过生日，等于堂而皇之地告诉薛姨妈：你家姑娘大了，该嫁人了。

还是宝钗随机应变，借看戏之机，给宝玉讲了《山门》中的一段，《寄生草》唱词："漫揾英雄泪，相离处士家。谢慈悲剃度在莲台下。没缘法转眼分离乍。赤条条来去无牵挂。那里讨烟蓑雨笠卷单行？一任俺芒鞋破钵随缘化！"

借戏中鲁智深之口，宝钗一是感谢贾府收留之恩，二是表明母子三人无可依靠，三是希望与有缘人结成姻缘。

而此时的薛蟠，不仅没有成为薛家的顶梁柱，为母亲妹妹解忧，还继续吃喝嫖赌，游荡优伶，成为亲戚们的笑柄。

书中第四十七回，赖尚荣请客，请来爱串戏的柳湘莲。薛蟠误认为柳湘莲是风月场中人，反遭到柳湘莲的一顿苦打，被贾蓉等抬到家里。

薛姨妈又是心疼，又是发恨，骂一回薛蟠，又骂一回柳湘莲，想告诉王夫人遣人寻拿柳湘莲。

让贾府为自己和儿子撑腰，恃强凌弱，正是薛姨妈长住贾府的原因之一。在薛姨妈眼里，薛蟠何曾挨过这样的苦打，就是打死了人也没少过一根毫毛；只有他人的错处，没有薛蟠的不对。既然儿子不行，就让有权有势的亲戚替儿子出气。

还是宝钗的规劝才让薛姨妈暂熄怒火。宝钗说:“这不是什么大事，不过他们一处吃酒，酒后反脸常情。谁醉了，多挨几下子打，也是有的。况且咱们家的无法无天，也是人所共知的。妈不过是心疼的缘故。要出气也容易，等三五天哥哥养好了出的去时，那边珍大爷琏二爷这干人也未必白丢开了，自然备个东道，叫了那个人来，当着众人替哥哥赔不是认罪就是了。如今妈先当件大事告诉众人，倒显得妈偏心溺爱，纵容他生事招人，今儿偶然吃了一次亏，妈就这样兴师动众，倚着亲戚之势欺压常人。”

薛姨妈与宝钗是五十步与百步的区别，这也是有钱有势之豪门望族的思维定势:只要吃了亏，必要讨回来。“顺我者昌，逆我者亡”，哪管孰对孰非。

古人说，道德传家，十代以上，耕读传家次之，诗书传家又次之，富贵传家，不过三代。薛家世代为商，家财百万，可独子薛蟠不仅缺德，还远离耕读与诗书。一味靠亲戚撑腰，靠银子说话，家族衰落就在眼前。

人到中年后的软弱和丧夫后的畏缩，使薛姨妈贪恋在贾府看到的些许希望与支撑。这些支撑可以维持昔日的体面，满足曾经的需求，安慰家族衰败后的寂寞。走着走着就成了单身女人的薛姨妈，将全部的希望和爱都倾注于自己的一儿一女身上。

母爱无罪。可要警惕母爱的泛滥与无节制。

当薛蟠装病在家，愧见亲友，想借学做买卖出去躲羞时，薛姨妈虽是欢喜，但又恐他在外生事，因此不命他去。只说："好歹你守着我，我还能放心些。况且也不用做这买卖，也不等着这几百银子来用。你在家里安分守己的，就强似这几百银子了。"

话是没错，可薛蟠也需要成长。

薛蟠主意已定，哪里肯依。只说："天天又说我不知世事，这个也不知，那个也不学。如今我发狠把那些没要紧的都断了，如今要成人立事，学习着做买卖，又不准我了，叫我怎么样呢？我又不是个丫头，把我关在家里，何日是个了日？"

在宝钗的劝说下，薛姨妈狠心同意了薛蟠的请求。认为：花两个钱，叫他学些乖来也值了。

儿行千里母担忧。次日，薛姨妈命人请了世交张德辉来，在书房中命薛蟠款待酒饭，自己在后廊下，隔着窗子，向里千言万语嘱托张德辉照管薛蟠。

母子连心。母亲爱孩子是天职，何况是独子。可是每个人爱的方式不一样。王夫人爱宝玉，李纨爱贾兰，是有束缚的爱、有规矩的爱，有时恩威并施。不外是希望自己的孩子长大成人，成为家族的脊梁，出人头地，光耀门楣。

薛姨妈也希望如此。

可薛姨妈的爱是溺爱、滥爱，以至于薛蟠老大无成。后来薛蟠娶了妻，在妻子夏金桂面前挺不起脊梁，缺少男人的刚性，一家子被夏金桂搅得鸡犬不宁。薛蟠又好色，与夏金桂的丫头宝蟾勾搭在一起，被夏金桂拿住了把柄，从此，从之前的"气质刚硬，举止骄奢"，逐渐变成"旗纛渐倒"。

既张狂，又猥琐；既刚硬，又懦弱；既善变，又执拗，被溺爱的孩子一般都是如此的双重性格。薛蟠又胸无点墨，竟把"唐寅"二字认作是“庚黄”。无以修身，何以齐家，治国平天下更是妄谈。

有时，爱也是害。

可喜的是薛蟠虽然不识得几个字，却也懂得人情世故，懂得与周围的人处好关系。贾珍为秦可卿准备棺木时，薛蟠告诉贾珍：“我们木店里有一副板，叫作什么樯木，出在潢海铁网山上，作了棺材，万年不坏。”当贾珍笑问：“价值几何？”薛蟠笑道：“拿一千两银子来，只怕也没处买去。什么价不价，赏他们几两工钱就是了。”

薛蟠懂得怜惜母亲与妹妹。宝玉挨打后，薛蟠与宝钗拌嘴，说错了话，惹得宝钗哭了一夜。当第二天看见宝钗时，薛蟠便对着宝钗左一个揖，右一个揖，只说：“好妹妹，恕我这一次罢！原是我昨儿吃了酒，回来的晚了，路上撞客着了，来家未醒，不知胡说了什么，连我自己也不知道，怨不得你生气。”后来，又赌身发誓：“何苦来，为我一个人，娘儿两个天天操心！妈为我生气还有可恕，若只管叫妹妹为我操心，我更不是人了。如今父亲没了，我不能多孝顺妈多疼妹妹，反教娘生气妹妹烦恼，真连个畜生也不如了。”

虽然是暂时的醒悟和悔恨，但薛姨妈心里必定是甜丝丝的。浪子回头金不换。作为母亲，只要有那么一点点安慰就足矣。

34　宝钗的心机

一

“宝剑锋从磨砺出，梅花香自苦寒来”，这句话很适合薛宝钗。未到及笄之年的薛宝钗，人生已经历了两次打击。

第一次是痛失父爱，家道中落。书中第四回介绍宝钗：当日有他父亲在日，酷爱此女，令其读书识字，较之乃兄竟高过十倍。自父亲死后，见哥哥不能依贴母怀，他便不以书字为事，只留心针黹家计等事，好为母亲分忧解劳。

薛家家大业大，金陵世家，有百万之富，但薛蟠却终日斗鸡走马，言语傲慢，经济世事全然不知。薛父死后，家中各处买卖虽有旧伙计、老家人措办，但也有趁机拐骗起来的家人，京都几处生意渐亦消耗。可见宝钗也见识了世态炎凉，体会到了人心叵测。寡母愚兄，能者多劳，小小年纪就为家计操碎了心。

第二次是投亲靠友，备选失利。书中第四回介绍，“近因今上崇诗尚礼，征采才能，降不世出之隆恩，除聘选妃嫔外，凡仕宦名家之女，皆亲名达部，以备选为公

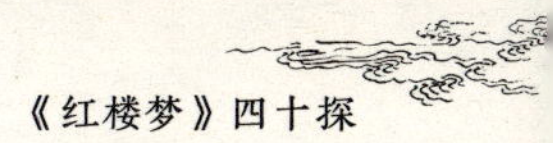

主郡主入学陪侍，充为才人赞善之职”。

一为送妹待选，二为望亲，三为入部销算旧账再计新支，借故游览上国风光，年方十有五岁的薛蟠薛文起，带着寡母贤妹向京都逶迤而来。

为了管束儿子，薛姨妈借坡下驴，接受了贾政及贾母的挽留，在当年荣国公静养之所——梨香院住下。书中第七回，从王夫人的陪房周瑞家的送宫花这一情节可推测出，宝钗备选失利，以养病为由，托故不出。宝玉问周瑞家的：“宝姐姐在家作什么呢？怎么这几日也不过这边来？”周瑞家的回答：“身上不大好呢。”

经历了两次打击的薛宝钗渐渐成熟老练起来，正如黛玉在第五十七回中评价宝钗：离开了姨妈，就是最老道的；见了姨妈，就开始撒娇。

二

黛玉在追求爱情的道路上披荆斩棘、特立独行、一往无前，有时闹得惊天动地、众人皆知。与林黛玉相比，老道的薛宝钗在追求幸福的路上则知道什么是迂回委婉、圆滑世故；什么是以退为进，得人心者得天下。

宝玉与宝钗的正式接触是第八回，宝玉探望生病的宝钗。宝玉看宝钗：“先就看见薛宝钗坐在炕上作针线，头上挽着漆黑油光的鬈儿，密合色棉袄，玫瑰紫二色金银鼠比肩褂，葱黄绫棉裙，一色半新不旧，看去不觉奢华。唇不点而红，眉不画而翠，脸若银盆，眼如水杏，罕言寡语，人谓藏愚；安分随时，自云守拙。”

然后写宝钗看宝玉：“头上戴着累丝嵌宝紫金冠，额上勒着二龙抢珠金抹额，身上穿着秋香色立蟒白狐腋箭袖，系着五色蝴蝶鸾绦，项上挂着长命锁、记名符，另外有一块落草时衔下来的宝玉。”

两个人坐在暖炕上，互相看着各自的配饰，一个是从娘胎里带来的，一个是癞头和尚给的话錾的。最后甚至宝钗的丫鬟莺儿都觉得两人配饰上的“不离不弃，芳龄永继”和“莫失莫忘，仙寿恒昌”是一对。莫不是天意如此?

从此宝钗便对宝玉另眼相待了。

而宝玉此时精神上的恋爱对象是林黛玉，肉体上的爱恋对象是袭人，对宝钗的高看一眼似乎并没放在心上。

可对宝钗来说，人生的又一次机会来了。宝钗开始酝酿怎样逆转被动局势，做到后来者居上。

天赐良机。端午节，元春赏赐宝钗与宝玉一样的礼物。这是一种补偿，补偿宝钗在备选时王家和贾府没有帮上忙；也是一种暗示，暗示将来的宝钗可以作为宝玉娶妻的候选对象。这让宝钗有了底气。

书中第二十八回写道：“宝钗因往日母亲对王夫人曾提过‘金锁是个和尚给的，等日后有玉的方可结为婚姻’等语，所以总远着宝玉。昨日见元春所赐的东西，独他和宝玉一样，心里越发没意思起来。幸亏宝玉被一个林黛玉缠绵住了，心心念念只记挂着林黛玉，并不理论这事。”

明明知道宝玉的心中只有黛玉，为什么第二天就把娘娘给的红麝串子戴在了腕上？似乎是对金玉良缘的认可，也是对木石姻缘的宣战。

三

先得人心，再得宝玉。

宝钗十五岁生日时，贾母拿出二十两银子亲自替宝钗过生日，宝钗知贾母喜爱热闹戏文和甜烂之食，便在贾母问自己时都拣其喜欢的说了，让贾母十分喜悦。

丫鬟金钏跳井死后，宝钗及时安慰王夫人，并把自己新做的两件衣服作了金钏的丧服，赢得了王夫人的赞赏。

宝钗帮助拮据的史湘云开诗社举办螃蟹宴，以致快人快嘴的史湘云多次称赞宝姐姐。

协助探春管理大观园，施小惠，兴利除弊，使主子、奴才一片欢呼。

笼络黛玉，夜送燕窝，使黛玉“孟光接了梁鸿案”，两人成为知己。

甚至对庶出的贾环也关照有加，视其与宝玉一样，不分嫡庶。后来赵姨娘亲自捧着宝钗送给贾环的礼物到王夫人跟前称赞宝钗识大体、会做人，王夫人虽然连头都没抬，只说了一句“收了去给环儿玩罢”，但心里却是赞美宝钗的。

有了强大的后盾，宝钗便可以跟黛玉公开叫板。而这种叫板带着充分的准备和必胜的信心，带着商人出身特有的假仁假义，表面上满口仁爱，实则充满算计，暗藏杀机。

宝钗、黛玉围绕宝玉发生过几次冲突。这些冲突都是柔情中带着嘲弄，诙谐中带着挖苦，心中妒火熊熊，目的则是不可告人的。宝钗最公开的一次叫板是在第三十回。

宝玉和黛玉吵完架和好后，被凤姐领着去见贾母，此时宝钗也在。那林黛玉只一言不发，挨着贾母坐下。宝玉没什么说的，便向宝钗笑道："姐姐怎么不看戏去？"宝钗道："我怕热，看了两出，热的很。要走，客又不散。我少不得推身上不好，就来了。"宝玉听说，自己由不得脸上没意思，只得又搭讪笑道："怪不得他们拿姐姐比杨妃，原来也体丰怯热。"宝钗听说，不由大怒，待要怎样，又不好怎样。

二人正说着，可巧小丫头靛儿因不见了扇子，和宝钗笑道："必是宝姑娘藏了我的。好姑娘，赏我罢。"宝钗此时醋意十足，撕下了"行为豁达，随分从时"的伪装面具，指着靛儿道："你要仔细！我和你顽过，你再疑我。和你素日嘻皮笑脸的那些姑娘们跟前，你该问他们去。"

林黛玉听见宝玉奚落宝钗，心中着实得意，才要搭言也趁势儿取个笑，不想靛儿因找扇子，宝钗又发了两句话，便改口笑道："宝姐姐，你听了两出什么戏？"宝钗因见林黛玉面上有得意之态，一定是听了宝玉方才奚落之言，遂了黛玉的心愿，忽又见问这话，便笑道："我看的是李逵骂了宋江，后来又赔不是。"宝玉便笑道："姐姐通今博古，色色都知道，怎么连这一出戏的名字也不知道，就说了这么一串子。这叫《负荆请罪》。"宝钗马上回道："原来这叫作《负荆请罪》！你们通今博古，才知道'负荆请罪'，我不知道什么是'负荆请罪'！"

一句话还未说完，宝玉、林黛玉二人心里有“病”，听了这话早把脸羞红了。

凤姐但见他三人形景，便知宝钗在与黛玉争风吃醋，便也笑着问道：“你们大暑天，谁还吃生姜呢？”众人不解其意，便说道：“没有吃生姜。”凤姐故意用手摸着腮，诧异道：“既没人吃生姜，怎么这么辣辣的？”

在追求幸福的道路上，宝钗的坚定勇猛不逊于林黛玉的痴心缠绵。两人方法不同，殊途归一。关键时刻，宝钗也会软中带硬、夹枪带棒地对林黛玉进行反击。

四

宝钗对宝玉最深情的一次表白是在第三十四回。宝玉挨打后，宝钗第一个出场。只见宝钗手里托着一丸药走进来，向袭人说道：“晚上把这药用酒研开，替他敷上，把那淤血的热毒散开，可以就好了。”宝钗见宝玉睁开眼说话，不像先时，心中也宽慰了好些，便点头叹道：“早听人一句话，也不至今日。别说老太太、太太心疼，就是我们看着，心里也疼。”宝钗自悔说得急了，表白得太直接了，不觉红了脸，垂下了头。

宝玉听得这话如此亲切稠密，大有深意，又见宝钗咽住不往下说，红了脸，低下头只管弄衣带，那一种娇羞怯怯，非可形容得出者，不觉心中大畅，将疼痛早丢在九霄云外，心中亦想：“我不过捱了几下打，他们一个个就有这些怜惜悲感之态露出，令人可玩可观，可怜可敬。假若我一时竟遭殃横死，他们还不知是何等悲感呢！”

听茗烟说，宝玉挨打是薛蟠在中挑唆，宝钗回到家里，明则奉劝哥哥，实则发泄对哥哥的不满。薛蟠却道，是因为宝玉的那块玉，宝钗才护着宝玉。一句话把宝钗的心事勾引了出来，宝钗回到房里整整哭了一夜。

这一夜，宝钗必是辗转反侧，患得患失；必是欲得而不能，满腹心事无人倾诉；必是痛恨哥哥惹是生非，给自己帮倒忙。

同病相怜，黛玉懂得宝钗。次日早起来，独立在花荫之下的黛玉，看见宝钗无精打采的样子，又见眼上有哭泣之状，便在后面笑道：“姐姐也自保重些儿。就是哭出两缸眼泪来，也医不好棒疮！”

贴身丫鬟莺儿也知道主子的心事。在第三十五回，莺儿给宝玉打络子，告诉宝玉：“你还不知道我们姑娘有几样世人都没有的好处呢，模样儿还在次。”宝玉见莺儿娇憨婉转，语笑如痴，早不胜其情了，哪更提起宝钗来！

没想到刚刚回去吃完饭的宝钗又转了回来，帮助莺儿替宝玉打络子，并建议“倒不如打个络子把玉络上呢”。一句话提醒了宝玉，便拍手笑道：“倒是姐姐说得是，我就忘了。只是配个什么颜色才好？”宝钗道：“若用杂色断然使不得，大红又犯了色，黄的又不起眼，黑的又过暗。等我想个法儿：把那金线拿来，配着黑珠儿线，一根一根的拈上，打成络子，这才好看。”

宝玉的贴身配饰，尤其是那块玉的络子，大多是袭人和黛玉打理，此时，宝钗大有鸠占鹊巢之意。

宝玉挨打，宝钗接二连三地来到怡红院，大大方方向宝玉表达关切，这既可看作男女之情，又可看作兄妹之情，也是向所有人发出强烈的暗示，并得到了回应，贾府最高权威者贾母就称赞："提起姊妹，不是我当着姨太太的面奉承，千真万真，从我们家四个女孩儿算起，全不如宝丫头。"王夫人也忙笑道："老太太时常背地里和我说宝丫头好，这倒不是假话。"

这是宝钗"反转之战"最大的一次胜利。

35　有缘无情——薛宝琴

话说：有缘千里来相会，无缘对面不相识。书中第四十九回，正当大家邀请香菱加入海棠诗社，香菱还在似信非信之际，几个小丫头并几个老婆子走来，都笑道："来了好些姑娘奶奶们，我们都不认得，奶奶姑娘们快认亲去！"薛宝琴首次出现在众人眼前。

她的出现宛若一道彩虹，明媚而艳丽，清澈而高贵，更兼她的博学多才，豁达随分，不仅将宝钗比了下去，连贾母也将疼黛玉、宝玉之心挪到宝琴身上，不仅赏赐了凫靥裘，还让宝琴跟着自己一起安寝。

当贾母一再表现出对宝琴的喜爱，打发人告诉宝钗别委屈了宝琴时，一向大度的宝钗也有些羡慕，甚至嫉妒地说："你也不知是那里来的福气！你倒去罢，仔细我们委曲着你。我就不信我那些儿不如你。"

薛宝琴是宝钗的堂妹，早年许与了梅翰林之子，其哥哥薛蝌带其入京是准备将她发嫁。与她一同到贾府的还有：李纨寡婶的两个女儿李纹、李绮，邢夫人的侄女邢岫烟。贾宝玉对这四个人的评价是："更奇在你们成日家只说宝姐姐是绝色的人物，你们如今瞧瞧他这妹子，更有大嫂嫂这两个妹子，我竟形容不出了。”袭人问探春：“他们说薛大姑娘的妹妹更好，三姑娘看着怎么样？”探春道：“果然的话。据我看，连他姐姐并这些人总不及他。”

耀眼的宝琴瞬间成为大观园里的百花之首、花中之王。《红楼梦》第五十回，明写众美赏雪联诗、踏雪咏梅，暗则是写薛宝琴内外兼修之美。

宝琴外在之美，比画上的还美。书中第五十回，当贾母看见宝琴披着凫靥裘站在山坡上，身后一个丫鬟抱着一瓶红梅时，喜得笑道：“你们瞧，这山坡上配上他的这个人品，又是这件衣裳，后头又是这梅花，象个什么？”众人都笑道：“就象老太太屋里挂的仇十洲画的《艳雪图》。”贾母摇头笑道：“那画的那里有这件衣裳？人也不能这样好！”

宝琴内在之美，美在见识超凡，品味高雅。当宝钗、黛玉、湘云等咏雪联诗时，初来乍到的宝琴当仁不让，以敏锐的反应和卓越的才情与黛玉、湘云争得个你来我往，不相上下。用湘云的话说：不是在作诗，竟是抢命了。咏梅时，宝琴的一首《咏红梅花得“花”字》：“疏是枝条艳是花，春妆儿女竞奢华。闲庭曲槛无余雪，流水空山有落霞。幽梦冷随红袖笛，游仙香泛绛河槎。前身定是瑶台种，无复相疑色相差。”被公认作得好，压过邢岫烟和李纹，夺得头筹，并让宝玉另眼相看。

阅人无数的贾母与宝琴特别投缘，不仅一见面就喜欢得不得了，逼着王夫人认了干女儿，想将其许配给宝玉。

宝琴与黛玉投缘。书中写道，宝玉素知黛玉有些小性儿，恐怕贾母疼宝琴，她心中不自在。却不知黛玉声色亦不似往时，赶着宝琴叫“妹妹”，并不提名道姓，直是亲姊妹一般。那宝琴年轻心热，又见诸姊妹都不是那轻薄脂粉，其中又见林黛玉是个出类拔萃的，便更与黛玉亲敬异常。

两人不仅性格投缘，就是在诗词的风格上，宝琴也开始喜欢黛玉凄婉悱恻的风格。书中第七十回黛玉作《桃花行》，宝玉看了，痴痴呆呆滚下泪来。宝琴让宝玉猜是谁作的，宝玉说是黛玉作的，宝琴回答：“现是我作的呢。”从人到诗，简直是爱屋及乌。

据薛姨妈讲，见多识广的薛宝琴从小见的世面倒多，跟着父母四山五岳都走遍了。父亲各处因有买卖，带着家眷，一省逛一年，所以天下十停走了有五六停了。那年逛到京都，便将宝琴许给了梅翰林的儿子，第二年父亲就辞世了，如今母亲又患了痰症。

薛宝琴从第四十九回到第八十回，一直住在贾府，虽然被许给了梅翰林的儿子，但婚讯却遥遥无期；虽然像黛玉一样惹人怜爱，但也是个薄命女儿，与宝玉只是有缘相见，无情相守。

大观园里的最后一次起社，将海棠诗社改为桃花诗社，以飘飞的柳絮为题，限作成小令，这也暗示着宝琴漂泊不定的命运。有薛宝琴的《西江月》为证：

“汉苑零星有限，隋堤点缀无穷。三春事业付东风，明月梅花一梦。几处落红庭院，谁家香雪帘栊？江南江北一般同，偏是离人恨重！”

宝琴父亲辞世，母亲患痰症，客居亲属家，类似游子，虽有贾母关爱，也并不能事事遂心。其中“三春事业付东风”，隐喻包括宝琴在内的大观园群芳的美好时日即将过去。“梅花一梦”，按照曹雪芹伏笔埋线的写法，应该是指宝琴与梅翰林之子的婚事终成南柯一梦，也暗示着宝琴将来的命运也许同大观园里的女儿们一样随风零落。

而宝玉接着探春的《南柯子》前半阕写出的后半阕：“落去君休惜，飞来我自知。莺愁蝶倦晚芳时，纵是明春再见，隔年期！”像是在自说自话：人的聚散如同天上飘飞的柳絮一样飘忽不定，如果有缘，明年相见。似乎也是在与宝琴、探春道别。

36 香菱的善良

一

香菱的人生是悲惨的，也是短暂的。位于薄命司副册第一位的香菱出现在《红楼梦》的第一回，直到第八十回，香菱的命运走向还没有完结。从五岁被拐，到在薛家做妾，到被夏金桂凌辱折磨，最后至死，用“悲惨”二字来形容香菱坎坷的命运并不过分。

尽管命运坎坷，但香菱的人生也是有亮色的。这亮色是悲惨人生中的一丝曙光，是薄凉世界中的一抹温馨，是短暂生命中的片刻辉煌。有了这抹亮色，香菱的悲惨人生才有了诗情画意，有了浪漫情怀，有了悲中苦、苦中甜。

作为薛家买来的奴婢，香菱无法主宰自己的命运甚至生死。可作为乡宦之家出身的香菱凭着天资与善良，苦中作乐，拓展了人生的宽度，增添了诗情与画意。

香菱的善良源于家传。父亲甄士隐秉性恬淡，母亲性情贤淑。由于心不设防，在没有深入了解的情况下，父亲甄士隐资助了借住在葫芦庙里的一个名叫贾雨村的穷儒五十两银子和两套冬衣，只是出于好心，出于惜才爱才之心，并没想得到回报。

这个当年在自己家吃完喝完还带走银子的穷儒考取功名后，做了一方之地的父母官。明明知道杀人偿命、欠债还钱，明明知道跪在眼前的女子就是曾经资助他考取功名的甄士隐被拐的女儿，但他却乱判葫芦案，只想讨好当时的薛家，从而攀上“贾、史、王、薛”这一损俱损，一荣俱荣的四大家族，任凭无辜的恩人之女香菱或死或活。从此香菱被逼上另一条悲惨之路，被金陵四大家族之一的薛家公子薛蟠买去做妾，逃出了狼窝又落入了虎口。

一场大火，甄家被烧成一片瓦砾场，甄士隐只能投奔岳父，但遇人不淑，被岳父半哄半赚，骗走了钱财，急愤悲痛，贫病交加。在跛足道人的点拨下，甄士隐参悟了人生，注解了《好了歌》，明白了世事的无常变化，抛下家里的妻子、俊俏的丫鬟、思念的女儿，随和尚道士而去。

二

被卖到薛家的香菱，却从另一个角度参透了生命的本质。当周瑞家的问她，是否还记得父母是谁、家在哪里、今年几岁了的时候，香菱统统摇头，回答不记得了。

可是拥有幸福童年的香菱，怎么会忘记母亲慈祥的面容、父亲温暖的怀抱，还有那个看灯的夜晚，自己是如何被一双陌生的大手捂着嘴巴，带到一个陌生的地方，虽然哭过、叫过，可换来的是一顿顿的毒打？怎么会忘记对自己一见倾心的冯公子，这个稍稍给了自己一点安慰、一点希望的男子？怎么会忘记大堂上那个似曾相识的面孔，在自己家里被父亲待为座上宾，喝酒吟诗，最后还给了盘缠，去求取了功名的人？怎么会忘记当初庙里的那个小沙弥，经常对自己露出调皮的笑容，从父亲的怀里接过自己，想方设法博得自己一笑的人？可是人心难测，命运多变，从前的所有记忆，苦难的、幸福的、悲愤的、惋惜的都已经过去了，只有将它们埋葬才能开始新的生活。

因此，来到贾府，温柔安静、天真纯洁的香菱为人行事与别的女孩不同，她以自己特有的魅力赢得了好名声。

成为薛蟠之妾后，没几天也被看作是马棚风一样，可是香菱依然以不变的心来应对着世事的变化。

善良对于香菱来说，就像一把避难的利器：任凭命运虐我千万遍，我心依然不变。

薛蟠不仅好女色，还好男色。在学堂里，挑逗长相好看的香怜、玉爱；在酒席上撩拨柳湘莲。薛蟠被柳湘莲暴打后，被贾蓉等抬到家里，香菱却哭肿了眼睛。

善良使得香菱的人生不设防。试看《红楼梦》里，主子防着奴才，奴才算计着主子；妻子防备着丈夫，丈夫背叛着妻子；侍妾冷眼旁观着正妻，正妻压制着侍妾。而香菱，凭着善良，没有人格扭曲，没有沉沦堕落，没有自甘下贱，没有阴险算计，内心依旧光明灿烂，品格依然纯真高尚。

善良是香菱抵挡不幸往事的壁垒，也是招来磨难不幸的灵幡。薛蟠娶夏金桂时，香菱比谁都忙，比薛蟠还要急十倍，以为新奶奶一来，自己就可以卸下肩上的重担。听说新

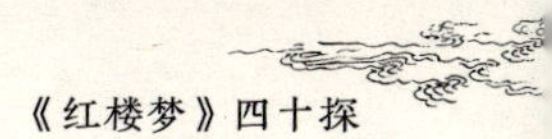

奶奶也是个读书识字的，庆幸大观园里又多了一个诗人。

可没想到，新奶奶只把自己当作人，把别人都当作粪土，辖制了丈夫薛蟠，挑衅婆婆薛姨妈，看到薛蟠身边有这么一个才貌俱全的爱妾，越发添了宋太祖灭南唐之意，卧榻之侧岂容他人酣睡。夏金桂用尽种种办法来折磨香菱，以致于香菱“气怒伤感，内外折挫不堪，竟酿成干血之症，日渐羸瘦作烧，饮食懒进，请医诊视服药亦不效验”。

三

天性善良的香菱保持着对美好事物的向往与感知，也赢得了黛玉对她的青睐。这两个苦命的少女身世相同，都无父无母，凭借着一根稻草在人世间挣扎沉浮，面对着每日的风刀霜剑。

对香菱而言，醉心学诗是一种遗忘，不再纠结于过去，只是活好当下每一天。沉迷作诗也是一种洒脱，生活中尽管有许多禁忌，但只能束缚了身，束缚不了心，只要心不死，希望就在。人生虽然悲苦，但总会有快乐的那一天、那一时、那一刻。

“根基不让迎、探，容貌不让凤、秦，端雅不让纨、钗，风流不让湘、黛，贤惠不让袭、平”的香菱在大观园里被当成诗呆子。虽然在外人看来她有些呆、有些痴、有些傻，但她内心的聪慧、天生的丽质、良好的家传并没有被淹没。

千磨万难，香菱终于写出了赢得黛玉、宝玉、湘云等认可的那首诗："精华欲掩料应难，影自娟娟魄自寒。一片砧敲千里白，半轮鸡唱五更残。绿蓑江上秋闻笛，红袖楼头夜倚栏。博得嫦娥应借问，何缘不使永团圆！"

这首诗，如同香菱的遭遇，千磨万难；这首诗，如同宣言，身份低贱，却心存高雅与美好；这首诗，也是香菱的憧憬，憧憬着能有一日，与爹爹和娘亲再相聚。

根并荷花一茎香，平生遭际实堪伤。

自从两地生孤木，致使香魂返故乡。

细细品味着香菱的判词，回想着香菱的平生遭际，不禁唏嘘伤怀：出生于仕宦之家，却落入歹人之手；天生丽质，却沦为侍妾；天性善良纯洁，却难遇良人，最后被迫害致死。正如她对自己名字的解释一样："不独菱花，就连荷叶莲蓬，都是有一股清香的。但他那原不是花香可比，若静日静夜或清早半夜细领略了去，那一股香比是花儿都好闻呢。就连菱角、鸡头、苇叶、芦根得了风露，那一股清香，就令人心神爽快的。"

小小的香菱以自己的善良带给他人清香，可是，这个世界总是有以怨报德的人。

37　人生低谷时，读读刘姥姥

一

黄土已经埋到脖子的刘姥姥，人到晚年，越活越孤单，丈夫死了，女儿出嫁了，只剩下自己孤孤单单一个人。春天来了，播种的时节到了，自己也有几亩薄地，那种劳作过后的舒坦与喜悦无法言说，每天劳作后躺在炕上也是心满意足的。种瓜得瓜，种豆得豆，春天的倭瓜种到了秋天肯定能结个大倭瓜。秋天的时候，云淡风轻，稻花飘香，庄稼人无论遇上多大的喜事都不比遇上一个丰收年来得实在。

可是刘姥姥也有担心的时候，不知唯一的女儿嫁过去过得怎样，不知小外孙和外孙女是不是有人照看，是不是丰衣足食，像那个土财主家的孩子衣食无忧。虽然惦记，但也不能总去探望女儿，俗话说得好：富在深山有远亲，穷在闹市无人问。自己分文没有，有时看见女婿狗儿那张渐渐拉长的脸，心里就堵得慌。

好在自己这把老骨头还有点用途，女儿、女婿因为忙不过来地里、家里的事务，来接自己去照看外孙和外孙女。

然而，女儿过得并不好，眼看冬天将近，家中孩子的冬衣还没有着落，冬天的粮食也没有储备，似有揭不开锅的光景。可是穷不可怕，可怕的是像女婿这样的年轻人，不找找穷的原因，不找找穷的出路，竟然怨声载道，怨天尤人，喝闷酒，撒酒疯。

自己活了这么大，吃的盐比他们吃的米都多，走的路比他们过的桥都多，俗话说得好：三穷三富过到老。

“俺曾见金陵玉殿莺啼晓，秦淮水榭花开早，谁知道容易冰消。眼看他起朱楼，眼看他宴宾客，眼看他楼塌了。这青苔碧瓦堆，俺曾睡风流觉，将五十年兴亡看饱。”

穷人不一定永远穷，富人也不一定永远富。有钱了就顾头不顾尾，没钱了就瞎生气，成个什么男子汉大丈夫呢！天上从来不会掉馅饼，那银子钱也不会自己跑到家来。虽然没有收税的近亲、做官的好友，可有一句话说的好，天无绝人之路。况且“谋事在人，成事在天”。什么事谋划到了，就成功了一半，另一半就看天意、上天的保佑。刘姥姥这样教训姑爷狗儿。

人生一世，难免会“朝扣富儿门，暮随肥马尘。残杯与冷炙，到处潜悲辛”，这是常态，也是世情。

想当初，狗儿的祖上在京城做了小官，曾与凤姐之祖、王夫人之父认识，看见金陵王家有势力，“东海缺少白玉床，龙王来请金陵王”嘛，就跟人家连了宗，认作了子侄。二十年前，那王家也关照过狗儿他爹，如今人穷志短还拉硬屎，不肯去亲近，故疏远起来。想当初自己还去过王府一遭，他家的二小姐，也就是如今的荣国府的王夫人，着实响快会待人。如今，何不去走动走动，或者她念旧，有些好处也未可知。要是她发一点好心，拔一根寒毛就比穷人的腰还粗呢。便是没银子来，也是到那公府侯门见一见世面，不枉此一生。刘姥姥这样谋划着。

二

人生从来没有免费的午餐，既然来求富贵人家施舍，自己又没有给姑奶奶们打嘴的东西和给门上看门太爷的好处，那就只有舍下面子。面子又值多少钱，人活在世，该做孙子的时候就做孙子，该当大爷的时候就挺直腰杆子做大爷。

多亏王夫人的陪房周瑞家的斡旋，刘姥姥见到了贾府的当家人凤姐。只是这凤姐正如周瑞家的说的那样能有一万个心眼子，说出的话直戳人心窝子，可句句是个理：亲戚这多年不走动了，都不认得了，论理，亲戚不该找上门来才该照应。如今家内事太杂，太太渐渐上了年纪，一时想不到你们也是有的。何况我也年轻，都不知道还有这些亲戚。况且现在的贾府比不得从前了，只是空架子，仗着祖上的庇护，勉勉强强撑门面罢了。虽说如此，也不能让你们空手而归，太太刚刚赏了二十两银子给丫头们做冬衣，如果不嫌弃就先拿着，给孩子做件冬衣罢。天也不早了，也不虚留你们了。改日无事，只管来逛逛，才是作了亲戚的样子。

二十两银子够庄户人家过一年的。凭着二十两银子，刘姥姥一家五口度过了艰难时期。

滴水之恩当涌泉相报。不知过了几个春秋，家境稍好一些的刘姥姥再次向城里出发了。这次不同上次，有了撑门面的枣子、倭瓜并些野菜，是头一起摘下来的，心里有了些底气。奶奶、姑娘们天天山珍海味的也吃腻了，吃个野意儿也算是换换胃口。

刘姥姥二进荣国府，显示出了人穷志不穷，喝水不忘挖井人的朴素情怀。

三

二进荣国府的刘姥姥，非常清楚自己的身份地位，目的性也很明确：只是来走个亲戚，送点东西作为昔日雪中送炭的报答。没想到得到了凤姐和贾母的挽留。

贾母要找个积古的老人聊聊天，闲得无聊的小姐、太太们想解解闷。于是，刘姥姥虽然心里慌乱，但表面还是故作镇定，讲起乡下的趣闻，没有的事也要编出来。尤其是有个九十多岁高龄的老奶奶，因为天天吃斋念佛感动了观音菩萨，本该绝后，可又得了一个雪团似的孙子的故事，说到了贾母、王夫人的心坎上。这个编来的故事表明刘姥姥有些见识，能够洞察贾母、王夫人的心中所想，进一步赢得了贾母的欢心。所以，才有了大观园里的一幕幕假戏真做。

来到大观园后，吃早饭前，鸳鸯的一番嘱咐让刘姥姥彻底明白了自己所要扮演的角色。不过是为了博得贾母的开心，博得太太、小姐们的一笑，如今要当个可笑之人。既然要攀高结贵，那也就顾不得颜面了，韩信还受过胯下之辱，何况一个乡下老婆婆。当凤姐将一盘子的菊花横三竖四地插满刘姥姥一头时，她却说："我这头也不知修了什么福，今儿这样体面起来。"当众人让她把花摔到凤姐脸上时，她却说："我虽老了，年轻时也风流，爱个花儿粉儿的，今儿老风流才好。"吃饭时，鸳鸯和凤姐捉弄刘姥姥，她站起身大声说："老刘，老刘，食量大似牛，吃一个老母猪不抬头。"众人笑做一团，她自己却鼓着腮帮子不言语。

除了配合凤姐、鸳鸯的搞笑，刘姥姥还发挥主观能动性，主动搞笑，并见缝插针，不放过每次搞笑的机会。吃饭时，刘姥姥对着一双象牙镶金的筷子说："这叉爬子比俺那里的铁锨还沉，那里犟得过他。"故意把鸽子蛋当作是鸡蛋，并借机夸了贾府的鸡"这里的鸡儿也俊，下的这蛋也小巧，怪俊的。我且肏攮一个"。一时来至"省亲别墅"的牌坊底下，刘姥姥道："嗳呀！这里还有个大庙呢。"说着，便趴下磕头，众人笑弯了腰。又向贾母道："谁知城里不但人尊贵，连雀儿也是尊贵的。偏这雀儿到了你们这里，他也变俊了，也会说话了。"众人不解，因问什么雀儿变俊了、会讲话。刘姥姥道："那廊下金架子上站的绿毛红嘴是鹦哥儿，我是认得的。那笼子里黑老鸹子怎么又长出凤头来，也会说话呢。"

一路欢声笑语，刘姥姥一个乡下来的老妪，把贾府这些生在花柳繁华地，温柔富贵乡的太太、小姐们哄得高高兴兴的，好好让贾母一干人乐了一天。表面上刘姥姥插科打诨，装傻卖萌，实际上了花了心思，动了脑筋。她贬低自己来抬高贾府，使搞笑更有真实感，更能产生喜剧效果。

刘姥姥知道，对贾府这帮醉生梦死的人而言，每天被刻板的规矩束缚，太缺少激情与活力，贾母虽然岁高却是个极爱热闹的人，一有机会必要好好乐一乐；对整天生活在深宅大院的太太们而言，虽然丫鬟婆子遍地，但那是自家的奴才，对她们每天的跪拜叩谢早已习以为常，缺乏的是来自外人的尊重与仰视。

贾母爱热闹；王夫人喜欢表现，表现自己怜贫惜老；凤姐喜欢排场；小姐们喜欢新奇。所有这些，刘姥姥都洞若观火，看似醉了，实则众人皆醉我独醒。

刘姥姥在坚持真心、真意搞笑的同时，并没有因为搞笑成功而飘飘然，而是时刻不忘自己的初心与本色：自己是庄户人家，是吃苦的，吃不起大鱼大肉，穿不起绫罗绸缎，七十多了还在地里劳作。庄稼人，没见过什么世面，有什么失礼的地方，千万别让姑奶奶们见笑。

当大家行酒令的时候，刘姥姥句句都显示出自己的本色。鸳鸯笑道："左边'四四'是个人。"刘姥姥听了，想了半日，说道："是个庄家人罢。"众人哄堂笑了。贾母笑道："说的好，就是这样说。"刘姥姥也笑道："我们庄家人，不过是现成的本色，众位别笑。"鸳鸯道："中间'三四'绿配红。"刘姥姥道："大火烧了毛毛虫。"众人笑道："这是有的，还说你的本色。"鸳鸯道："右边'幺四'真好看。"刘姥姥道："一个萝卜一头蒜。"众人又笑了。鸳鸯笑道："凑成便是一枝花。"刘姥姥两只手比着，说道："花儿落了结个大倭瓜。"

刘姥姥使尽了浑身解数，哄得贾府一帮人乘兴而来，满意而归，正如凤姐说贾母那样："从来没象昨儿高兴。往常也进园子逛去，不过到一二处坐坐就回来了。昨儿因为你在这里，要叫你逛逛，一个园子倒走了多半个。"

四

将搞笑进行到底的刘姥姥，第二次来荣府可谓满载而归。只见凤姐这里堆着半炕东西，平儿一一拿与刘姥姥瞧着，说道："这是昨日你要的青纱一匹，奶奶另外送你一个实地子月白纱作里子。这是两个茧绸，作袄儿裙子都好。这包袱里是两匹绸子，年下做件衣裳穿。这是一盒子各样内造点心，也有你吃过的，也有你没吃过的，拿去摆碟子请客，比你们买的强些。这两条口袋是你昨日装瓜果子来的，如今这一个里头装了两斗御田粳米，熬粥是难得的；这一条里头是园子里果子和各样干果子。这一包是八两银子。这都是我们奶奶的。这两包，每包里头五十两，共是一百两，是太太给的，叫你拿去或者作个小本买卖，或者置几亩地，以后再别求亲靠友的。"

到了贾母的下房，鸳鸯指着炕上的一个包袱说道：

“这是老太太的几件衣服，都是往年间生日节下众人孝敬的，老太太从不穿人家做的，收着也可惜，却是一次也没穿过的。昨日叫我拿出两套儿送你带去，或是送人，或是自己家里穿罢，别见笑。这盒子里是你要的面果子。这包子里是你前儿说的药：梅花点舌丹也有，紫金锭也有，活络丹也有，催生保命丹也有，每一样是一张方子包着，总包在里头了。这是两个荷包，带着顽罢。”

正说着，只见一个小丫头拿了个在栊翠庵喝茶后，妙玉要扔掉的成窑钟子来递与刘姥姥，说：“这是宝二爷给你的。”

当刘姥姥坐在贾府给雇的马车上，看着车上自己靠装萌卖傻换来的银子、粮食、衣服、药方、布匹、果子的时候，刘姥姥会为自己七十五岁高龄迎来人生的转变而露出微笑。这也让我们相信，只要改变，任何时候都不会晚。只有改变，才能新生。

不论什么时候，读读刘姥姥，都会有些启示。

38　贾雨村的沦陷

一

贾雨村是从“轻轻”开始的沦陷。

书中第三回说到，跟随林黛玉进京的贾雨村带着林如海的推荐信，带着小童，拿着宗侄的名帖，至荣府的门前投了。书中写道：“彼时贾政已看了妹丈之书，即忙请入相会。见雨村相貌魁伟，言语不俗，且这贾政最喜读书人，礼贤下士，济弱扶危，大有祖风；况又系妹丈致意，因此优待雨村，更又不同，便竭力内中协助。题奏之日，轻轻谋了一个复职候缺，不上两个月，金陵应天府缺出，便谋补了此缺，拜辞了贾政，择日上任去了。”

十年寒窗苦读的贾雨村，需要甄士隐资助的五十两银子和两件冬衣才能进京赶考。而此时的贾府，只是通过一番运作就让考上进士，做官不到一年就被上司以“生情狡猾，善篡礼仪，且沽清正之名，而暗结虎狼之属，致使地方多事，民命不堪”参了一本，被罢官的贾雨村重返了官场。

这种震撼是无法言喻的，贾雨村也开始认真考虑自己将来的命运与前途，如何避免重蹈覆辙，如何步步高升，如何成为官场的常青树。

二

书中第四回，号称“金陵一霸”的薛蟠来到贾府，只住了不到一个月的光景，却被引诱得比当日更坏了十倍。贾雨村与薛蟠的经历如出一辙，经过贾府的改造从而“脱胎换骨”，忘记了初心，忘记了读书人的仁义礼智信，欺上瞒下，攀龙附凤，成为贪官酷吏。

《红楼梦》开篇第一回，讲的是“甄士隐梦幻识通灵，贾雨村风尘怀闺秀”，贾雨村的登场值得玩味。按照作者一贯的草蛇灰线、伏线千里的写法，贾雨村是《红楼梦》中另一条线索的代表性人物。《红楼梦》中，宝黛钗的爱情发展是一条线索；封建大家族挥霍奢侈，腐朽堕落，后继无人，家族灭亡是一条线索；而官场的腐败导致的社会黑暗，是小说的另一条发展线索，这条线索的代表人物就是贾雨村。

对出生于诗书仕宦之族，祖宗根基已尽，人口衰丧，只剩得一身一口，想进京求取功名，再整基业的穷儒贾雨村来说，出人头地的理想大于一切。难怪在甄士隐资助了五十两银子和两件冬衣后，贾雨村连当面辞别都来不及说，三更天回到住处，五更天就出发了。

三

向往理想的脚步是坚定的，实现理想的信心也是坚定的。这份坚定来自贾雨村的才华与胸襟："玉在椟中求善价，钗于奁内待时飞。"中秋佳节，姑苏城内本地望族甄士隐，邀请寄住在隔壁葫芦庙的穷儒贾雨村饮酒。两人"先是款斟漫饮，次渐谈至兴浓，不觉飞觥限斝起来"。雨村此时已有七八分酒意，狂兴不禁，乃对月寓怀，口号一绝云：

"时逢三五便团圆，满把晴光护玉栏。

天上一轮才捧出，人间万姓仰头看。"

士隐听了，大叫："妙哉！吾每谓兄必非久居人下者，今所吟之句，飞腾之兆已见，不日可接履于云霓之上矣。可贺，可贺！"

才情于此，贾雨村还长了个正人君子的模样，这个模样也助了他一臂之力。敝巾旧服，虽是贫窘，但没有潦倒之相，生得腰圆背厚，面阔口方，更兼剑眉星眼，直鼻权腮。后来书中第三回，贾政见到贾雨村时再次提到其"相貌魁伟，言语不俗"。

五更起身，走在进京赶考路上的贾雨村还心怀一份甜蜜与忐忑，那就是甄士隐家的丫鬟娇杏的回眸一瞥。这一回眸更激发了贾雨村心中的斗志，前方的路虽然迷茫，但只许胜不准败。昔日的贫窘之人，寄人篱下，如今也有了红颜知己，正是："未卜三生愿，频添一段愁。闷来时敛额，行去几回头。自顾风前影，谁堪月下俦？

蟾光如有意，先上玉人楼。”

一厢情愿、想入非非的贾雨村，凭着这份忐忑和念想走进了考场。

四

可刚入仕途经济之道的贾雨村是个愣头青，虽有才干，却有些贪酷之弊，且又恃才侮上，坏了官场的规矩，不到一年，便被上司寻了个空隙，参了一本。皇上看后龙颜大怒，即批革职。该部文书一到，本府官员无不喜悦。

遭到上下级的排挤，曾经的汗水和泪水只能咽进肚子里。贾雨村以良好的心理素质，装作没事人一样，一边游览好山好水，一边洞悉官场走向，一边反思揣摩为官之道，总结经验教训，等待东山再起。

曾是官场愣头青的贾雨村，在贾政等人的斡旋下，涅槃重生了。今日的贾雨村不比昨日的贾雨村，昨日的种种成就了今日的贾雨村。他懂得了当时官场的潜规则：不过是大鱼吃小鱼，不过是欺上瞒下，不过是攀附权贵，不过是恃强凌弱，不过是你方唱罢我登场。当贾雨村明白了这些潜规则的时候，“完美”地交上了他复职后的第一份答卷。

那就是薛蟠杀冯公子一案。

如今且说贾雨村授了应天府，一到任就有件人命官司详至案下，却是两家争买一婢，各不相让，以致殴伤人命。彼时雨村即拘原告来审。那原告道：“被殴死者乃小人之主人。因那日买了一个丫头，不想是拐子拐来卖的。这拐子先已得了我家的银子，我家小爷原说第三日方是好日子，再接入门。这拐子便又悄悄的卖与薛家，被我们知道了，去找拿卖主，夺取丫头。无奈薛家原系金陵一霸，倚财仗势，众豪奴将我小主人竟打死了。凶身主仆已皆逃走，无影无踪，只剩了几个局外之人。小人告了一年的状，竟无人作主……”

雨村听了大怒道："岂有这样放屁的事！打死人命就白白的走了，再拿不来的！”便发签差公人立刻将凶犯族中人拿来拷问。

冯家人真以为碰上了青天大老爷，可只猜中了开头，并没有猜中结果，人财两空的冯家只得了几两烧埋银子。冯家人做梦也想不到，“杀人者偿命，欠债者还钱”原来只是空话，就如同堂上坐的青天大老爷，空有一副正人君子的皮囊，实则干的却是徇私枉法的勾当。

如果冯家人知道堂下跪着的被人贩子卖来卖去的丫头甄英莲的来历，心里就会得到稍稍的宽慰，那是堂上大老爷昔日恩人失散多年的女儿，对待恩人尚且如此，何况路人。

五

困顿时期的五十两银子和两件冬衣的恩惠，很快就被昔日他乡故知小沙弥、今日门子拿出的官场“护身符”击得溃不成军。贾雨村仅有的一点良知也被曾经的穷困潦倒和革职罢官彻底抹杀了。

按照门子的示意，贾雨村胡乱判了此案，又急忙修书两封与贾政并京营节度使王子腾，不过说“令甥之事已完，不必过虑”等语。

那个门子本以为通过此事，可以被新老爷高看一眼。不料，贾雨村恐他对人说出当日贫贱时事来，到底寻了门子一个不是，远远地充发了才罢。

通过对这个案子的处理，贾雨村不仅通过了上层主子们的考试，攀附上了贾家这棵大树，还依靠着“贾、史、王、薛”四大家族步步高升，完成了人生关键时期的一次华丽转身，从此在官场混得风生水起。

书中第五十三回介绍：腐年日近，王子腾升为九省都检点，贾雨村补授了大司马，协理军机，参赞朝政。

回顾自己所走过的路，贾雨村彻底校正了自己原来的方向标：只要上面的主子喜欢，能保住官位，什么伤天害理的事都可以做。因此，为了几把扇子，坑得石呆子倾家荡产、不知死活。就连平儿都骂他是半路途中来的饿不死的野杂种。

贾雨村的沦陷是封建末世的沦陷，也是《红楼梦》所要表现的“白茫茫大地真干净”主题的一副猛药。

39　在贾府飘零的奴才们

一

身在贾府飘，没有不挨刀的，因为贾府就是一个江湖。

除了外有封建法制、皇家规矩，贾府内部也有一整套运作体制。要保证贾府的有序运转，就要有一些手段与规矩。用贾母等主子的话来说，这就是祖宗手里的规矩。

这些规矩和制度主要是用来管理、约束遍布贾府各个角落的奴才们。而主子们在国法、族法、家法的笼罩下，照样我行我素、骄奢淫逸、穷凶极恶。

王熙凤勾结节度使云光，插手民间婚嫁官司纠纷，轻轻松松赚了三千两银子，却也害了两条年轻的生命。薛蟠打死了冯公子，却不用偿命，逍遥法外。贾赦为了几把旧扇子，坑得石呆子倾家荡产、不知死活。

但是，一旦奴才们违背了主子们定下的规矩，轻者挨板子，被撵出府，重者就要搭上性命。

二

贾府奴才的来源渠道很多。有世世代代为奴的，叫家生奴才，如赖性奴仆。赖家三代为奴，从赖嬷嬷到儿子赖大、赖二，还有他们的第三代。

有签了死契的，如袭人，一旦进入贾府，生死由主子。

有赠送的，如晴雯，是奴才赖嬷嬷买来的，因为贾母喜欢，就被送给了贾母。

还有在战争中缴获的少数民族战俘，称作“土番”的，如书中第六十三回，芳官就要宝玉把自己打扮成“小土番儿”的模样。

还有因为女主人婚嫁，作为活的嫁妆来到贾府的陪房和丫头。如王夫人的陪房周瑞家的，邢夫人的陪房王善保家的，凤姐的陪嫁丫头平儿。

此外还有一些被豢养在府里的门客、清客，帮闲凑趣，靠阿谀奉承、溜须拍马来获得主子的认可。如贾政的清客詹光（沾光）、单聘仁（善骗人）、卜固修（不顾羞）等。除了那二十几个正牌主子，赵姨娘这样为贾家生儿育女的奴才算是半奴半主。

这些奴才，在贾府熙熙攘攘扮演了不同的角色，承担了一定的责任，为主子们四处奔忙。

他们中有奶妈。贾宝玉一共有四个奶妈，常出场的是首席奶妈李嬷嬷。宝玉过生日，拜完天地，祭了祖宗，遥拜过不在府里的贾母等，还要到李、赵、张、王四个奶妈家让一回。

有嬷嬷，教导着年幼主子们行事做人。书中第三回，林黛玉抛父进京。贾母看黛玉只带了两个人来，一个是自幼奶娘王嬷嬷，一个是十岁的丫头雪雁，便将身边的一个二等丫鬟，名唤鹦哥者与了黛玉。“外亦如迎春等例，每人除自幼乳母外，另有四个教引嬷嬷，除贴身掌管钗钏盥浴两个丫鬟外，另有五六个洒扫房屋来往使役的小丫鬟”。

其中的教引嬷嬷，是指公子、小姐们断奶后，负责其饮食、言语、行步、礼节等事的成年女子。

有管家媳妇，负责主子们的衣食住行，对幼小的主子进行劝诫约束。如林之孝家的，在宝玉过生日的第六十三回，借查夜的机会，从主子到丫鬟，从做人到养生，说了一番大道理，充当了教导主任的角色。林之孝家的吩咐上夜的人：“别耍钱吃酒，放倒头睡到大天亮。我听见是不依的。”又笑着告诉宝玉：“如今天长夜短了，该早些睡，明儿起的方早。不然到了明日起迟了，人笑话说不是个读书上学的公子了，倒象那起挑脚汉了。”又说：“别说是三五代的陈人，现从老太太、太太屋里拨过来的，便是老太太、太太屋里的猫儿狗儿，轻易也伤他不的。这才是受过调教的公子行事。”

有丫鬟，服侍主子们的日常起居。丫鬟也分不同的等级：一等丫鬟，如袭人、鸳鸯、彩霞、金钏，月钱是一两银子，主要负责端茶递水、伺候穿衣吃饭、针黹缝补等，晚上可以在主子的卧室近身服侍；二等丫鬟主要是做收拾、清洗、归纳、整理等工作，有时也干些往来传送东西、烧茶烧水、浇花之类的粗活。做粗活的小丫鬟不能近身服侍主子，如宝玉房里的小红，只是为宝玉倒了一次茶，就被秋纹兜脸啐了一口，让小红拿着镜子照照自己，配不配递茶递水。

还有一些小丫头，懵懵懂懂，只管些跑腿、传信、学舌之事，受大一点的丫头管制。如宝玉房里的坠儿，偷了东西，不等主子表态，晴雯便有权打骂和发落。

此外，还有婆子，指年纪比较大的女子，负责浆洗、打扫等粗笨活计。她们地位比较低下，极少到各个主子的身边和房里，不懂内帏规矩，因此要看各房丫头的脸色行事。如春燕的娘看见干女儿芳官给宝玉吹汤，就跑上去笑道："他不老成，仔细打了碗，让我吹吧。"遭到晴雯的训斥："出去！你让他砸了碗，也轮不到你吹。你什么空儿跑到槅子内来了？还不出去。"小丫头们都说："我们撵他，他不出去；说他，他又不信。如今带累我们受气，你可信了？我们到的地方儿，有你到的一半，一半是你到不去的呢！何况又跑到我们到不去的地方还不算，又去伸手动嘴的。"阶下几个等空盒家伙的婆子也都笑道："嫂子也没用镜子照一照，就进去了。"

三

《红楼梦》里的主子们不仅生活讲究，很会享受，每天还要好好乐一乐。居家时，骄奢淫逸，挥霍无度；外出朝贺、走亲访友时，更需要排场，前呼后拥。这时候就需要身强力壮的男仆，保护着主子的安全，照应着礼尚往来、应酬答谢。

书中第九回，宝玉上学，清晨去给贾政请安。贾政问：“跟宝玉的是谁？”只听外面答应了两声，早进来三四个大汉，这三四个大汉为首的是李贵，就是宝玉的奶妈李嬷嬷的儿子。

某种程度上，跟着主子们的男仆就相当于袭人、晴雯、鸳鸯一类。主子想不到的要想到，主子想到的要办得更好，主子有失误的地方，也要承担责任。凤姐就经常嘱咐跟着贾琏的小厮昭儿、兴儿、旺儿，劝贾琏少吃酒，别勾搭外面的女人，如果听到信儿了，就要揭了他们的皮或打折他们的腿。

主子配几个一等丫鬟、几个二等丫鬟、几个跟班仆人，贾府都是有明确规定的。书中第三十六回，王夫人问凤姐：“老太太屋里几个一两的？”凤姐道：“八个。如今只有七个，那一个是袭人。”王夫人道：“这就是了。你宝兄弟也并没有一两的丫头，袭人还算是老太太房里的人。”凤姐笑道：“袭人原是老太太的人，不过给了宝兄弟使。他这一两银子还在老太太的丫头分例上领。如今说因为袭人是宝玉的人，裁了这一两银子，断然使不得。若说再添一个人给老太太，这个还可以裁他的。若不裁他的，须得环兄弟屋里也添上一个才公道均匀了。就是晴雯、麝月等七个大丫头，每月人各月钱一吊，佳蕙等八个小丫头，每月人各月钱五百，还是老太太的话，别人如何恼得气得呢。”

从薪酬分配可看出，伺候贾母、王夫人等正牌主子的一等丫头每月一两银子。贾母八个，王夫人大概四个。伺候宝玉的，除却袭人，有七个二等丫鬟，每月一吊钱。姨娘半奴半主，大概两个二等丫头，每月一吊钱。其余小丫头每月五百钱，算是三等丫头。

此外，还有小厮。书中第五十二回，宝玉出门去舅舅家拜寿，带了茗烟、锄药、伴鹤、扫红四名小厮，还带了李贵、王荣、张若锦、赵亦华、钱启、周瑞六个大仆人。门外，还有李贵等六个人的小厮并几个马夫。如此看来，算上奶妈、嬷嬷、粗使婆子，服侍宝玉的仆人不下四十人。

所谓的小厮，是指未成年男性。书中第三回，林黛玉投奔贾府，要经过三道门才能来到贾府内帏见到贾母。到第二道门时，另换了三四个衣帽周全、十七八岁的小厮上来，复抬起轿子。

小厮们在府内听差，在二门上服务，离内帏比较近，当然要衣帽周全。因为经常要见一些主子与贵客，所以这些小厮们一定是经过精挑细选的，长相、衣着都差不了哪去。书中第二十一回，贾琏离了王熙凤，独寝了两夜，欲火难熬，暂将小厮内有清俊的选出来用出火。可以看出，能够当小厮的，也像那些漂亮的丫头一样，起码一是年轻，二是好看，三是办事周全。

四

人就是春天原野上的一粒种子，飘到哪里，就会在哪里生根、发芽、成长。从四面八方相聚在贾府的奴隶们，像芦苇、浮萍、柳絮一样，以顽强的生命力演绎着渺小而卑微的生命历程。各有精彩，各有芬芳，各有辛酸与惆怅。

其中最有眼界和能力的当属赖氏家族的奴才们。经过三代人的拼搏，赖氏家族在贾府站住了脚跟。赖嬷嬷成为贾府的功臣，比年轻的主子如凤姐、尤氏、李纨还要体面，可以在贾母跟前坐着聊天，可以坐着轿子来跟贾母斗牌取乐，家里也是楼房厦厅，是老封君一样的人物。到了儿子这辈，赖大在荣国府做大管家，赖二在宁国府做大管家，参与两府的经营管理。孙子辈的赖尚荣已经摘掉了奴才的帽子，成为一州知县。

祖辈与父辈是奴才，需要仰主子的鼻息，孙子却成了父母官，受别人仰视。

虽然贾府的行政运行需要主子发号施令，但下面具体也有众多管理、执行部门，如账房、买办、茶房、厨房等。

书中第五十八回，宫中太妃薨逝，官宦之家凡有优伶男女者，一概蠲免遣发。尤氏与王夫人商量，说道："如今我们也去问他十二个，有愿意回去的，就带了信儿，叫上父母来亲自来领回去，给他们几两银子盘缠方妥当。若不叫上他父母亲人来，只怕有混账人顶名冒领出去又转卖了，岂不辜负了这恩典。若有不愿意回去的，就留下。”王夫人笑道：“这话妥当。”尤氏等又遣人告诉了凤姐。一面说与总理房中，每教习给银八两，令其自便。

书中第五十六回，探春理家时，兴利除弊，想从大观园的花花草草中增加些收入。在谈到贾府主子、奴才的收入分成时，探春道：“我又想起一件事：若年终算账归钱时，自然归到账房，仍是上头又添一层管主，还在他们手心里，又剥一层皮。”又说道：“再者，这一年间管什么的，主子有一全分，他们就得半分。这是家里的旧例，人所共知的，别的偷着的在外。如今这园子里是我的新创，竟别入他们手，每年归账，竟归到里头来才好。”

从上文可知，贾府的行政管理虽有章法，却过于粗放，疏于考查追究，以致具体办事人员营私舞弊、巧取豪夺，所以赖大家也盖起了园子。虽然这园子在赖嬷嬷嘴里是破园子，但也十分齐整宽阔，泉石林木，楼阁亭轩，也有好几处惊人骇目的。

五

世上，有人的地方就有争斗，争财富、争权势、争体面。在贾府，也有靠体面行走与生活的一群人，他们自以为为贾府做出过贡献，比如其中的奶妈们，可主子们却不这样认为。用贾母的话说，这些奶妈们一个个仗着奶过哥儿、姐儿，原比别人有些体面，她们就生事，比别人更可恶，专管挑唆主子护短偏向。

宝玉的奶妈李嬷嬷认为，自己用血变成的奶把宝玉喂大，替宝玉操了一辈子的心，就要在宝玉心中占有一定的位置。看到宝玉对丫头们好，她内心产生了失落感，吃了宝玉留给晴雯的包子，喝了宝玉的茶，辱骂袭人是眼里没人的小娼妇。可宝玉不这样认为，书中第八回，宝玉从薛姨妈处归来，对贾母说他的乳母："他比老太太还受用呢，问他作什么！没有他，只怕我还多活两日。"又对茜雪说："他是你那一门子的奶奶，你们这么孝敬他？不过是仗着我小时候吃过他几日奶罢了。如今逞的他比祖宗还大了。如今我又吃不着奶了，白白的养着祖宗作什么！快撵了出去，大家干净！"

不识时务的李嬷嬷一心想与丫头们一争高低，保持原有的体面，让主子们高看一眼，却没想到有奶便是娘，没奶了，便是主子眼里瞪着死鱼眼睛的婆子。

六

女奴中有体面的还有陪房。陪房这一角色比较特殊，是以家庭为单位跟随小姐从娘家陪嫁到夫家的。男人叫什么名字，女子就是什么家的，如凤姐的陪房旺儿，旺儿的女人就称旺儿家的。他们深知女主子的喜好，充当了女主子的心腹、马前卒的角色，为女主子表言发声，借机也逞逞自己的威风。

如周瑞家的，仗着是王夫人的陪房，原有些体面，心性乖滑，专管各处献殷勤讨好，所以各房主人都喜欢她。书中第七十一回，在周瑞家的撺掇下，凤姐在贾母生日之时，捆了得罪尤氏的两个婆子。其中一个婆子是邢夫人的陪房费婆子的亲家。

书中写道："这费婆子常倚老卖老，仗着邢夫人，常吃些酒，嘴里胡骂乱怨的出气。如今贾母庆寿这样大事，干看着人家逞才卖技办事，呼幺喝六弄手脚，心中早已不自在，指鸡骂狗，闲言闲语的乱闹。"

邢夫人的另一个陪房王善保家的，在抄检大观园时也是身先士卒。听王夫人委托她抄检大观园，以为得了把柄，对王夫人说："不是奴才多话，论理这事该早严紧的。太太也不大往园里去，这些女孩子们一个个倒象受了封诰似的。他们就成了千金小姐了。闹下天来，谁敢哼一声儿。不然，就调唆姑娘的丫头们，说欺负了姑娘们了，谁还担得起。"王善保家的继续添油加醋，又道："别的都还罢了。太太不知道，头一个宝玉屋里的晴雯，那丫头仗着他生得模样儿比别人标致些，又生了一张巧嘴，天天打扮的象个西施的样子，在人跟前能说惯道，掐尖要强。一句话不投机，他就立起两个骚眼睛来骂人，妖妖趫趫，大不成个体统。"

从而导致晴雯死，司棋、四儿、芳官被撵。

王善保家的自恃是邢夫人的陪房，老虎嘴里探头，掀探春的裙子，被探春回敬了一巴掌，最后还被主子打了一顿，怪她多事。

这些陪房仗着太太、奶奶们的脸面，"天天做耗，专管生事”。她们知道，只有依靠主子，才能人前风光，才能让人高看一眼。

可奴才就是奴才。就如同袭人、平儿、鸳鸯，尽管有百般的温柔与和顺、千般的忠心与顺从、万般的赤胆尽心，也还是摆脱不了被压迫和被奴役的命运。

飘零在贾府的奴隶们，“到头来都是为他人作嫁衣裳”。最后，也是死的死、散的散，躲过主子欺凌的刀，躲过奴才间互相倾轧的刀，却躲不过命运这把刀。

末世里，鲜有独善其身者，何况是奴才。

40　贾府“秘药”

一

人吃五谷杂粮没有不生病的。千尊万贵的贾府子孙们也逃脱不了自然的法则。

在生老病死上，才真正体现了众生平等。

作为侯门望族，贾府治病也讲气派。书中第四十二回，给贾母看病的御医官至六品，却“不敢走甬路，只走旁阶，跟着贾珍到了阶矶上”。进了屋，不敢抬头，坐在一张小凳子上，屈下一膝给贾母诊脉。

到贾府看病的医生也要有心理准备。书中第五十七回，贾母告诉给宝玉看病的太医：“若吃好了，我另外预备好谢礼，叫他亲自捧来送去磕头；若耽误了，打发人去拆了太医院大堂。”

但有病就治，这一点，侯门贾府倒是和普通百姓一样的心态。急切地想找个好大夫，急切地想知道到底是什么病，急切地想知道吃什么药见效，巴不得一剂药下去立即恢复如初。

书中第二十一回，凤姐的女儿巧姐出天花，凤姐便登时忙将起来，“一面打扫房屋供奉痘疹娘娘，一面传与家人忌煎炒等物，一面命平儿打点铺盖衣服与贾琏隔房，一面又拿大红尺头与奶子丫头亲近人等裁衣。外面又打扫净室，款留两个医生，轮流斟酌诊脉下药，十二日不放家去。贾琏只得搬出外书房来斋戒，凤姐与平儿都随着王夫人日日供奉娘娘”。

可怜天下父母心，凤姐虽然刚硬，但在对待女儿上，也有一副柔弱的心肠。

二

贾府也有一套自己的养生方法，比如饥饿疗法。书中第五十三回，写道：“晴雯此症虽重，幸亏他素日是个使力不使心的；再素习饮食清淡，饥饱无伤。这贾宅中的风俗秘法，无论上下，只一略有些伤风咳嗽，总以净饿为主，次则服药调养。”

第四十二回，贾母陪着刘姥姥游览大观园，玩了一天，被风吹病了，急坏了贾府的孝子贤孙。“贾珍、贾琏、贾蓉三个人将王太医领来”诊治。王太医告诉贾珍等说：“太夫人并无别症，偶感一点风凉，究竟不用吃药，不过略清淡些，暖着一点儿，就好了。如今写个方子在这里，若老人家爱吃便按方煎一剂吃，若懒待吃，也就罢了。”

巧姐因为王夫人给了一块糕，在风地里吃了，也开始发热。王太医的诊断是：“只是要清清净净的饿两顿就好了。不必吃煎药，我送丸药来，临睡时用姜汤研开，吃下去就是了。”

这说明，贾府的“秘法”与医理是相通的、科学的、可行的，即清淡饮食，饥饿疗法，辅以医药。

巧姐和贾母得的是身体之病，病在表里，是大夫可治好的病。可有些病是在心里，俗语说的“心病”。得了心病，药是不管用的，还要找到得病的根由，“心病还要心药治”。

书中第五十七回，紫鹃试探宝玉，说是黛玉要回苏州老家。宝玉听了，“一头热汗，满脸紫胀”，“更觉两个眼珠儿直直的起来，口角边津液流出，皆不知觉。给他个枕头，他便睡下；扶他起来，他便坐着；倒了茶来，他便吃茶”。请李嬷嬷来，在“嘴唇人中上边着力掐了两下，掐的指印如许来深，竟也不觉疼”。用袭人的话说：“眼也直了，手脚也冷了，话也不说了……已死了大半个了！”

宝玉见到了紫鹃，方“哎呀”了一声，哭出来了。还是薛姨妈懂得宝玉的心，说在宝玉心上：“宝玉本来心实，可巧林姑娘又是从小儿来的，他姊妹两个一处长了这么大，比别的姊妹更不同。这会子热剌剌的说一个去，别说他是个实心的傻孩子，便是冷心肠的大人也要伤心。这并不是什么大病，老太太和姨太太只管万安，吃一两剂药就好了。”

宝钗的冷香丸也是一副心理安慰剂。这冷香丸要“春天开的白牡丹花蕊十二两，夏天开的白荷花蕊十二两，秋天的白芙蓉蕊十二两，冬天的白梅花蕊十二两。

将这四样花蕊，于次年春分这日晒干，和在药末子一处，一齐研好。”此外，又要“雨水这日的雨水十二钱”，“白露这日的露水十二钱，霜降这日的霜十二钱，小雪这日的雪十二钱。把这四样水调匀，和了药，再加十二钱蜂蜜，十二钱白糖，丸了龙眼大的丸子，盛在旧磁坛内，埋在花根底下。若发了病时，拿出来吃一丸，用十二分黄柏煎汤送下。”

因为冷香丸制作过程复杂、烦琐，人人都有这样的心理，越是烦琐、耗时耗力的东西越让人寄予希望与期盼，再加上是一个癞头和尚给的海上方子，专治无名之症，越发显得神秘，所以每次发病，只服一丸就见效。

宁国府长房孙媳秦可卿得的是心病，时好时坏，并跟凤姐说，任凭是神仙，治得了病治不得命。冯紫英推荐的张友士可谓高人，分别从病理和心理给出了诊疗方案。

病理上，张先生道：“看得尊夫人这脉息：左寸沉数，左关沉伏；右寸细而无力，右关需而无神。其左寸沉数者，乃心气虚而生火；左关沉伏者，乃肝家气滞血亏。右寸细而无力者，乃肺经气分太虚；右关需而无神者，乃脾土被肝木克制。心气虚而生火者，应现经期不调，夜间不寐。肝家血亏气滞者，必然肋下疼胀，月信过期，心中发热。肺经气分太虚者，头目不时眩晕，寅卯间必然自汗，如坐舟中。脾土被肝木克制者，必然不思饮食，精神倦怠，四肢酸软。”

心理上，张先生笑道：“据我看这脉息，大奶奶是个心性高强、聪明不过的人；聪明忒过，则不如意事常有；

不如意事常有，则思虑太过。此病是忧虑伤脾，肝木忒旺，经血所以不能按时而至。”

张友士也给予秦可卿希望：“依我看来，这病尚有三分治得。吃了我的药看，若是夜间睡的着觉，那时又添了二分拿手了。”

可是，不管医术如何高明，秦可卿每日忧思重重，不思茶饭。当书中第十一回，凤姐最后一次去看望时，“看见秦氏的光景，虽未甚添病，但是那脸上身上的肉全瘦干了”。最后，秦可卿惶恐不可终日，自缢了之。

人如果想死，真是神仙也救不了。

尽管贾府里的人，吃起人参、燕窝这些普通人家摸不着的东西都不在话下，用凤姐说秦可卿的话“咱们若是不能吃人参的人家，这也难说了；你公公婆婆听见治得好你，别说一日二钱人参，就是二斤也能够吃的起”，也请得起名人高士和御医。可这些都不是最有效的疗病方法，最有效的“秘药”则掌握在贾母手里。那就是心态。

心态好。贾母虽然年纪大了，“却极有兴头”，爱热闹。每天与孙子、孙女们取乐，打牌、看戏，怎么开心怎么来，每天想尽法子要“好好乐一乐”。乐观是治愈一切疾病的良药。

贾母从做重孙子媳妇起到贾家，“凭着大惊大险千奇百怪的事，也经了些”。经风雨见世面，见怪不怪，面对儿孙们的胡闹，大事化小，小事化了。良好镇定的情绪是化解一切狂风暴雨的“压舱石”“绕指柔”。

贾母是贾府名副其实的“富二代”“官二代”，至高无上，说一不二，虽是老祖宗，却懂得退让，见好就收，难得糊涂。王夫人逐出晴雯后，向贾母汇报，贾母也未深究，犯不着为了一个奴才与儿媳妇掰脸闹得不愉快。

随遇而安，能进能退。书中第七十五回，贾母吃饭，见自己的几色菜已摆完，另有两大捧盒内盛了几色菜来，便知是各房另外孝敬的旧规矩。贾母因问：“都是些什么？上几次我就吩咐，如今可以把这些蠲了罢，你们还不听。如今比不得在先辐辏的时光了。”

书中第七十一回，贾母迎来八十大寿。人生自古七十稀，贾母能够活到八十大寿，且身体康健，养尊处优是一个先决条件，后天掌握的养生“秘药”也起了决定性的作用。

41 贾氏子孙，有根无魂

一

一奶同胞的宁国公贾演、荣国公贾源，在朝代更迭之时，皇帝奠定基业之际，从老家金陵到京都一路打拼，为皇帝登基创下了卓越功勋，封公晋爵，成为皇帝的股肱之臣。一时间显显赫赫，威威扬扬，位于“四王八公”中八公之列，与“四王”之首的北静王同难同荣，结下了患难之谊，实现了人生的理想目标：富而贵。并且，不断开枝散叶，繁衍出贾氏后代二十房子孙，除宁荣亲派八房在京都外，其余十二房皆在原籍金陵。

从此，宁荣二公成为贾氏子孙仰仗的老祖宗。

二

书中第五十三回，宁荣二府新春祭祖，借薛宝琴之眼，见证了贾氏门楣的显赫尊贵。贾氏宗祠的两副御笔楹联也印证了这一点。

“勋业有光昭日月，功名无间及儿孙。”

“已后儿孙承福德，至今黎庶念荣宁。”

功名贯天的宁荣二公，功勋基业可与日月相辉映，黎民百姓至今仍感念着宁荣二公的保育之恩，二公的福德也将泽被贾氏子孙直至百代。

一人得道，鸡犬升天。从此，贾家的子孙就省去了创业打拼和十年寒窗苦读这一环节，直接世袭，加官晋爵，代代相传，过上了骄奢淫逸的生活。

秦可卿的丧礼最能体现出贾府的显贵。来参加祭奠的是“八公”中的六公后代。东平王、南安郡王、西宁郡王、北静王，“四王”之后也设了路祭。第二十九回，贾府清虚观打醮。“都听见贾府打醮，女眷都在庙里，凡一应远亲近友、世家相与都来送礼”。再看贾母八十岁生日，来往的宾客是皇亲、驸马、王公、公主、郡主、王妃、国君、太君、夫人及一些阁下、都府、督镇及诰命等。

而能体现贾氏奢侈生活的则在一顿饭、一次家宴、一场生日宴会中。书中第三十九回，二进荣国府的刘姥姥正赶上史湘云海棠诗社开社做东，大开螃蟹宴。刘姥姥道：“这样螃蟹，今年就值五分一斤。十斤五钱，五五二两五，三五一十五，再搭上酒菜，一共倒有二十多两银子。阿弥陀佛！这一顿的钱够我们庄家人过一年了。”

书中第五十三回，贾府过年，两府置办年事。黑山村庄头乌进孝从“山坳海沿子”踏着“四五尺深的雪”，走了“一个月零两日”，来给贾府送租。天上飞的、地下跑的、海里游的、山里长的、干鲜瓜果不下四十余种，外加两千五百两银子。贾珍犹皱眉道：“我算定了你至少也有五千两银子来，这够做什么的！如今你们一共只剩了八九个庄子，今年倒有两处报了旱涝，你们又打擂台，真真是又教别过年了。”

按照刘姥姥的算计，两千五百两银子够一百二十余户庄户人家过一年的。

书中第二十二回，贾母拿出二十两银子给宝钗过生日。书中第四十三回，贾母带领大家凑了一百多两银子给凤姐过生日。在贾府，庄户人家一年甚至几年的费用只是小姐们一次休闲取乐的费用，只是少奶奶们一次小小的生日酒戏的费用。

贾母八十大寿就花了几千两银子。书中第七十二回，贾琏对鸳鸯诉苦：“这两日，因老太太的千秋，所有的几千两银子都使了。几处房租、地税通在九月才得，这会子竟接不上。明儿又要送南安府里的礼，又要预备娘娘的重阳节礼，还有几家红白大礼，至少还得三二千两银子用，一时难去支借。俗语说‘求人不如求己’。说不得，姐姐担个不是，暂且把老太太查不着的金银家伙偷着运出一箱子来，暂押千数两银子支腾过去。不上半年的光景，银子来了，我就赎了交还，断不能叫姐姐落不是。”

“朱门酒肉臭，路有冻死骨。”

相传五代世家的贾氏子孙们住着御赐的府邸，躺在祖宗的功劳簿上做着世袭的官，白白拿着皇家的俸禄，在和平年代醉生梦死。虽然其中有一两次警钟响起，却被声色货利冲昏了头脑。

处于权势斗争旋涡中的贾元春回家省亲，看到大观园的琉璃世界、珠宝乾坤，一再叮嘱父母“以后不可太奢，此皆过分之极”，“倘明岁天恩仍许归省，万不可如此奢华靡费了”，并点了四出戏《豪宴》《乞巧》《仙缘》《离魂》，以引起贾家子孙的警醒。但是这些人却继续过着“粉渍脂痕污宝光，绮栊昼夜困鸳鸯”的生活，沉浸其中，并希望这样的“沉酣”永远继续下去。

三

打下江山的宁荣二公行伍出身，出生入死，九死一生，想必性格刚硬，悍气十足，难免有些戾气传给子孙。赖嬷嬷说起贾府祖先教训儿子的事，“说声恼了，什么儿子，竟是审贼”！

这样的戾气倒是代代相传。宝玉一听说父亲贾政叫自己，就像头上打了个焦雷。贾琏因为没弄来石呆子的几把扇子，被父亲贾赦搂头就打。

这样的戾气表现在女人身上更是有恃无恐。丫鬟金钏说错了几句话，就被一向吃素念佛的王夫人撵了出去，百般哀求不准，最后跳井自尽。晴雯因为口齿伶俐，有些像林黛玉，在病中只穿着贴身的衣服就被逐出了贾府。凤姐打起丫鬟来，只是两掌，丫鬟的两个腮帮子就“紫胀”起来。清虚观打醮的贾府妇女们围着一个没躲出去的小道士齐声喊“拿拿拿”“打打打”。

贾氏子孙们虽然使劲往自己的脸上贴金，号称“钟鸣鼎食之家，翰墨诗书之族”，看不起贾政原来的门生傅试，因为傅试是暴发的，仗着妹妹傅秋芳有几分姿色，想攀结豪门，以至于傅秋芳二十三岁尚未许人；看不起迎春的夫婿孙绍祖，因他“并非诗礼名族之后裔”。而贾家自宁荣二公以来，只有第三代贾敬是进士出身，还远离了红尘，整天与道士们胡羼。

因此，五十步笑百步。人生不过是笑笑别人，被别人笑笑而已。

贾政的门客都是些溜须拍马、阿谀奉承之徒。秦可卿葬礼上，北静王向贾政邀请宝玉：“小王虽不才，却多蒙海上众名士凡至都者，未有不另垂青目，是以寒第高人颇聚。令郎常去谈会谈会，则学问可以日进矣。”也是知道贾府虽然名声在外，但缺少名人高士。

贾府对儿孙的教育也缺少情怀。书中第九回，宝玉去学堂前向贾政问安，贾政告诉宝玉的跟班李贵：“那怕再念三十本《诗经》，也都是掩耳盗铃，哄人而已。你去请学里太爷的安，就说我说了：什么《诗经》古文，一概不用虚应故事，只是先把《四书》一气讲明背熟，是最要紧的。”在贾政看来，读书是为了仕途，而不是为了修身养性。

四

而贾氏子孙缺少的正是宝玉那种广爱、泛爱，从最柔弱的水做的女儿爱起的那种情怀。这种情怀稍可融化祖宗遗传下来的戾气，让贾府多一些温情与慈悲怜悯。

贾府子孙缺少的也是众女儿那种诗词书画的文化陶冶，以及从中汲取的精神食粮。有了情怀与文化陶冶才会演变成一种内涵，就是“富贵不能淫，贫贱不能移，威武不能屈”的大丈夫气节。

富是物质的，贵是精神的。贾府恰恰就缺少精神方面的内涵与引领。没有人文情怀就没有文化传承，就如同人缺了魂魄一样，虽然有架子，内囊却是虚的。贾府虽是五代传承，却不是诗书世家。虽然家长们极其重视子女们的读书学习，却没有兼顾仕途经济与人文情怀的融合互补。

恰恰是书中的那几位女子，“其行止见识”皆在须眉之上。她们的诗词歌赋、琴棋书画、品识修养，给戾气十足的贾府增添了几缕柔情、几分清丽、些许芬芳，像废墟上盛开的鲜花，格外炫目。

42 《红楼梦》中的几场官司

一

《红楼梦》中的第一场官司就在书中第四回《薄命女偏逢薄命郎　葫芦僧乱判葫芦案》。

经过林黛玉的父亲林如海及贾政的推荐提拔，贾雨村重返官场，遇到的第一场官司就是薛蟠为争买一个丫头，打死了公子冯渊。这薛蟠是薛姨妈的独子，薛姨妈又与贾政的夫人王夫人是亲姊妹，是九省统制王子腾的亲妹妹，这让贾雨村左右为难。后来，在昔日葫芦庙的小沙弥、今日的门子的启发说服下，贾雨村乱判了薛蟠杀人一案，杀人者薛蟠一丝毫毛都没伤到，连面都没看到，不过多赔了冯家几两烧埋的银子就了结了此案。

这场官司之所以著名，是因为其中的情节、噱头很多，不仅揭露了官场的黑暗腐败，也借此案揭露了贾雨村的忘恩负义与道貌岸然。

书中第四回介绍：在门子的指点下，第二天，贾雨村动文书发签拿人。凶犯自然是拿不来的，只能将薛家族人及奴仆人等拿几个来拷问。门子暗中调停，令薛家报个“暴病身亡”，令其族中及地方上共递一张保呈。

至于门子指点的扶鸾请仙，只说死者冯渊与薛蟠原系夙孽，今狭路相遇，原应了结，今薛蟠已得了无名之病，被冯渊的魂魄追索而死。这样荒谬的做法在大堂之上是否被采用，书中并没有详说。

门子曾是葫芦庙的小沙弥，也曾抱过甄士隐的女儿甄英莲，此时不仅不出手相救，反而为迎合贾雨村而落井下石，显露了这类人的趋炎附势、薄情寡意。

所谓的门子，在清朝袁枚《随园随笔》中云：“今称府县侍茶者曰门子。”清朝赵翼《陔余丛考》亦云：“今世所谓门子，乃牙（衙）署中侍茶捧衣之贱役也。”一个衙门里端茶捧衣之人，是生活在社会底层之人，却熟知官场运营规则，熟知当时的四大家族相互扶持、一荣俱荣、一损俱损，知道如何徇私枉法、营私舞弊、欺上瞒下、愚弄百姓，可见当时官僚体系的腐败和人心的堕落。

二

《红楼梦》的第二场官司是第十五回：王熙凤弄权铁槛寺。缘由是尼姑净虚受人之托，找到凤姐。原来是长安府府太爷的小舅子李衙内，看上了大财主张家的小姐金哥，李衙内想要娶金哥，于是打发人去张家求亲。不曾想，数日前金哥已受了原任长安守备的公子聘定，并且已经接受了守备家的聘礼。李衙内知道后非但不依，反而一定要娶回金哥。守备家听说后，愤怒不已，偏不肯退婚。两家为争金哥大闹起来，最终打起了官司。

张家惧怕长安府府尹家的权势，又想与之攀亲，因此派人进京来寻门路，希望能退掉守备家的聘礼，这才找到了铁槛寺的老尼。

老尼净虚先是用好处加以引诱：如今的长安节度云光老爷与贾府关系最亲近，麻烦府上发一封书信过去，求云光老爷和那守备说一声，不怕那守备不依。若能把婚退掉，张家愿倾家孝敬。然后又使用激将法："张家已知我来求府里，如今不管这事，张家不知道没工夫管这事，不稀罕他的谢礼，倒象咱们府里连这点子手段也没有的一般。"

在老尼的引诱和激将下，王熙凤要价三千两银子揽下了此事。随后，凤姐派心腹家人旺儿找了个撰写文稿的人，假托贾琏的意思修书一封，托长安节度使云光办理，逼迫守备家收回聘礼。

故事的结局出乎所有人的意料，那守备家忍气吞声地收回了之前的聘礼。谁曾想那张家父母如此爱势贪财，却养了一个多情多义的女儿。金哥闻得父母退了聘礼，便用一条麻绳悄悄地自缢了。那守备之子也是个重情重义的，听闻金哥自缢了，也便投河死了，以不负金哥。

有人会说，是王熙凤贪图那三千两银子害死了两条人命。试想，如果王熙凤不插手，还有李熙凤、赵熙凤、张熙凤插手，就连门子、尼姑这种生活在当时社会底层的人都能在官场呼风唤雨、钻营牟利，说明当时官场腐败已如朽木一般，生满了蛀虫，离"忽喇喇似大厦倾，昏惨惨似灯将尽"已不远了。

三

由王熙凤经手的另一场官司看起来却像是小儿过家家。"今日恼了，明日好了"，堂堂官府为了妇人争风吃醋而受驱使奔走。

话要从贾琏偷娶尤二姐说起。那尤二姐幼时原是定了亲的，未婚夫名叫张华。后来张家家道败落，连饭都吃不上，哪来的钱娶媳妇。

贾琏为了娶尤二姐为二奶奶，逼迫张华退亲。张家虽然不愿意，但惧怕贾珍等势焰，不敢不依，只得写了一张退婚文约，拿了尤老娘的十两银子，两家亲事算是了结了。

王熙凤知道贾琏偷娶尤二姐之后气得火冒三丈、醋意大发，于是便着手报复。凤姐知道了尤二姐的底细后，便找到了张华，指使家人给了张华二十两银子，指示他写张状子去都察院告状，状子上就写贾琏"国孝家孝之中，背旨瞒亲，仗财依势，强逼退亲，停妻再娶"等话。凤姐要借张华这么一闹让贾琏丢脸，也让帮助贾琏娶尤二姐的贾珍、贾蓉丢脸，出出自己的这口恶气。

凤姐又派人拿了三百两银子去都察院打点，让都察院只是虚张声势吓唬而已，并不真的断案拿人。都察院深知其中原委，收了赃银，次日升堂的时候便认定张华系无赖，因拖欠了贾府银两，枉捏虚词，诬赖良人，遂将张华打了一顿赶出了衙门。

可王熙凤仍不肯罢休，再次挑唆张华，又给了张华许多赔送和安家银子，让他再去都察院起诉，要求讨回原妻尤二姐。同时凤姐又透露消息给都察院，让都察院受理此案，并将尤二姐退回给张华。于是都察院判令："张华所欠贾宅之银，令其限内按数交还；其所定之亲，仍令其有力时娶回。"

还是贾珍、贾蓉从中斡旋，又许了张家银子，又威逼恐吓："你如今既有许多银子，何必定要原人。若只管执定主意，岂不怕爷们一怒，寻出个由头，你死无葬身之地。你有了银子，回家去什么好人寻不出来。你若走时，还赏你些路费。"通过官司得了百金的张华父子，次日起了个五更，便回原籍去了。

看来好笑，堂堂都察院成了官家太太泄私愤、争风吃醋的"提线木偶"，谁有钱，就为谁驱使。凤姐送来钱，被凤姐驱使；贾珍送来钱，被贾珍驱使。混淆是非，朝判夕改，全心全意为贾家服务。

这是因为当时贾家气焰熏天，外有九省统制王子腾；内有朝廷命官，贾赦、贾政、贾珍；宫中还有贵妃娘娘贾元春。难怪凤姐命旺儿告诉张华，就是告贾家谋反也没事的。

衙门司法只是享有特权的贾家御用的工具，哪里还有当官为民做主的影子。

四

《红楼梦》中还有两场官司，没有像葫芦僧乱判葫芦案和张华案那样详细地描写，而是从侧面写出贾府草菅人命、恃强凌弱的丑恶嘴脸。那就是鲍二媳妇吊死案和石呆子案。

书中第四十四回，贾母替凤姐过生日，赶上人又齐全，料着又没事，大家好生乐一日。不料乐极生悲，贾琏趁凤姐坐席之时，拿了两块银子和两根簪子、两匹缎子打发丫鬟送给贾府的下人鲍二家的媳妇，要和鲍二家的办成好事。不料凤姐喝多了酒从席上撤下来回房换衣服，与平儿撞到了贾琏的好事，于是凤姐醋意大发，四人大打出手，闹到贾母那里。通过贾母等人的调和，贾琏、凤姐、平儿和好，鲍二家的却因为羞愧或者害怕主子报复，上吊身亡。

管家林之孝家的回凤姐道："鲍二媳妇吊死了，他娘家的亲戚要告呢。"凤姐笑道："这倒好了，我正想要打官司呢！"林之孝家的道："我才和众人劝了他们，又威吓了一阵，又许了他几个钱，也就依了。"凤姐道："我没一个钱！有钱也不给，只管叫他去告。也不许劝他，也不用震吓他，只管让他告去。告不成，倒问他个'以尸讹诈'！"还是贾琏和林之孝商议，着人去作好作歹，许了二百两银子发送才罢。贾琏生恐有变，又命人去和王子腾说，将番役仵作人等叫了几名来，帮着办丧事。鲍二家的娘家人见了如此，纵要复辨亦不敢辨，只得忍气吞声罢了。贾琏又安慰鲍二说："另日再挑个好媳妇给你。"鲍二又有体面，又有银子，有何不依，便仍然奉承贾琏。

石呆子案则由贾赦引出。

书中第四十八回写平儿向宝钗讨棒疮药：“都是那贾雨村什么风村，半路途中那里来的饿不死的野杂种！认了不到十年，生了多少事出来！今年春天，老爷不知在那个地方看见了几把旧扇子，回家看家里所有收着的这些好扇子都不中用了，立刻叫人各处搜求。谁知就有一个不知死的冤家，混号儿世人叫他作石呆子，穷的连饭也没的吃，偏他家就有二十把旧扇子，死也不肯拿出大门来。二爷好容易烦了多少情，见了这个人，说之再三，把二爷请到他家里坐着，拿出这扇子略瞧了瞧。据二爷说，原是不能再有的，全是湘妃、棕竹、麋鹿、玉竹的，皆是古人写画真迹，因来告诉了老爷。老爷便叫买他的，要多少银子给他多少。偏那石呆子说：‘我饿死冻死，一千两银子一把我也不卖！’老爷没法子，天天骂二爷没能为。已经许了他五百两，先兑银子后拿扇子。他只是不卖，只说：‘要扇子，先要我的命！’姑娘想想，这有什么法子？谁知雨村那没天理的听见了，便设了个法子，讹他拖欠了官银，拿他到衙门里去，说所欠官银，变卖家产赔补，把这扇子抄了来，作了官价送了来。那石呆子如今不知是死是活。老爷拿着扇子问着二爷说：‘人家怎么弄了来？’二爷只说了一句：‘为这点子小事，弄得人坑家败业，也不算什么能为！’老爷听了就生了气，说二爷拿话堵老爷，因此这是第一件大的。这几日还有几件小的，我也记不清，所以都凑在一处，就打起来了。”

贾赦为了谋夺石呆子的古扇，借贾雨村之手，把石呆子弄得倾家荡产、不知死活，暴露了当时官场上贪官污吏相互庇护、鱼肉百姓、穷凶极恶的丑陋面目。

《红楼梦》是一部描写中国封建社会的百科全书，书中写尽人间百态。其中对几场官司的描写，揭露了当时官场的种种黑暗与罪恶，反映了封建社会特权阶层的腐化堕落。

43 《红楼梦》中的对比描写

语言是需要有天赋的人来掌握的。为什么对一件事有人能够准确表达，而有人却是越说越糊涂。就如凤姐说尤氏一样，像是嘴里塞了茄子，或者是锯了嘴的葫芦，说明尤氏不仅没有像凤姐一样的胆量，也没有像凤姐一样的口才。

一个人把自己的想法通过语言表达出来，表达得准确、简练、生动、富有情感因素，就叫口才。

《红楼梦》里，凤姐的口才人人皆知，人人佩服。凤姐说话，贾母爱听，因为凤姐不仅会奉承贾母还会逗贾母开心；王夫人爱听，因为凤姐能把一件事说得头头是道。如王夫人拿着从大观园里捡来的绣春香囊质问凤姐时，凤姐跪在地上说出了五条理由，有理有据，让王夫人相信了那个丢尽贾府当家人脸面的香囊不是凤姐的。凤姐说话也利落，说出话来像倒核桃一样（薛姨妈的话）。每逢节日宴席上，丫鬟、婆子都爱听凤姐讲笑话，因为凤姐的肚子里有无限的新鲜话。

曹雪芹倾力塑造了王熙凤这一生动鲜明的人物形象，通过人物的语言、行动、对话等描写，让人如闻其声，如见其人，近三百年来占据在人们的脑海里，成为文学史上的经典形象。

书中的其他人物莫不如此。作者通过高超的语言驾驭能力，塑造了贾宝玉、林黛玉、薛宝钗等一系列艺术形象，个性鲜明，经久流传。这与作者的语言天赋和语言组织能力是分不开的。

《红楼梦》是个悲剧故事，补天无才，家族没落，千红一哭，万艳同悲，最后白茫茫大地真干净。可作者偏要在书中用喜乐的氛围演示这一悲剧的走向与结局，让读者怀着一颗欲哭无泪的心去品读书中的衰落、死亡、无奈，品读作者含辛酸之泪写成的此书，表面上是公子与红装，实际是白骨如山，你唱罢来我登场。

通过喜乐氛围和悲剧结局对比的写法，对比强烈，落差巨大，效果显著。如同从春风拂面的春天跌入寒风刺骨的冬天；如同从“金满箱，银满箱”转眼成为乞丐遭人谤；如同贾宝玉从太虚幻境的温柔乡中，突然遇到一夜叉般怪物扑面而来，让读者绷紧心弦，引起共鸣，产生警醒与思索，体会到作者的良苦用心，对人生与世事无常发出怀疑与感叹。

在《红楼梦》中，这种悲喜交加的对比描写随处可见。

在人物的际遇上，有宝玉初见黛玉一见钟情的欢喜，就有宝玉因为黛玉没有玉而摔玉的失望；有元春升为贵妃的荣耀，就有元春生活在“那不得见人的去处”的忧愁悲苦；迎春、探春、惜春虽然生活在侯门望族，却身世凄凉，不是庶出，就是缺少亲情关爱；而有亲情的关爱如宝玉像凤凰一样被众人捧在手心里，却娶不到称心如意的林妹妹。

在小说的发展线索上，有木石姻缘，就有金玉良缘来对立比照；有甄宝玉的隐线线索，就有贾宝玉的明线演示。

在人情世故上，有贾府的显赫和奢侈，就有刘姥姥的贫穷窘迫；有尤二姐的温柔和顺，就有凤姐的奸诈狠毒。

《红楼梦》中，善与恶、美与丑、青春与毁灭、盛极与衰亡，总是相比相伴。书中到底出现过多少有趣的事、喜乐的场面，恐怕要花心思去统计一下。《红楼梦》通篇，笑声数不胜数，可这些表面欢声笑语的背后，隐藏着凄凉悲惨的另一面。

第四十七回，贾赦要娶鸳鸯，贾母气得浑身发抖。凤姐、薛姨妈等陪贾母打牌，凤姐为了逗贾母开心，故意输钱不给，贾母便命小丫头子："把他那一吊钱都拿过来。"凤姐拉着薛姨妈，指着贾母素日放钱的一个小木匣子笑道："姨妈瞧瞧，那个里头不知顽了我多少去了。这一吊钱顽不了半个时辰，那里头的钱就招手儿叫他了。只等把这一吊也叫进去了，牌也不用斗了，老祖宗的气也平了，又有正经事差我办去了。"话说未完，引得贾母、众人笑个不住。偏有平儿怕钱不够，又送了一吊来。凤姐道："不用放在我跟前，也放在老太太的那一处罢。一齐叫进去倒省事，不用做两次，叫箱子里的钱费事。"贾母笑得手里的牌撒了一桌子，推着鸳鸯，叫："快撕他的嘴！"

主子们畅快的大笑，背后是女奴鸳鸯凄凉的未来。鸳鸯发下的关于未来人生大事的毒誓：莫说是宝玉，就是宝金、宝银、宝天王、宝皇帝，横竖不嫁人就完了。只是感动了主子们不到一顿饭的功夫。

书中第三回，凤姐初见林黛玉，携着黛玉的手，上下细细打量一回，便仍送至贾母身边坐下，因笑道：“天下真有这样标致的人物，我今儿才算见了！况且这通身的气派竟不像老祖宗的外孙女儿，竟是个嫡亲的孙女，怨不得老祖宗天天口头心头一时不忘。只可怜我这妹妹这样命苦，怎么姑妈偏就去世了！”说着便用帕拭泪。贾母笑道：“我才好了，你倒来招我。你妹妹远路才来，身子又弱，也才劝住了，快再休提前话。”熙凤听了，忙转悲为喜道：“正是呢！我一见了妹妹，一心都在他身上，又是喜欢，又是伤心，竟忘了老祖宗。该打，该打！”

凤姐见风使舵的笑，对比的是六岁的林黛玉抛父进京、寄人篱下的悲凉命运。

凤姐和宝玉被马道婆施魇魔法，被一僧一道救助后，一日好似一日，渐渐醒来，知道饿了，贾母、王夫人才放心了。众姊妹都在外间听消息。黛玉先念了一声佛，宝钗笑而不言。惜春道：“宝姐姐，好好的笑什么？”宝钗道：“我笑如来佛比人还忙：又要讲经说法，又要普渡众生；这如今宝玉、凤姐姐病了，又烧香还愿，赐福消灾；今才好些，又管林姑娘的姻缘了。你说忙的可笑不可笑。”

宝钗心怀叵测的笑背后，是她的横刀夺爱、虚情假意和精致的算计。

书中最可笑的就是刘姥姥二进荣国府。吃饭的时候，鼓起腮帮子说了一句“老刘，老刘，食量大似牛，吃一个老母猪不抬头”。众人先还发怔，后来一想，上上下下都一齐哈哈大笑起来。湘云撑不住，一口饭都喷出来。黛玉笑岔了气，伏着桌子只叫“嗳哟”。宝玉滚到贾母怀里，贾母搂着叫“心肝”。王夫人用手指着凤姐儿，却说不出话来。薛姨妈也撑不住，口里的茶喷了探春一裙子。探春的饭碗都合在迎春身上。惜春离了座位，拉着奶母叫揉揉肠子。

侯门贵妇和小姐们的笑，对照的是七十五岁的刘姥姥丢掉尊严，投亲靠友、装傻卖萌的无奈。

不论是发自内心的欢笑，还是强颜欢笑，作者都用不着痕迹、客观的描述来表现，用一颗赤子之心描述着发生在贾府的一人一物、一动一静、一兴一衰，隔着时空向人们传递花柳繁华地、温柔富贵乡的兴亡事。让读者如见其人，如闻其声，如临其境，最后达到水到渠成的表现效果。

运用不动声色的对比描写，不仅烘托了气氛，突出了主题，还有利于人物的塑造。让读者看到了性格直率却又多愁善感的林黛玉；看到了随顺守拙却又圆滑算计的薛宝钗；看到了嘴上一盆火，脚下使绊子的王熙凤；看到了表面慈悲实则冷酷的王夫人，从而实现人物的形象化、个性化、典型化。

《红楼梦》的作者是汉语言的大师，具有卓越的语言驾驭能力。书中大量的诗词歌赋、大量的心理描写、大量的意境描写、大量的对话描写，同样让后人仰止。

44　豪门盛宴

食物是人类赖以生存的基本物质之一。无论是一日两餐还是三餐，吃饭是一件稀松平常的事。人类初级阶段的吃饭是为了填饱肚子，再生劳动力，是人类本能的需求。到了后来，随着生产力的提高、社会的发展，吃饭有了其他功能，如“鸿门宴”“杯酒释兵权”等政治功能。

社会越发展，经济越繁荣，吃饭就不光是为了填饱肚子了，就有了些讲究，追求的是视觉、嗅觉、味觉上的享受。孔子虽然主张“食无求饱，居无求安”，但在食物的烹制上，则主张“食不厌精，脍不厌细”。吃完一顿饭余味缭绕，让人心情愉快、齿颊留香，在记忆里长久存留，可以回味一生一世，就变成了精神上的食粮。

把吃饭演变成一种仪式、一种象征、一种祭拜就是饮食文化。从主人的宴请到客人的应邀，从食物的烹饪到周到的服务，中华民族传统的礼仪、礼节和人们的道德文化修养在餐桌上得到集中的表现，食物不再局限于其最初的作用，更成为一种权力或地位的象征。

一

在贾府，吃饭被赋予了多种功能，如身份地位的象征。

贾母吃饭，是把天下所有的菜蔬用水牌写了，天天转着吃，吃到一个月。并且，贾母吃饭另有各房子孙辈的孝敬。如第七十五回，鸳鸯指着几样子孙辈孝敬的菜说："这两样看不出是什么东西来，是大老爷送的。这一碗是鸡髓笋，是外头老爷送上来的。"

贾府的餐桌也是封建社会的纲常伦理和宗法家族的森严戒律得以传承体现的地方。在贾府吃饭，如何坐，坐在什么位置都有讲究。难怪林黛玉进荣国府，话不敢多说一句，路不敢多走一步。从林黛玉在贾府吃的第一顿饭，可对贾府餐桌上的礼仪讲究略知一二。"贾母正面榻上独坐，两旁四张空椅"，凤姐往左边第一张椅子上让着黛玉，因为有王夫人、李纨、凤姐在，黛玉一再推让，贾母对黛玉说："你舅母和你嫂子们不在这里吃饭，你是客，原应如此坐的。"作为客，黛玉坐在贾母左边第一张椅子上，左为尊。迎春坐了右边的第一，探春坐了左边的第二，惜春坐在了右边的第二。

贾府的长住客人是薛姨妈，贾府有几次宴请，薛姨妈都坐在贾母身边。如第三十八回的螃蟹宴上，贾母、薛姨妈、宝钗、黛玉、宝玉一桌，王夫人、迎春、探春、惜春一桌。

未出嫁的女孩子可以跟随贾母坐上席。而结了婚的女人则要站在一旁调桌布菜，伺候长一辈。如邢夫人、王夫人、凤姐、李纨就要站在地上，伺候贾母吃饭，等贾母吃完，吩咐一声，谁谁可以来吃了，她们才可以吃。黛玉第一次在荣国府吃饭，就是“李氏捧饭，熙凤安箸，王夫人进羹”。丫鬟旁边执着拂尘等物，李纨、熙凤二人立于案旁“布让”，“寂然”吃饭，吃过了漱口洗手，之后吃茶。

书中第五十三回，“宁国府除夕祭宗祠，荣国府元宵开夜宴”，最能体现贾府一家团聚时的礼仪规矩。

十五日之夕，贾母便在大花厅上命摆几席酒，定一班小戏，满挂各色佳灯，带领荣、宁二府各子侄、孙男、孙媳等家宴。书中写道：“上面两席是李婶薛姨妈二位。”贾母于东边设一矮榻，“榻下并不摆席面，只有一张高几，却设着璎珞花瓶香炉等物。外另设一精致小高桌，设着酒杯匙箸，将自己这一席设于榻旁，命宝琴、湘云、黛玉、宝玉四人坐着。每一馔一果来，先捧与贾母看了，喜则留在小桌上尝一尝，仍撤了放在他四人席上，只算他四人是跟着贾母坐。故下面方是邢夫人王夫人之位，再下便是尤氏、李纨、凤姐、贾蓉之妻。西边一路便是宝钗、李纹、李绮、岫烟、迎春姊妹等”。此时贾府的男人们则在廊上，“廊上几席，便是贾珍、贾琏、贾环、贾琮、贾蓉、贾芹、贾芸、贾菱、贾菖等”。

书第五十四回，已到了三更天，贾母一行还要继续寻欢，王夫人提议：外面冷，老太太不如挪进暖阁炕上。贾母便提议，不如大家都挪进去，岂不暖和。众媳妇便撤去残席，并了三张大桌，贾母便分派起座位来。贾母说："这都不要拘礼，只听我分派你们就坐才好。"便让薛姨妈、李纨的婶子两位客人正面上坐，自己西向坐了，叫宝琴、黛玉、湘云三人皆紧依左右坐下，向宝玉说："你挨着你太太。"于是邢夫人、王夫人之中夹着宝玉，宝钗等姊妹在西边，挨次下去便是娄氏带着贾菌，尤氏、李纨夹着贾兰，下面横头便是贾蓉之妻胡氏。

贾母在大观园宴请刘姥姥时，刘姥姥虽为乡野村妇，但也是贾府的客人，所以在吃饭之时，贾母因说："把那一张小楠木桌子抬过来，让刘亲家近我这边坐着。"

大观园的早饭是贾母带着宝玉、湘云、黛玉、宝钗一桌，王夫人带着迎春姊妹三个人一桌，刘姥姥傍着贾母一桌。一时吃毕，贾母等都往探春卧室中去说闲话。这里收拾过残桌，又放了一桌。刘姥姥看着李纨与凤姐对坐着吃饭，叹道："别的罢了，我只爱你们家这行事。怪道说'礼出大家'。"

等到中午吃酒取乐时，"上面二榻四几，是贾母薛姨妈；下面一椅两几，是王夫人的，馀者都是一椅一几。东边是刘姥姥，刘姥姥之下便是王夫人。西边便是史湘云，第二便是宝钗，第三便是黛玉，第四迎春、探春、惜春挨次下去，宝玉在末。李纨凤姐二人之几设于三层槛内，二层纱橱之外"。

长者为尊，客人为尊，未出阁的小姐为尊。至于男子，如宝玉、贾兰，因为未婚，可以在女眷中厮混，那也是有规有矩，用年长者与小姐们隔开。男子要与女眷分席。结了婚的女性，平时吃饭，则在婆婆跟前站立服侍，回去还要服侍丈夫，赔着小心。凤姐那么强势也得遵规守矩。如书中第十六回贾琏远道而归，凤姐为贾琏接风时，写道："凤姐虽善饮，却不敢任兴，只陪侍着贾琏。"

曹雪芹的笔下，贾府的餐桌体现的是大家族里人与人之间尊长爱幼、尊卑有序的地方，是体现大家族的礼仪、规矩、德行与修养的地方，是"钟鸣鼎食之家，翰墨诗书之族"应有之风貌。

二

作为豪门，贾府宴饮的时候很多，整篇《红楼梦》也是以吃与饮酒作乐贯彻始终，生日宴、佳节宴、诗社宴、时令宴，大宴小宴不断。《红楼梦》开篇前五回，多用宴饮展开情节，留下伏笔。

如第一回，甄士隐中秋佳节邀请贾雨村饮酒，资助了贾雨村五十两银子和两件冬衣，助其进京赶考。第二回，贾雨村被罢官后与冷子兴畅饮演说荣国府。第三回林黛玉别父进京，被荣国府收养，见识了贾府与别人家不一样的地方，在餐桌上"见这里许多事情不合家中之式，少不得一一改过来"。第四回，薛姨妈进京依附在贾府，薛蟠与那些纨绔习气者"今日会酒，明日观花，甚至聚赌嫖娼，渐渐无所不至，引诱的薛蟠比当日更坏了十倍"。尤其是第五回，贾宝玉梦游太虚幻境，饮仙醪曲演红楼梦。警幻告诉宝玉："此酒乃以百花之蕊，万木之汁，加以麟髓之醅、凤乳之麯酿成，因名为‘万艳同杯’。”

而从第三十八回到第五十四回，作者也是用宴饮来推动故事情节的发展。高潮迭起，笑声不绝，体现了豪门贾府奢靡的日常生活，揭示了粉墨登场的富贵闲人们的性格特征、命运走向。

第三十八回，大观园里开诗社，史湘云的螃蟹宴后，老祖宗及太太、姑奶奶、小姐们吃完螃蟹，作完诗，尽了雅兴，算是一个小高潮。

紧接着是第四十回的刘姥姥二进荣国府，史太君两宴大观园。吃早饭时，刘姥姥的“老刘，老刘，食量大似牛，吃一个老母猪不抬头”，算是自有大观园以来宴饮活动的高潮，也是贾府宴饮最具特色的一次。

到了第四十三回，贾母发动大家凑份子给凤姐过生日，贾琏出轨鲍二家的，凤姐吃醋，平儿理妆，则是又一个高潮。

而在第四十五回，凤姐生日风波还没平息，赖嬷嬷家又请客，因为赖嬷嬷的孙子赖尚荣做了官，脱去了奴才的胚子。这一章节的后续，柳湘莲苦打呆霸王薛蟠，薛蟠以学做买卖为由出门躲羞。

风波稍息，即出现第五十回的芦雪庵争联即景诗，薛宝琴横空出现、惊艳群芳，史湘云口吃鹿肉，心中却有锦绣。

直到第五十三回的除夕祭祖和元宵夜宴，贾府各色人物吃饱喝足、玩够尽兴，不论身体与精神都进入了疲惫期，但还是余音袅袅，断而不绝。到第六十三回的寿怡红群芳开夜宴之后，贾府的宴饮活动暂告一段落，推出另两位人物——粉墨登场的尤二姐与尤三姐。

作者一面用宴饮来推动故事情节的发展，一面展现了钟鼎世家的饮食文化。贾府的餐桌，体现了博大精深的中华民族饮食的精髓。对于宴饮美感的表现也是多方面的，无论是宴饮时的外部环境，还是宴饮时的器具摆设、餐具材质形体，亦或是食物的色、香、味，都达到了和谐统一，给人以精神和物质高度统一的完美享受。

首先是环境美。开篇第五回，就写了宁荣两府的第一次宴饮，是“因东边宁府中花园内梅花盛开，贾珍之妻尤氏乃治酒，请贾母、邢夫人、王夫人等赏花”，宁荣两府进行了第一次互动。

第十一回，贾敬寿辰，贾珍夫妻请客。凤姐顺便去探望病中的秦可卿，途中的景致让凤姐一步步行来赞赏：“黄花满地，白柳横坡。小桥通若耶之溪，曲径接天台之路。石中清流激湍，篱落飘香；树头红叶翩翻，疏林如画。西风乍紧，初罢莺啼；暖日当暄，又添蛩语。遥望东南，建几处依山之榭；纵观西北，结三间临水之轩。笙簧盈耳，别有幽情；罗绮穿林，倍添韵致。”

芦雪庵开社作诗，也要挑个下雪的日子。书中第四十九回，写宝玉起床揭起窗屉，从玻璃窗内往外一看，“原来不是日光，竟是一夜大雪，下将有一尺多厚，天上仍是搓绵扯絮一般”。

宝玉出了院门，四顾一望，并无二色：“远远的是青松翠竹，自己却如装在玻璃盒内一般。于是走至山坡之下，顺着山脚刚转过去，已闻得一股寒香拂鼻。回头一看，恰是妙玉门前栊翠庵中有十数株红梅如胭脂一般，映着雪色，分外显得精神，好不有趣。”

贾府的每顿饭，吃饭填饱肚子已不是主要目的，如何做到赏心悦目，调动起视觉、听觉、味觉的享受才是其主旨。美好的环境，让人心情愉悦，而在吃饭时，周围的器具摆设，食物与器皿的搭配，也体现了高雅的审美情趣和高超的艺术鉴赏能力。

如第六回，凤姐正在接待刘姥姥，贾蓉来借屏风，开口便道：“我父亲打发我来求婶子，说上回老舅太太给婶子的那架玻璃炕屏，明日请一个要紧的客，借了略摆一摆就送过来。”

又如荣国府元宵夜宴，书中写道：“每一席旁边设一几，几上设炉瓶三事，焚着御赐百合宫香。又有八寸来长四五寸宽二三寸高的点着山石布满青苔的小盆景，俱是新鲜花卉。又有小洋漆茶盘，内放着旧窑茶杯并十锦小茶吊，里面泡着上等名茶。一色皆是紫檀透雕，嵌着大红纱透绣花卉并草字诗词的璎珞。”

接着，又进一步解释了绣这璎珞的是个姑苏女子，名叫慧娘。凡世宦富贵之家，若有一件慧娘刺绣的璎珞，价则无限。“贾府之荣，也只有两三件，上年将那两件已进了上，目下只剩这一副璎珞，一共十六扇，贾母爱如珍宝，不入在请客各色陈设之内，只留在自己这边，高兴摆酒时赏玩”。

好花还需绿叶配，精致的食物装在瓦罐残瓮里也是暴殄天物。宝玉挨打后，王夫人问宝玉：“你想什么吃，回来好给你送来。”宝玉笑道：“也倒不想什么吃，倒是那一回做的那小荷叶儿小莲蓬儿的汤还好些。”

等到管金银器皿的交上模子，薛姨妈先接过来瞧时，“原来是个小匣子，里面装着四副银模子，都有一尺多长，一寸见方，上面凿着有豆子大小，也有菊花的，也有梅花的，也有莲蓬的，也有菱角的，共有三四十样，打的十分精巧”。

薛姨妈向贾母、王夫人道：“你们府上也都想绝了，吃碗汤还有这些样子。若不说出来，我见这个也不认得这是作什么用的。”

当贾母问薛姨妈等：“想什么吃，只管告诉我，我有本事叫凤丫头弄了来咱们吃。”薛姨妈笑道：“老太太也会怄他的。时常他弄了东西孝敬，究竟又吃不了多少。”凤姐笑道：“姑妈倒别这样说。我们老祖宗只是嫌人肉酸，若不嫌人肉酸，早已把我还吃了呢。”

凤姐的话虽是笑话，但从宝玉的以茶泡饭，探春要厨房另做的油盐炒枸杞芽，司琪要的嫩嫩的鸡蛋羹可看出，贾府上下已到了“饭饱弄粥”的境地。

刘姥姥二进荣国府，带来的“枣子倭瓜并些野菜”，贾母让凤姐快收拾了，并表示：正想个地里现撷的瓜菜，外头买的不像田地里的好吃。刘姥姥临走时，平儿一再嘱咐：到年下，你只把你们晒的那灰条菜干子和豇豆、葫芦条儿等各样干菜带些来，我们这里上上下下都爱吃这个。就连厨房柳家的都抱怨大观园的这些小姐、副小姐：买来的又不吃，既这样，不如回了太太，多添些份例，也像大厨房里预备老太太的饭，把天下所有的菜蔬用水牌写了，天天转着吃。

因为小姐、副小姐们比老太太还难伺候。

刘姥姥二进荣国府，用她自己的话说，“把古往今来没见过的，没吃过的，没听见过的，都经验了”。大观园两次宴请，刘姥姥见识了象牙镶金和乌木镶银的筷子，去了金的就是银的。让刘姥姥又惊又喜的是饮酒用的那十个大套杯：十个挨次大小分下来的，那大的足似个小盆子，第十个极小的还有手里的杯子两个大，且都是雕镂奇绝，一色山水树木人物，并有草字以及图印。

最让刘姥姥开眼的是茄鲞。凤姐告诉刘姥姥，“你把才下来的茄子把皮劖了，只要净肉，切成碎钉子，用鸡油炸了，再用鸡脯子肉并香菌、新笋、蘑菇、五香腐干、各色干果子，俱切成钉子，用鸡汤煨了，将香油一收，外加糟油一拌，盛在瓷罐子里封严，要吃时拿出来，用炒的鸡瓜一拌就是”，刘姥姥听后摇头吐舌说道：“我的佛祖！倒得十来只鸡来配他，怪道这个味儿！”

三

贾府的吃饭与喝酒有时是分开的。吃饭时寂然无声，喝酒时却可以取笑打闹，但诗书簪缨之家倒是与普通百姓不同，还是要有些书香之气，表现在餐桌上就有了一些掷骰子、击鼓传花、行酒令及讲笑话等活动以助酒兴。如第七十五回的中秋佳节，荣国府一家老小团圆之际，贾政就讲起了笑话，说的是一个男人怕老婆的故事。而贾赦讲的笑话有些意味深长："一家子一个儿子最孝顺。偏生母亲病了，各处求医不得，便请了一个针灸的婆子来。这婆子原不知道脉理，只说是心火，如今用针灸之法，针灸针灸就好了。这儿子慌了，便问：'心见铁即死，如何针得？'婆子道：'不用针心，只针肋条就是了。'儿子道：'肋条离心甚远，怎么就好？'婆子道：'不妨事。你不知天下父母心偏的多呢。'"众人听说，都笑起来。贾母笑道："我也得这个婆子针一针就好了。"

话说家家有本难念的经，贾府也有。

《红楼梦》的作者能调动起所有的艺术形式来为中心主题服务，表现人物性格及命运走向，酒宴上的灯谜、诗词、酒令就起到了这样的作用。第六十二回，宝玉、平儿、薛宝琴、邢岫烟过生日，趁贾母、王夫人不在家，大观园众人们在探春的带领下，摆席喝酒行令，这次行的酒令是射覆。射覆为一种猜谜游戏，用碗盆把某种物品盖起来，猜中者胜。后世酒令用字句隐寓事物，令人猜度，也称射覆。

晚上又有一席，是怡红院群芳单独给宝玉过生日，却请来了黛玉、宝钗、探春、李纨、香菱等，这次行的酒令是占花签。就是每根签上画一种花草，题一句旧诗，并附有饮酒规则，行令时一人抽签，依签上规则饮酒。作者借这种游戏，以花草寓人，把人物的性格、命运隐藏于花签之中。

宝钗掣出的是：任是无情也动人。

出自唐代罗隐的《牡丹花》。一方面赞美宝钗身为群芳之首的美丽和雍容，另一方面也暗示了宝钗嫁给宝玉后，独守空房、虚度青春的孤冷处境。

探春掣出的是：日边红杏倚云栽。

出自唐代高蟾的《下第后上永崇高侍郎》。这首诗与第五回“清明涕送江边望，千里东风一梦遥”及第二十二回“游丝一断浑无力，莫向东风怨别离”的判词、灯谜相对应，暗示探春将来远嫁、漂泊的命运。

李纨掣出的是：竹篱茅舍自甘心。

出自宋代王淇的《梅》。说明李纨身处膏粱锦绣之中，却心如槁木死灰。

麝月掣出的是：花开荼蘼花事了。

出自宋代王淇的《春暮游小园》。意指麝月是陪伴在宝玉、宝钗身边的最后一个丫鬟，是大观园的众女儿零乱离散，贾府日渐衰落，宝玉悬崖撒手，宝钗独守空房的见证人。

香菱掣出的是：连理枝头花正开。

出自宋代朱淑贞的《惜春》（一作《落花》）。暗示香菱认可与薛蟠的感情，却被薛蟠的正室妻子夏金桂折磨致死的悲惨命运。

黛玉掣出的是：莫怨春风当自嗟。

出自宋代欧阳修的《明妃曲·再和王介甫》，暗示了黛玉红颜胜人却薄命的凄惨命运。

袭人掣出的是：桃红又是一年春。

出自宋代谢枋得的《庆全庵桃花》。温柔体贴的袭人终究没有成为宝玉的正式姨娘，在贾府大厦将倾之时嫁给了蒋玉函，也算是意外获得了安稳的生活。

史湘云掣出的是：只恐夜深花睡去。

出自宋代苏东坡的《海棠》，暗示史湘云孤独寂寞、顾影自怜的婚后生活。

四

贾府的老祖宗贾母喜欢热闹，喜欢谑笑科诨，却不是胡闹、瞎闹，是有雅兴、有涵养地闹，是在喧闹中追求着宁静，在庸俗中保持着娴雅，在落寞中留有一份快乐。贾府的子孙们在贾母的熏陶下，也有了更高的审美情趣。对戏曲与乐曲的欣赏，最能体现贾母的审美水平与阅历。

贾府的迎来送往、宴饮欢庆中，是少不了戏曲与乐曲的。

大观园里，贾母将家里的小戏班子安排在藕香榭的水亭子上，然后在缀锦阁底下吃酒，借着水音听音乐，“不一时，只听得箫管悠扬，笙笛并发。正值风清气爽之时，那乐声穿林度水而来，自然使人神怡心旷”。

第五十四回，元宵节，贾母点戏。贾母表示：“刚才八出《八义》闹得我头疼，咱们清淡些好。你瞧瞧，薛姨太太这李亲家太太都是有戏的人家，不知听过多少好戏的。这些姑娘都比咱们家姑娘见过好戏，听过好曲子。

如今这小戏子又是那有名玩戏家的班子，虽是小孩子们，却比大班还强。咱们好歹别落了褒贬，少不得弄个新样儿的。叫芳官唱一出《寻梦》，只提琴至管箫合，笙笛一概不用。”文官笑道：“这也是的，我们的戏自然不能入姨太太和亲家太太姑娘们的眼，不过听我们一个发脱口齿，再听一个喉咙罢了。”贾母又道：“叫葵官唱一出《惠明下书》，也不用抹脸。只用这两出叫他们听个疏异罢了。若省一点力，我可不依。”疏异，新鲜别致之意。

既文雅又清淡，都是未成年的女孩子，那声音更带有一份清脆与纯净，在喧闹中，实在是一种心灵的回归。

第七十六回，贾母带领众人中秋节赏月，因见月至中天，比先越发精彩可爱，贾母说：“如此好月，不可不闻笛。”因命人将十番上女孩子传来。贾母道：“音乐多了，反失雅致，只用吹笛的远远的吹起来就够了。”

贾母带众人赏完桂花后，又入席换暖酒来。正说着闲话，猛不防只听那壁厢桂花树下，“呜呜咽咽，悠悠扬扬，吹出笛声来。趁着这明月清风，天空地净，真令人烦心顿解，万虑齐除，都肃然危坐，默默相赏”。贾母笑道：“果然可听么？”众人笑道：“实在可听。我们也想不到这样，须得老太太带领着，我们也得开些心胸。”贾母道：“这还不大好，须得拣那曲谱越慢的吹来越好。”

正如《红楼梦》第一回所言：那红尘中虽有些乐事，但不能永远依恃；况又有“美中不足，好事多磨”八个字紧相连属，瞬息间则又乐极悲生，人非物换，究竟是到头一梦，万境归空。

至此，也到了该散的时候。兔死狐悲，贾母感慨甄家的衰落，境随心声，大家只听得“桂花阴里，呜呜咽咽，袅袅悠悠，又发出一缕笛音来，果真比先越发凄凉。大家都寂然而坐。夜静月明，且笛声悲怨，贾母年老带酒之人，听此声音，不免有触于心，禁不住堕下泪来。众人此时都不禁有凄凉寂寞之意，半日，方知贾母伤感，才忙转身陪笑，发语解释。又命换暖酒，且住了笛”。

乐极生悲，高潮总有落幕的时候。

同样是中秋赏月，宁国府贾珍提前一天也在会芳园从绿堂中，屏开孔雀，褥设芙蓉，带领妻子姬妾赏月：一更时分，风清月朗，上下如银。又有姬妾佩凤吹箫，文花唱曲，喉清嗓嫩，真令人魄醉魂飞。三更时分，大家正添衣饮茶，换盏更酌之际，忽听那边墙下有人长叹之声。大家都悚然疑畏起来。贾珍忙厉声叱咤，问：“谁在那里？”连问几声，没有人答应。尤氏道：“必是墙外边家里人也未可知。”贾珍道：“胡说。这墙四面皆无下人的房子，况且那边又紧靠着祠堂，焉得有人。”一语未了，只听得一阵风声，竟过墙去了。众人恍惚闻得祠堂内槅扇开阖之声，比先更觉凉飒起来，月色惨淡，也不似先明朗。众人都觉毛发倒竖。

宴饮声乐还可表现家族的衰落，早在第十八回元妃省亲时就有警示。元春点的第一部戏就是《豪宴》，据脂砚斋所评，《豪宴》伏贾家之败；第二十九回，贾母领人到清虚观打醮，贾珍在神前拈的《白蛇记》《满床笏》《南柯梦》，也暗示了贾府由兴至极盛而终于衰落的过程。

只是千呼万唤，惊不醒这些梦中之人。祖宗的在天之灵望着这些醉生梦死的子孙们，也许只能发出一声叹息。